FEDERHERZ
VERLAG

MARLA GREY

all the UGLY LIES and me

All The Ugly Lies And Me
Savanna Springs 2
Neuauflage

Bildmaterial: Rawpixel, Freepik
Korrektorat: Claudia Matheis

Bestellung und Vertrieb: Nova MD GmbH, Vachendorf

ISBN: 978-3-96966-529-9

Druckerei Smilkov Print Ltd
Pokrovnishko shose
2700, Blagoevgrad

Federherz Verlag
Süntelstraße 70
31848 Bad Münder
www.federherzverlag.de
Instagram: @federherz.verlag

FÜR ALLE,
IN DENEN ETWAS ZERBROCHEN WURDE

TRIGGERWARNUNG

Liebes Leserherz, wie alle meine Bücher enthält auch die Geschichte von Ash & Jake sensible Themen und potenzielle Trigger. Deshalb achtet gut auf dich.

ASHLEY

Ein weiterer Morgen ohne ihn. Die Tage begannen immer gleich. Die Sonne streckte ihre Fühler aus, tauchte die Nacht in blaue Düsternis, ehe sie mit ihren orangeroten Strahlen über den Horizont kroch und alles in magisches Licht tauchte. Sie stieg empor, höher und höher, wie der Phönix aus der Asche.

Stöhnend ließ ich meinen Kopf gegen den Holzrahmen des Fensters sinken, den Blick auf das Farbspiel über dem Ozean gerichtet. Nicht zum ersten Mal wünschte ich mir, ich könnte das Dunkle ebenso mühelos abstreifen. Den immer gleichen Schmerz zurücklassen, das Gefühl von Verrat loslassen. Einfach nach vorne sehen.

Doch stattdessen wachte ich Tag für Tag mit der Gewissheit auf, dass das, was Jake und mich für wenige Wochen verbunden hatte, nichts als eine Lüge gewesen war. In denen ich weder die Sehnsucht hatte abstellen können noch die Gefühle für ihn sich in Luft aufgelöst hatten.

In den Nächten, die ich alleine in meinem Zimmer in Trevors Strandhaus verbrachte, träumte ich mich zurück zu jenen Momenten, in denen für eine kurze Zeit alles gut gewesen war. In denen ich auf Jakes Couch erwachte, dicht an ihn geschmiegt. Geborgen. *Glücklich.*

Das Schlimmste war, dass Jake es geschafft hatte, die Leere zu füllen, die der Tod meiner besten Freundin hinterlassen hatte. Er hatte den Verlust aufgefangen, mir Hoffnung gegeben – und sie in nur einem einzigen Moment zerstört.

Weil er mich belogen hatte.

Ich löste den Blick vom Ozean, rutschte von der Fensterbank und verließ das Zimmer, um den Druck auf meiner Brust und den Schmerz, der sich ausbreitete, zu vertreiben. Ich hatte keinen Platz mehr dafür. Ich war es leid, mich schwach und verletzt zu fühlen. Ich hatte es satt, Menschen zu vermissen. Ich hatte es satt, daran zu zerbrechen.

Ich band mein blondes Haar zu einem unordentlichen Knoten und verließ das Obergeschoss. Unten, im offenen Wohnzimmer, empfing mich ein gewohntes Bild: Eine Mischung aus Alkoholleichen, leiser Musik und den letzten Überlebenden der Party, die hier mehrmals die Woche tobte. Die Luft war abgestanden, veränderte sich jedoch, je näher ich dem Sofa kam. Denn dort roch es vertraut, nach Marihuana und Tabak.

»Guten Morgen, Chica«, begrüßte mich Jackson mit dem immer gleichen verruchten und doch perfekten Lächeln. Zwischen Zeigefinger und Mittelfinger seiner rechten Hand drehte er einen Joint. »Ein Zug gefällig?«

Ich schüttelte den Kopf. Zu rauchen war ich ebenso leid wie all den Schmerz und die Gefühle. Bis auf die wenigen Stunden, in denen mein Kopf zur Ruhe kam, änderte es gar nichts. Der Moment, in dem die Gefühle mich wieder überfielen, waren mit Weed sogar noch schlimmer als ohne.

Ich ließ Jackson stehen, schob mich an einem schnarchenden Kerl vorbei, der vor der Terrassentür lag, und machte mich auf die Suche nach Trevor.

Ein schmaler Pfad führte am Swimmingpool vorbei durch den Garten bis zu einem Tor, das das Grundstück vom Strand trennte.

Ich lief dichter an das Ufer heran. Meine Füße versanken im kühlen Sand und der Wind zerrte an meinem Haar, riss einige Strähnen aus dem Knoten, den ich gebunden hatte, doch das störte mich nicht. Ich liebte das Gefühl, genau wie den salzigen Duft und den Sand zwischen meinen nackten Zehen.

Ein Stück vom Ufer entfernt ließ ich mich neben Trevors Rucksack in den Sand plumpsen, zog die Beine an und sah zu, wie er auf seinem Surfbrett der rauen, hungrigen See trotzte. Es faszinierte mich, ihm zuzusehen. Die Wellen rollten heran und er stand dort auf dem Brett, als wäre es das Einfachste der Welt. Dabei wusste ich, dass es alles andere als leicht war, weil ich jedes Mal im Wasser gelandet war, als ich es versucht hatte.

»Guten Morgen, Prinzessin«, begrüßte er mich ein paar Minuten später. Das Surfbrett landete im Sand, ehe er sich neben mich fallen ließ. Wasser tropfte aus seinem hellen Haar und er griff in seinen Rucksack, um eine Wasserflasche hervorzuholen. »Wir haben doch noch Zeit, oder?«

»Ja«, sagte ich, während er den Deckel vom Flaschenhals schraubte. »Ich konnte nur nicht mehr schlafen.«

»Was ja nichts Neues ist.« Sein Adamsapfel hüpfte, als er einen tiefen Schluck nahm. Dann wischte er sich über den Mund und sah mich an. »Ich hab dich am Fenster sitzen sehen.«

Damit hatte ich gerechnet, denn das Fenster meines

neuen Zimmers bot einen traumhaften Blick auf den Strand hinaus, an dem Trevor in der Morgendämmerung gerne surfte.

»Du hast ihm wieder nachgetrauert, oder?«

»Ich trauere –«, begann ich, stoppte jedoch, als seine Augenbraue in die Höhe wanderte.

»Ich habe seit drei Wochen das Vergnügen, live dabei zuzusehen, Ash. Du trauerst ihm nach, und zwar die ganze Zeit.«

Er hatte recht.

»Tut mir leid …« Ich bohrte meine Zehen fester in den Sand und begann, kleine Kreise mit den Fingern zu malen.

»Hör auf, dich zu entschuldigen. Du hast nichts falsch gemacht und Jake ist ein Idiot.« Er seufzte. »Aber ich glaube nach wie vor, dass es dir helfen würde, mit ihm zu sprechen.«

»Wozu?« Ich rammte meine Finger tiefer in den Sand. Auch drei Wochen nach unserer letzten Begegnung machte mir der Gedanke, Jake gegenüberzustehen und mir seine Entschuldigung und seine Beteuerung anzuhören, Angst. Ich war nicht bereit dazu. Keine Ahnung, ob ich es je sein würde. »Ich weiß doch, was er mir sagen will. Er hat Maya geschwängert und ist mit ihr zusammengeblieben, und jetzt ziehen sie zusammen und werden die perfekte, glückliche Familie.«

»Ganz so habe ich das nicht ausgedrückt«, berichtigte er mich. »Und du sollst mit ihm reden, damit du einen Schlussstrich darunter ziehen kannst. Ganz einfach.«

Ich schüttelte den Kopf und Trevor legte seinen Arm um meine Schulter.

»Es tut viel zu weh«, murmelte ich und lehnte mich einen Moment an ihn. Es tat weh und ich glaubte auch nicht, dass es etwas ändern würde, mit Jake zu sprechen, weil ich keine Ahnung hatte, wie ich diesen Schlussstrich überhaupt ziehen sollte. Ich konnte ja nicht einmal aufhören, an ihn zu denken, geschweige denn, ihn zu vermissen.

»Ich weiß. Aber Ash? Ich bin mir sicher, dass es besser werden wird. Immerhin hat das doch schon einmal geklappt«, erklärte er und ich zuckte zusammen, als der Gedanke an Ian sich in meinen Kopf bohrte. Mich daran erinnerte, dass ich Trevor etwas sagen musste, aber einfach nicht wusste, wie.

Ich öffnete den Mund, versuchte, es endlich hinter mich zu bringen. Doch als die Worte meine Lippen verlassen wollten, kämpfte Trevor sich auf die Beine, griff nach meiner Hand und mein Mut fiel so schnell in sich zusammen, wie er gekommen war.

»Und jetzt genug mit Trübsal blasen«, erklärte er. »Ich springe unter die Dusche, wir fahren frühstücken und dann bringe ich dich zur Uni, damit du dich mit Zara treffen kannst. Das ist jetzt genau das Richtige, um dich abzulenken.«

Ich war mir nicht sicher, ob das stimmte, aber trotzdem stand ich gegen Mittag auf dem Campus der Savanna Springs University und wartete auf meine Freundin.

Da ich mich auf dem Campus wie beim letzten Mal hoffnungslos verloren fühlte, rührte ich mich nicht vom Fleck und blieb vor dem Hauptgebäude. Ganz so, wie wir es abgesprochen hatten.

Der ganze Platz war voller Menschen. Um mich herum schlenderten Studenten über die gepflasterten Wege mit Fahrrädern und Handys oder Coffee-to-go-Bechern. In Grüppchen standen sie zusammen oder saßen auf Bänken und ich saugte alles in mich auf. Stellte mir einen Moment vor, wie es wäre, ein echter Teil dieses Treibens zu sein und nicht nur ein Zuschauer. Wie es wäre, hier zu studieren und zusammen mit anderen Studenten über den Campus zu eilen, von Kurs zu Kurs zu hetzen und gar keine Zeit zum Grübeln zu haben. Zumindest, bis mein Blick auf die Wiese links von mir fiel, oder besser, auf den langhaarigen Kerl, der dort mit seiner Gitarre im Gras saß.

Unwillkürlich dachte ich an Tami. Daran, dass sie genauso dasitzen und spielen würde, wenn sie jetzt hier wäre. Sie würde spielen, ohne auf das Treiben zu achten, völlig darin vertieft, die Saiten ihrer Gitarre zu zupfen. Völlig eins mit der Musik.

»Tut mir leid, dass ich zu spät bin«, riss Zara mich einige Minuten später aus meinen Gedanken. »Professor Feridas wollte noch den Vortrag mit mir besprechen, den ich am Montag halten muss, das hat ewig gedauert.«

»Schon okay.« Ich zwang mich zu einem Lächeln, während sie sich bei mir unterhakte und wir Richtung Café liefen. Der Gedanke an Tami, das Wissen, dass sie niemals wieder Teil meines Lebens sein würde, tat weh. Es gab noch immer keinen Tag, an dem mir die Lücke, die sie hinterlassen hatte, nicht schmerzhaft bewusst wurde – doch anders als noch vor ein paar Wochen zwang es mich nicht mehr in die Knie.

Sie fehlte und sie würde immer fehlen. Aber es zerriss mich nicht mehr.

»Ich hab mich übrigens für dich umgehört. Du weißt schon, wegen des Jobs, den du suchst.« Sie zog einen gefalteten Zettel aus ihrer Tasche. »In der Bibliothek ist gerade ein Aushilfsjob frei geworden und in einem Café am Campus suchen sie auch wen. Ich habe dir die Nummern aufgeschrieben, du musst nur anrufen.«

Ich nahm ihr den Zettel ab.

»Du kannst dich also entspannen, auch wenn ich glaube, dass es Trev wirklich nichts ausmacht, dich durchzufüttern.«

Aber mir machte es etwas aus. Denn das Geld, mit dem ich nach Savanna Springs gekommen war, war – bis auf den Notgroschen, den mein Bruder Phil mir aufs Auge gedrückt hatte – fast aufgebraucht. Trevor ließ mich schon kostenlos bei sich wohnen, also wollte ich zumindest ein kleines bisschen dazugeben.

Es fühlte sich einfach nicht richtig an, dass er alles bezahlte, und außerdem würde mir ein Job auch dabei helfen, die Zeit des Grübeln zu reduzieren. Jake so viel Raum in meinen Gedanken einzuräumen tat mir nicht gut.

Wir liefen an der nächsten Weggabelung nach rechts und schoben uns fünf Minuten später durch die Tür eines kleinen, gemütlichen Campuscafés. Mit der urigen Einrichtung aus verschiedenfarbigen Sesseln und Sofas, altbackenen Tischdecken und vollen Bücherregalen wirkte es heimelig und gemütlich.

Wir bestellten zwei Stücke Schokotorte und zwei Vanilla-Macchiatos und rutschten mit unserer Bestellung einen Augenblick später auf ein Sofa am Fenster.

Während ich an meinem Kaffee schlürfte, fuhr ich mit den Augen über die unzähligen Buchrücken im Regal neben mir. Von alten Klassikern wie Theodor Fontane und Margaret Atwood bis zu moderner Belletristik war alles dabei.

»Ich komme gerne her.« Mit der Gabel zerteilte Zara ein Stück des Kuchens und schob es sich in den Mund.

»Die vielen Bücher schaffen eine wundervolle Atmosphäre. Ich liebe –«, erzählte sie, stoppte jedoch plötzlich und stieß einen leisen Seufzer aus.

»Was denn?«, fragte ich, folgte ihrem Blick zum Fenster und bereute es sofort.

Denn dort, auf dem Weg vor dem Café und mit einem Becher in der Hand, stand Jake. Und er blickte direkt in unsere Richtung.

JAKE

Zehn Zentimeter trennten mich vom Abgrund. Von dem fließenden Verkehr Savanna Springs, den ewig wachen Straßen und den Lichtern. Ich starrte hinunter auf das Treiben und sog die Luft tiefer in meine Lungen. Hier oben über der Stadt war die Luft klar und frisch. Anders als zwischen den Häuserschluchten erstickte sie mich nicht.

Ich saß da, starrte in die Tiefe und wünschte, ich könnte mit bloßer Willenskraft verändern, was nicht zu verändern war. Denn ich vergaß den Ausdruck in Ashleys Augen nicht. Den Schmerz darin, ein Schmerz, der ganz alleine meine Schuld war und der auch nach drei Wochen noch immer ungebrochen in ihr steckte.

Ich hatte es selbst gesehen, vor zwei Stunden, durch die Scheiben dieses Cafés. Sie hatte mich auf dieselbe Weise angesehen wie an dem Morgen vor drei Wochen, als ich Trevors Haus verlassen und sie zurückgelassen hatte.

Drei Wochen.

Drei Wochen, in denen ich mich immer und immer

wieder gefragt hatte, wie es ihr ging, was sie tat und ob ich ihr genauso fehlte wie sie mir.

Drei Wochen, in denen ich gefühlte tausend Mal mein Handy in die Hand genommen und ihr geschrieben hatte. Immer wieder dieselben Worte.

Es tut mir leid. Ich wollte dir nicht wehtun. Du fehlst mir. Du fehlst mir so unglaublich.

Doch kein einziges Mal hatte ich auf Senden gedrückt, und das nicht nur, weil ich ein Feigling war, sondern weil es sowieso nichts ändern würde.

Weder für sie, noch für mich.

Und ich wünschte, ich könnte behaupten, dass es mit der Zeit besser geworden wäre, dass ich aufhören konnte, sie zu vermissen und mich auf mein Leben, mein Studium, Maya zu konzentrieren. Doch es wurde nicht besser. Absolut nicht.

Ich hatte Ash verletzt, sie belogen und ihr Hoffnungen gemacht, obwohl ich gewusst hatte, dass das, was ich für sie empfand, nicht sein durfte. Dass das, was wir da taten, nicht sein durfte.

Ein letztes Mal sah ich hinab auf meine baumelnden Füße, dann rutschte ich vom Sims und trat zurück aufs Dach. Ich verließ das Hotel über den Notausgang und stieg in meinen Wagen, der im Parkhaus nebenan stand.

Seit drei Wochen kam ich her. Jeden Tag. Weil dieses Dach der einzige Ort war, an dem ich mich ihr noch nah fühlen konnte.

Der einzige Ort, an dem ich mir erlaubte, wirklich an sie zu denken. Denn hier oben war für eine kurze Zeit alles perfekt gewesen.

Hier oben hatte sich für einen Augenblick alles zwischen uns richtig und gut angefühlt – bevor der Abgrund über uns hinweg gerollt war.

Auf der Fahrt bis zu meinem Apartment drehte ich die Musik auf. Versuchte, die Erinnerungen von mir abfallen zu lassen wie altes, welkes Papier. Um bereit für das zu sein, was mich erwartete.

Doch selbst als ich in den Fahrstuhl stieg und die Türen sich schlossen, war mein Wunsch, umzudrehen und zu verschwinden, gigantisch und ich musste mich zwingen, auf meiner Etage auszusteigen und auf die Apartmenttür zuzugehen. Ein paarmal atmete ich tief ein und aus, dann schob ich den Schlüssel ins Schloss.

Im Inneren zerrte ich die Schuhe von meinen Füßen, als auch schon Schritte hinter mir erklangen.

»Nimmst du mich morgen so mit?« Ich drehte mich um. Maya stand in der Tür, gekleidet in ein hellblaues, knielanges Kleid mit schwarzer Spitze und farblich abgestimmten fünf Zentimeter hohen Pumps. »Ich bin mir nicht sicher, ob die Schuhe dazu passen. Was meinst du?«

»Du siehst toll aus«, antwortete ich und stellte meine Schuhe ins offene Regal neben der Garderobe. »Es ist perfekt.«

»Weißt du«, sagte sie, und hob erst den rechten, dann den linken Fuß, um die Pumps abzustreifen. »Deine Granny hat mich eben nur hier abgesetzt und ist mit Chase zum Eis essen gefahren.« Sie ließ die Schuhe aufs Sofa fallen und griff nach hinten, um den Reißverschluss ihres Kleides zu lösen. »Das heißt, wir haben noch etwa eine Stunde.« Ihr Kleid sank zu Boden und darunter trug sie: nichts. »Wie wäre es also, wenn du zu mir kommst und wir unser Wiedersehen feiern?«

Maya stand da, vollkommen nackt, und winkte mich mit ihrem lackierten Fingernagel zu sich. Vor wenigen Monaten wäre ich ihrer stummen Aufforderung ohne Zögern gefolgt, doch jetzt musste ich meinen Körper geradezu zwingen, auf sie zuzugehen und meine Lippen auf ihre zu drücken. Ich ließ meine Zunge in ihren Mund gleiten, während ihre Finger zielstrebig die Knöpfe meines Hemdes lösten.

Wir fielen aufs Sofa.

Dasselbe Sofa, auf dem Ashley geschlafen hatte.

Ich ließ meine Hände über ihre Haut wandern und Maya stöhnte wohlig, doch alles, woran ich denken konnte, war Ashley. Wie sie klang, wenn ich sie berührte. Wie sich ihre Haut unter meinen Fingern anfühlte.

Ich schloss die Augen und stellte sie mir vor, während meine Hände über Mayas Haut glitten.

Ich sah Ash vor mir, während meine Lippen Maya kosteten. Ich sah sie, während Mayas Hand mich umfasste und ich meine Finger in sie schob. Ich stellte sie mir vor, als ich das Kondom überstreifte und Maya auf meinen Schoß zog. Und plötzlich war es Ash, die mich in sich aufnahm, sich auf mir bewegte, sich an mir festkrallte. Es war ihre samtweiche Haut, ihr Duft, ihr Stöhnen.

Und mit jedem Stoß, jedem Kuss, kam ich ihr näher.

Sie trieb mich an, weiter und weiter, bis sie über mir erbebte und ich ihr folgte. Für einen kurzen Moment verschwand die Sehnsucht.

Ein paar Atemzüge lang glaubte ich tatsächlich, ihr wieder nah zu sein. Ihre Haut zu fühlen. Ihren Herzschlag zu spüren. *Sie.*

Doch dann schmiegte sich Maya an mich und zerriss den Zauber. Der Schmerz kehrte zurück und mit ihm auch die Schuldgefühle. Weil ich es nicht schaffte, das, was Maya und mich verband, in meinem Herzen zu reaktivieren. Weil ich es nicht schaffte, Ashley zu vergessen, und sogar beim Sex an sie dachte, während ich mit Maya schlief.

Ich löste Mayas Hände um meinen Körper und stand auf, um das Kondom zu entsorgen.

»Du könntest echt mal wieder mit mir kuscheln, weißt du?« Sie setzte sich auf. »Ich vermiss es, einfach nur mit dir dazuliegen und dir nah zu sein.«

Und ich vermisse Ash.

Ich griff nach meiner Hose, streifte sie über und dann nach meinem Hemd, um es wieder anzuziehen. »Ich weiß«, sagte ich und verachtete mich selbst für das, was ich da tat. »Aber ich muss jetzt nochmal zu Trev fahren und dafür sorgen, dass er zu dem Dinner morgen kommt. Das ist wichtig.«

Die Wahrheit war, dass ich Trevor als Ausrede benutzte, weil ich hier wegmusste. Für eine Stunde, vielleicht für zwei.

Ich musste meinen Kopf klären, mein Herz abtöten, Ashley irgendwie aus meinem Kopf radieren, damit ich das Wochenende mit Maya überstand, ohne dabei den Verstand zu verlieren.

»Ich dachte, das hättest du schon nach der Uni gemacht?«, fragte sie. »Deshalb hat Carol uns ja überhaupt nur abgeholt.«

»Er war nicht da«, log ich. »Deshalb muss ich es noch mal versuchen.«

Maya griff nach ihrem Kleid und drückte es gegen ihre Brust. »Manchmal gibst du mir echt das Gefühl, dir ist alles wichtiger als ich«, schmollte sie und ein kleiner Teil in mir wünschte sich, wir würden anfangen zu streiten. Damit sie es beendete.

Damit es endete und ich frei war.

»Baby, es tut mir leid«, antwortete der verstandsbesetzte Teil in mir. »Es ist einfach stressig im Moment. Die Uni, die Arbeit, der bevorstehende Umzug. Mein Kopf ist einfach voll, verstehst du?« Ich trat an sie heran und nahm ihr Gesicht in meine Hände. »Wir werden wieder mehr Zeit füreinander haben, das verspreche ich dir. Aber dafür ist es eben wichtig, dass Trev zu diesem Dinner kommt, denn sonst muss ich mir nämlich einen neuen Job suchen, und du weißt, dass das eine Katastrophe wäre. Gerade jetzt.«

Cliff war noch immer wütend darüber, dass ich ohne Absprache zu Maya gefahren war und meine Arbeit liegen gelassen hatte. Seine Drohung, dass ich meine Sachen packen könne, wenn ich Trevor nicht dazu bringen würde, zu dem Dinner zu kommen, war allgegenwärtig.

»Ich verstehe sowieso nicht, warum du ihn nicht einfach um Urlaub gebeten hast, denn dann hätten wir den ganzen Stress jetzt nicht und du müsstest nicht vor Trevor zu Kreuze kriechen.«

Ich hatte es nicht getan, weil ich vor meinen Gefühlen davongerannt war und nicht nachgedacht hatte. Weil ich versucht hatte, unsere Beziehung zu retten, genauso wie ich es jetzt gerade wieder tat. Doch das konnte ich Maya schlecht erklären, ohne ihr zu gestehen, dass ich sie nicht nur wochenlang belogen, sondern mit einer anderen Frau betrogen hatte.

»Ja, du hast recht, aber ich kann es jetzt nicht mehr ändern«, antwortete ich ausweichend, drückte einen Kuss auf ihre Lippen und ließ sie dann stehen, um die Schuhe anzuziehen. »Ich beeil mich, und wenn ich zurück bin, koch ich uns Abendessen.« Ich zog den Autoschlüssel vom Bord und öffnete die Wohnungstür. »Schreib mir einfach, worauf du Lust hast, und ich besorg die Zutaten auf dem Rückweg.«

Wenige Augenblicke später hastete ich wie betäubt die Treppen hinunter, stieß die Tür nach draußen auf und stieg in meinen Wagen. Erst an der nächsten Kreuzung hielt ich an, um mich anzuschnallen und die Musik aufzudrehen.

Ich fuhr durch die Stadt, doch an der Gabelung zu Trevors Strandhaus bog ich nicht ab und auch an den nächsten beiden Kreuzungen nicht. Stattdessen fuhr ich weiter, aus der Stadt heraus bis zu dem brachliegenden Grundstück des alten Flugfeldes. Dort parkte ich und schlüpfte schließlich durch das Loch im Zaun.

Ich setzte meine Hände an die erste Sprosse der Feuerleiter des baufälligen Gebäudes. Und dann kletterte ich. Ich stieg höher und höher. Achtete nicht auf die Geschwindigkeit oder das Drumherum. Es gab nur mich, die alten, verwitterten Stahlsprossen und den Wind, der in meinen Ohren dröhnte.

Oben angekommen fiel ich auf das moosbedeckte Dach und starrte in den wolkenverhangenen Himmel. Ich dachte an den Tag, als ich mit Ashley hier gewesen war. Ein Tag, der sich weit weg anfühlte. Alles mit ihr fühlte sich so an. Als wäre es in einem anderen Leben passiert.

Schon bevor wir uns heute begegneten, hatte ich gewusst, dass es meine Sehnsucht verstärken würde, sie zu sehen. Doch womit ich nicht gerechnet hatte, war, dass der Schmerz in ihren Augen meine Sehnsucht bis ins Unermessliche steigern würde. Selbst jetzt wollte ich nichts lieber, als zu ihr zu fahren, sie in meine Arme zu ziehen und sie nie wieder loszulassen. Gleichzeitig wollte ich sie tausendmal um Verzeihung bitten und die verdammte Zeit zurückdrehen.

Nicht nur, um sie niemals zu küssen und mich zu verlieben, sondern um ihr den Schmerz zu ersparen, den ich jetzt nicht mehr ändern konnte.

JAKE

In das Viertel zu biegen, in dem ich aufgewachsen war, ließ mich an meine Kindheit zurückdenken. Die drei Straßen, die das Haus meiner Eltern von der Villa trennten, in der Trevor aufgewachsen war, bargen Erinnerungen, an die ich gerne dachte.

Damals waren wir über die Gehsteige und Straßen gelaufen, waren durch die Gärten der Nachbarn geschlichen und hatten uns dabei gefühlt, als wäre das Leben nichts weiter als ein nicht enden wollender Abenteuerspielplatz.

Heute war alles anders. Das Leben war kein Abenteuer mehr, sondern nur noch voller Stolpersteine, die einem das Genick brechen konnten. *Wie meine Gefühle für Ash.*

Ich fuhr die Einfahrt zu unserem Haus hinauf und parkte zwischen dem Pick-up, der meinem Dad gehörte, und dem roten Mercedes Cabrio meiner Schwester Sandy.

Als der Motor erstarb, zwang ich mich, meine Aufmerksamkeit auf das zu richten, was mir bevorstand: ein

Abend mit meinem Onkel. Ein Abend, der über meine Zukunft entscheiden würde. So oder so.

Ich warf einen letzten Blick auf mein Handy, das in der Mittelkonsole steckte, und betete, dass Trevor sich endlich zurückgemeldet hatte. Aber nichts. Keine neuen Nachrichten. Keine Anrufe. Gar nichts. *Verflucht.*

Als ich ihm vor ein paar Wochen von Cliffs Forderung erzählt hatte, hatte er zähneknirschend zugestimmt, zu dem Dinner zu kommen. Für mich, um es mir nicht schwerer zu machen, als es ohnehin schon war. Doch nach der Sache mit Ash war ich mir nicht sicher, ob er sich an sein Versprechen halten und wirklich auftauchen würde, um mir aus der Patsche zu helfen.

Ich hatte versucht, es herauszufinden, aber seit vorgestern reagierte er weder auf Nachrichten noch auf Anrufe. Klar, er war wütend auf mich und das konnte ich ihm nicht einmal verdenken. Für das, was ich getan hatte, verdiente ich diese Wut sogar. Und es war ja nicht so, als wenn er der Einzige wäre, der sie empfand, nur ... ich brauchte ihn heute. Hier, bei mir.

Ich widerstand dem Drang, ihm ein weiteres Mal zu schreiben, weil ich wusste, dass es ihn nicht dazu bringen konnte, aufzutauchen und mir zu helfen. Ich stieg aus, umrundete den Wagen und hob Chase aus seinem Kindersitz, ehe ich mir den Blumenstrauß schnappte, den wir besorgt hatten.

Mit der Hand meines Sohnes fest in meiner lief ich an den bogenförmigen, bodentiefen Fenstern vorbei, die mit schmalen Fensterbänken ausgestattet waren, weiter bis zur Eingangstür.

In dem Moment, in dem wir eintraten, begrüßte uns meine Schwester Sandy mit einem verzückten Aufkreischen.

In schnellen Schritten eilte sie auf mich zu, hob Chase hoch und schlang anschließend einen Arm um mich, ehe ein feuchter Kuss auf meiner Wange landete.

»Gott, manchmal kommt es mir vor, als würde ich dich nur bei solchen Anlässen zu Gesicht kriegen.« Sie schob mich ein Stück weg, um mich zu begutachten. Dabei fielen die Ärmel der lila Bluse, die sich eng um ihren prallen Bauch schmiegte, über ihre Ellbogen.

»Was nur daran liegt, dass du dich hier nie blicken lässt«, konterte ich. Seit Sandy nicht mehr in der Highschool unseres Dads als Sozialarbeiterin arbeitete, sondern mit ihrem Mann Marco nach Los Angeles gezogen war, sahen wir uns kaum noch. »Du siehst toll aus.«

Sie lachte. »Ich bin rund wie eine Kugel, meine Füße ein einziger Klumpen und ich schnaufe wie ein Pferd. Toll ist anders, kleiner Bruder.«

»Das ist nach der Geburt sofort weg«, erklang Mayas Stimme hinter uns. In ihrem hellblauen, knielangen Kleid mit schwarzer Spitze trat sie neben mich. »Ich spreche da aus Erfahrung.«

»Das gibt Anlass zur Hoffnung.« Sie begrüßten einander mit einer Umarmung, ehe Sandy ihre Aufmerksamkeit wieder Chase schenkte. »Komm, Großer«, sagte sie zu ihm. »Deine Granny hat schon ein paarmal nach dir gefragt.«

Ich sah zu, wie meine zehn Jahre ältere Schwester mit meinem Sohn durch die ausladende Flügeltür im Inneren des Hauses verschwand.

Maya schmiegte sich an mich. »Ihr habt ja echt lange gebraucht, um den Strauß zu besorgen.«

»Ja.« Ich strich über ihr Haar. »Wir sind einen Umweg gefahren, das Wetter war so schön.«

Mich wunderte, wie leicht die Lügen mir über die

Lippen kamen. Es sollte mir schwerer fallen, mich geradezu anekeln – doch das tat es nicht. Die Unwahrheiten und Lügen halfen, mit allem umzugehen. Mit ihr, mir, diesem Uns. Und irgendwie war das sogar das Schlimmste daran: dass ich jede Möglichkeit nutzte, um Maya aus dem Weg zu gehen. So wie vor zwei Stunden, als wir ankamen und feststellten, dass wir die Blumen vergessen hatten, und ich losfuhr, um sie mit Chase zu besorgen, und der Gedanke an Maya, dieses Haus, das Dinner genügt hatte, um mich an den Pier zu treiben.

Maya griff nach meiner Hand und zog mich mit sich in Richtung Wohnzimmer, wo ich meiner Mom den dicken Blumenstrauß aus Rosen und anderem Gestrüpp in die Hand drückte und ihr und meinem Dad zum Hochzeitstag gratulierte.

Danach begrüßte ich meine Granny, die in einem pinken Hosenanzug neben meiner Schwester stand und Chase nicht mehr loslassen wollte. Sie liebte ihn. Jeder hier liebte ihn.

Wie sehr meine Familie mich auch für meinen Fehler verurteilt hatte, mit siebzehn ein Mädchen zu schwängern, so sehr gehörten Maya und er für sie zu meinem Leben. Für jeden hier waren die beiden ein selbstverständlicher Teil unserer Familie.

Die nächste halbe Stunde widmete ich mich dem Smalltalk mit Freunden und Familie, und obwohl ich durch die Arbeit bei Cliff daran gewöhnt sein sollte, unbedeutende Gespräche zu führen, hasste ich es. Smalltalk war noch nie mein Ding gewesen. Schon als wir Kinder waren, hatten Trevor und ich uns bei solchen Festen davongeschlichen, uns im Garten versteckt und mit Keaton abgehangen, der heimlich über die Mauer geklettert kam. Zusammen hatten wir uns in Trevors Baumhaus versteckt und die Erwachsenen ausgeblendet, die nichts weiter taten als langweilige Gespräche zu führen. Ich war nicht mehr zehn, aber der Wunsch, zu verschwinden, war noch derselbe wie damals.

Und er wuchs, als Cliff auf der Bildfläche erschien.

In einen seiner maßgeschneiderten Anzüge gekleidet, hielt er direkt auf mich zu und das Erste, was er zu mir sagte, war: »Wo steckt er?« Ja, mein Onkel hatte sich noch nie gerne mit Nebensächlichkeiten aufgehalten. Am liebsten kam er eben direkt zur Sache.

»Trev ist noch nicht hier«, antwortete ich und versuchte, mir meine Unsicherheit nicht anmerken zu lassen, so wie ich es mir angewöhnt hatte. Cliff war ein Raubtier. Sobald er Schwäche witterte, nutzte er sie auch. »Wie wäre es, wenn wir dir einen Drink besorgen?« Ich deutete auf den Tisch mit Getränken. »Champagner?«

Ich wusste noch immer nicht, was er sich eigentlich von dem erzwungenen Zusammentreffen mit Trevor erwartete, aber was ich wusste, war, dass ich morgen gar nicht erst in der Firma auftauchen brauchte, wenn Trevor sein Versprechen brach.

Cliff, dessen Augenbrauen noch immer zusammengekniffen waren, nickte endlich. Also straffte ich die Schultern und marschierte los, um ihm seinen Drink zu besorgen und mir wohlweislich selbst einen zu genehmigen.

Nach und nach trudelten weitere Gäste ein – doch auch eine Stunde später, als das Essen begann, fehlte von Trevor noch jede Spur. Ich stocherte auf meinem Teller herum, zerteilte Kartoffeln und das Bratenstück in winzige Stücke, ehe ich sie mir in den Mund schob.

Neben mir plätscherten die Gespräche. Maya war vertieft in eine Unterhaltung mit meiner Schwester, während sie Chase beim Essen half. Mein Dad plauderte mit Freunden und das Lachen meiner Granny vom hinteren Ende des langen Tisches bedeutete, dass sie eine ihrer Anekdoten zum Besten gab. Ich nahm einen Schluck aus meinem Wasserglas, um das Essen herunterzuwürgen, als ...

»Guten Abend allerseits«, sagte Trevor laut und klopfte dabei zur Begrüßung auf das Holz des Türrahmens. Die Gespräche verstummten abrupt, als er auf den Tisch zutorkelte und sich auf den freien Stuhl neben Cliff warf.

Alle Augen waren auf ihn gerichtet, während er quer über den Tisch nach dem Essen griff. Wahllos warf er Kartoffeln, Bohnen und ein Bratenstück auf seinen Teller, ertränkte alles in Unmengen Soße und begann, es herunterzuschlingen.

Als die Gespräche zögernd wieder einsetzten, suchte ich Trevors Blick, um herauszufinden, wie betrunken er war, wie es ihm ging. Doch seine Miene verriet nichts.

Nach dem Essen, als Maya Chase oben in einem der Zimmer zum Schlafen hinlegte und die Gäste mit meiner Mom für einen Abschlussdrink auf die Terrasse hinaustraten, forderte Cliff seinen Sohn auf, ihm in die Küche zu folgen. Doch Trevor ignorierte seine Aufforderung.

»Du kannst meine Freundschaft zu Jake vielleicht ausnutzen, um mich hierher zu zitieren«, sagte er und schwenkte seelenruhig das Glas in seiner Hand. »Aber deshalb muss ich noch lange nicht mit dir reden, *Dad*.« Das letzte Wort spuckte er eher, als dass er es sagte.

Cliffs Hände ballten sich. »Du bist immer noch mein Sohn. Wo bleibt dein Respekt?«

»Respekt?« Trevors Glas krachte auf die Tischplatte. »Du erwartest Respekt? Ausgerechnet *du*?«

»Ich bin immer noch dein Vater.«

»Nein«, funkelte Trevor und stand auf, um mit dem Finger auf ihn zu deuten. »Alles, was du bist, ist ein beschissener Lügner. Sonst gar nichts.«

»So redest du nicht mit mir, hast du mich verstanden!?« Cliff baute sich vor ihm auf. »So nicht!«

Ein erschrockener Aufschrei erklang, als er Trevors Schulterblätter packte und begann, ihn zu schütteln.

»Lass den Jungen los, Cliff«, rief meine Mom von der Terasse. »Ich bitte dich.«

»Was sonst, *Dad*?« Trevor schob seine Hände weg und geriet ins Straucheln. Ein Teller fiel klirrend zu Boden, als er im letzten Moment Halt am Tisch fand und ihn herunterriss. »Willst du mir mein Taschengeld streichen? Mir Hausarrest aufbrummen? Oder mir noch mehr Kohle für mein Schweigen in den Rachen stopfen?«

»Ich warne dich, Sohn!«

»Du kannst die Wahrheit einfach nicht ertragen, was? Und deshalb sollte ich auch herkommen. Damit du allen weismachen kannst, dass du und ich –«, Er deutete zwischen sich selbst und Cliff hin und her, »– ihren Tod überwunden haben und niemand erfährt, dass ich überhaupt nicht dein Sohn bin.« Trevor ließ den Tisch los, drehte sich Richtung Terrasse. »Richtig gehört«, rief er den Gästen zu. »Ich. Bin. Nicht. Der. Sohn. Von. Cliff Gossow. War es nie und werde es nie sein.«

Cliffs Gesicht wurde erst feuerrot, dann leichenblass. Er wirkte, als hätte Trevor ihm die Faust in den Magen gerammt. Wortlos drehte er sich um, trampelte Richtung Küche davon.

Eine Tür knallte.

Trevor griff sich eine volle Champagnerflasche vom Beistelltisch, verbeugte sich und ging ebenfalls.

Ich folgte ihm nach draußen.

»Warte …«

»Spar's dir einfach, Jake. Ich hab keinen Bock auf dich, deine Lügen oder die von irgendwem sonst, klar?«

Abrupt blieb ich stehen, als meine Augen Ashley am Steuer von Trevors Cabrio entdeckten, das in der Einfahrt stand. Bei laufendem Motor wartete sie, dass Trevor auf den Beifahrersitz rutscht, und umklammerte wie erstarrt das Lenkrad, bis er sich zu ihr lehnte und etwas zu ihr sagte.

Dann fuhr sie los, preschte die Einfahrt herunter und hinterließ nichts als eine Staubwolke.

ASHLEY

»Wohin soll ich fahren?«, fragte ich Trevor, der gegen die Rückenlehne gesackt war und aus dem geöffneten Fenster starrte.

»Egal.« Müde drehte er den Kopf in meine Richtung. Seine Augen waren blutunterlaufen und flackerten vor Schmerz. »Nimm die Zweiundachtzigste und bieg ab auf den Highway. Ich will einfach nur ... weg.«

»Okay.«

Schon als er mich am Nachmittag mit einer Flasche Wodka in der Hand gebeten hatte, ihn an diesen Ort zu fahren, hatte er erschöpft und fertig ausgesehen. Doch das war nichts im Vergleich dazu, wie er jetzt aussah.

»Trev?«

»Hmm?«

»Was hat Jake da gemacht?«

Ich hatte eine Stunde im Wagen gesessen, die Autos in der Einfahrt angestarrt, gewartet, dass Trevor zurückkam, und mich gefragt, was er dort wollte. Doch damit, Jake zu sehen, hatte ich nicht gerechnet. Nicht, dass es mich wirklich interessiert hätte, wem das Haus gehörte oder was Trevor dort wollte, aber ... In den letzten Wochen hatte er mich nie in Situationen gebracht, in denen ich Jake sehen musste. Er hatte ihm ja sogar verboten, im Strandhaus aufzutauchen.

»Es ist das Haus seiner Eltern.« Er rieb sich über das Gesicht. »Tut mir leid, dass du ihn sehen musstest. Ich hab nicht nachgedacht.«

»Schon okay.«

»Nein, ist es nicht«, sagte er und griff nach der Champagnerflasche zwischen seinen Beinen, um sie an den Mund zu setzen. Ein paar Schlucke später verzog er das Gesicht. »Gott, dieses Zeug schmeckt so was von abartig.« Mit dem Handrücken wischte er sich über den Mund, ehe er sich wieder gegen die Lehne fallen ließ. »Ich hätte dich nicht bitten sollen, dort auf mich zu warten.«

Die Auffahrt zum Highway kam in Sicht und einen Moment später brausten wir über den Pacific Coast Highway.

Neben uns tauchte der Ozean auf, tiefblau und unendlich. Gischt tanzte zwischen den Wellen und nicht zum ersten Mal, seit ich in Savanna Springs war, kam mir der Gedanke, dass das Meer genauso war wie das Leben. An manchen Tagen lag es ruhig und still da und sah aus, als gäbe es nichts, das unter der Oberfläche lauerte, doch in anderen Momenten tobte es und riss alles mit sich. Es gab Gewitter und Stürme und Tage voller Sonnenschein, in denen die glitzernden Wellen an Fußknöcheln brachen und alles sich gut anfühlte. Und es gab Tage, an denen das Leben rau und hungrig alles verschlang. Dich verschlang – mit Haut und Haar.

Mein Blick fiel wieder auf Trevor. Auf seine starre, harte Miene, die Hände, die verkrampft in seinem Schoß lagen, sich immer wieder ballten. Auch in seinem Inneren tobte ein Sturm, obwohl sein Äußeres vollkommen still war. Zu still.

An der nächsten Ausfahrt setzte ich den Blinker und fuhr auf einen Rastplatz. Zwei BMW parkten direkt neben dem Toilettenhäuschen. Auf der anderen Seite stand ein roter VW-Bus und links zwei einsame Trucks.

Ich fuhr in eine der Parklücken und schaltete den Motor aus. »Erzählst du mir, was passiert ist?«

»Mein Dad ist passiert.« Er griff nach der Champagnerflasche, setzte sie an die Lippen und leerte sie bis zum letzten Tropfen.

»Was hat er getan?«

Ich hatte Cliff Gossow schon erlebt. Seine harte, unnachgiebige Seite, und ich wusste, wie stark er Trevor unter Druck setzte, er solle sich nach dem Tod seiner Frau wieder als Teil der Familie repräsentieren, die ihn großgezogen hatte. Und ich wusste ebenso, dass Trevor ihm nicht verzeihen konnte.

»Du meinst, außer dass er wie immer Jake gegen mich ausgespielt hat?« Seine Finger ballten sich zu Fäusten. »Er wollte, dass ich zu diesem gottverdammten Essen komme, um sich nicht die Blöße zu geben. Er wollte, dass er und ich vor diesem Leuten einen auf heile, perfekte Familie machen. Aber ich habe ihm die Tour vermasselt.« Er lachte leise, aber trocken auf. »Ich dachte, es würde sich gut anfühlen, den Leuten zu sagen, dass er gar nicht mein Vater ist, sondern ein Blender. Aber weißt du was, Ash? Es fühlt sich nicht gut an. Es ändert gar nichts. Da ist keine Genugtuung und auch keine Erleichterung, sondern bloß ein großes, fettes Nichts, verdammte Scheiße!« Er ließ die Faust auf seinen Oberschenkel krachen und ich lehnte mich zu ihm, legte meine Hand auf seine, um ihn davon abzuhalten, seine Wut gegen sich selbst zu richten. »Ich hasse ihn, verstehst du das? Ich hasse seine Lügen, seine gottverdammte Überheblichkeit. Ich hasse, dass er glaubt, dass es *irgendetwas* gibt, das seine Lügen ungeschehen machen könnte. Ich hasse, dass er glaubt, er könne irgendwas tun, damit es wieder gut wird. Denn das wird es nicht, Ash. Weil sie tot ist! Meine Mom ist verdammt noch mal tot!«

Trevor riss seine Hand aus meiner, warf den Gurt zurück und stieß die Autotür auf. Draußen trat er gegen einen der Mülleimer, die auf dem gesamten Rastplatz verteilt waren. Sein Fuß kickte immer wieder gegen das Metall.

Eine alte Zigarettenpackung flog auf die Straße, gefolgt von einer leeren Glasflasche. Sie rutschte heraus und zersprang an genau der Stelle, an der Trevor im nächsten Moment in sich zusammenbrach.

Er ließ sich fallen. Mitten in die Scherben.

Ich sprang aus dem Wagen, versuchte, ihn auf die Beine zu zerren. Doch er regte sich nicht.

»Ich hasse ihn«, sagte er. »Ich hasse ihn einfach.«

»Ich weiß.« Statt weiter an seinem Arm zu zerren, ihn dazu bringen zu wollen, aufzustehen, schlang ich die Arme um seinen Hals und zog ihn an mich. »Ich weiß, dass du ihn hasst und sie dir fehlt. Ich weiß es.«

Trevor presste sein Gesicht gegen meine Schulter, vergrub es in meiner Halsbeuge und ich spürte die Tränen, die mein Shirt benetzten. Seine Finger gruben sich ein bisschen zu fest in meinen Rücken, doch das spielte keine Rolle. Ich kannte ihn high, betrunken, wütend. Aber das hier – diese pure, tiefe Verzweiflung und der Schmerz, der in ihm loderte – war viel schlimmer. Ich wollte diesen Kummer aus ihm herausreißen, damit er aufhörte, ihn zu quälen. Wollte die Flammen auslöschen, die sein Herz auffraßen.

Ich spürte die Blicke der Fremden auf uns, die sich ebenfalls auf dem Rastplatz aufhielten, als er mich nach einer Ewigkeit losließ und aufstand. Als ich sein linkes Hosenbein sah, schluckte ich. Es war dunkel vor Blut und mehrere Glassplitter hatten sich unterhalb des Knies in seine Haut gebohrt.

»Komm.« Ich griff nach seiner Hand, um ihn zurück zum Auto zu ziehen. Dort öffnete ich die Beifahrertür und wartete, bis er saß, ehe ich das Auto umrundete und den Erste-Hilfe-Kasten aus dem Kofferraum holte. »Wir müssen das säubern«, erklärte ich und fischte eine Wasserflasche aus der Mittelkonsole. Ich trennte den Stoff auf, und da ich keine Pinzette fand, entfernte ich die Scherben, so gut es ging, mit den Fingern. Eine der Wunden war tief und blutete noch immer, der Rest hatte Gott sei Dank bereits aufgehört. Ich säuberte sie mit etwas Wasser und machte einen festen Verband, um die Blutung irgendwie zu stoppen.

»Wir müssen das im Krankenhaus versorgen lassen.«

»Wenn es unbedingt sein muss«, brummte er.

»Muss es.« Ich wusste nicht, ob ich wirklich alle Glassplitter entfernt hatte, und da ich kein Desinfektionsmittel hatte, war die Gefahr, dass sich die Wunde entzündete, einfach zu groß. Außerdem hemmte die Menge an Alkohol, die er getrunken hatte, die Blutgerinnung.

Ich half ihm, sich anzuschnallen, ehe ich zurück auf den Fahrersitz rutschte und den Motor startete.

»Ash?« Trevor legte seine Hand auf meine. »Danke.« Ein leichter Druck. »Für alles.«

JAKE

Ich kippte den letzten Rest des Kaffees runter, dann stellte ich den Becher in die Ablage der Mittelkonsole und schaltete den Motor aus. Ich hatte gehofft, dass eine zweite Dosis Koffein dabei helfen würde, mich wacher zu fühlen, doch nach dem Desaster des gestrigen Tages, dem ausufernden Streit zwischen Cliff und Trevor und der anschließenden schlaflosen Nacht half scheinbar nichts, damit ich mich wirklich lebendiger fühlte. Oder besser.

Ich hatte gewusst, dass es Trevor nicht leichtfallen würde, zu dem Dinner zu kommen und seinen Vater zu sehen. Trotzdem hatte ich ihn angefleht, es zu tun, um meinen eigenen Arsch zu retten. Ich war ein Feigling.

Ein gottverdammter Feigling.

Ein paar Minuten später klingelte ich an seiner Haustür. Ich wusste, dass er mich nicht hier haben wollte, aber ich musste mit ihm reden, ihm sagen, wie leid es mir tat und dass ich das nicht gewollt hatte. Von Angesicht zu Angesicht.

Die Tür ging auf, doch statt Trevor stand dort ein fremder Typ mit Pupillen groß wie Unterlegscheiben. Augenblicklich machte sich ein ungutes Gefühl in meiner Magengegend breit.

»Warum glotz'n du so?« Seine abgekauten Nägel pulten an dem Lack der Tür, während seine Augen an dem Anzug, in dem ich steckte, hinabglitten. »Hältst dich für was bessres, wa?«

»Quatsch«, antwortete ich. »Ich habe nur Trevor erwartet, das ist alles. Ist er da?«

Der Kerl zuckte mit den Schultern und bedeutete mir, einzutreten. Ich folgte ihm durch den Flur bis ins Wohnzimmer, wo Musik aus den Boxen in der Ecke drang.

Ich ließ den Blick durch den fast menschenleeren Raum schweifen und war irritiert, weil ich mich auf eine von Trevors Partys gefasst gemacht hatte. Doch statt einer Party fand ich bloß eine Gruppe aus acht rauchenden Leuten vor, die an einem Tisch Karten spielten. Ich sah mich nach Trevor um, doch als ich ihn weder in der Küche noch draußen entdeckte, machte ich mich auf den Weg ins obere Stockwerk.

Ich klopfte an seine Zimmertür. »Trev?« rief ich. »Bist du hier?«

»Was tust du hier?«, erklang seine Stimme einen Moment später vom Ende des Ganges, gefolgt vom Schließen einer Tür.

»Ich wollte –« Die Worte blieben mir im Hals stecken, als ich mich zu ihm umdrehte und den dicken Verband bemerkte, der um seinen rechten Unterschenkel gewickelt war.

»Ist mir scheißegal, was du wolltest. Du hast hier nichts zu suchen.« Er deutete Richtung Treppe. »Verpiss dich.«

Ich ignorierte seine Aufforderung. Trevor und ich waren Freunde, seit ich denken konnte. Wir hatten die lustigsten, schlimmsten und verrücktesten Dinge miteinander erlebt. Wenn einer von uns krank geworden war, hatten wir uns in das Haus des anderen geschlichen, statt in die Schule zu gehen. Wir hatten ganze Tage am Bett des anderen verbracht, uns Comics vorgelesen, und wenn einer von uns Hausarrest bekam, hatten wir uns gegenseitig Süßigkeiten durchs Fenster geworfen. Wir hatten gleichzeitig begonnen, uns für Mädchen und Horrorfilme zu interessieren, hatten Pornos aus den Papiertonnen der städtischen Verwaltung geklaut und uns das erste Mal zusammen betrunken. Trevor war es gewesen, der für mich da gewesen war, als meine Welt mit siebzehn auseinanderbrach, und ich war es, zu dem er gekommen war, als er von seiner Adoption erfahren hatte.

Seit ich denken konnte, standen wir füreinander ein, teilten unsere Gedanken und unsere Leben. Wir waren immer füreinander da gewesen, konnten aufeinander zählen, zu jeder Zeit, einfach immer, ganz egal, was passierte. Und ich war nicht bereit, unsere Freundschaft ausgerechnet jetzt endgültig aufzugeben.

»Was ist mit deinem Bein?«, fragte ich, doch statt mir zu antworten humpelte Trevor wortlos an mir vorbei in Richtung seines Zimmers.

»Was ist damit passiert?«, fragte ich ein weiteres Mal, als er sein Zimmer erreichte. »Komm schon, red mit mir.«

»Kein Interesse.« Er schob die Tür auf. »Geh.«

Die Tür knallte. Ein Schlüssel drehte sich. Musik wurde aufgedreht.

»Er ist in eine zerbrochene Flasche gefallen«, hörte ich Ash plötzlich hinter mir sagen. Ihre Stimme rauschte durch meinen Körper und verursachte eine Gänsehaut.

Wie in Zeitlupe drehte ich mich zu ihr um. Sie stand neben der Tür des Zimmers, das früher Trevors Mom gehört hatte. Ihr Haar war zerzaust, als wäre sie gerade erst aufgestanden, und ihr Körper steckte in einer blaugrünen Yogahose und einem enganliegenden blauen Tanktop, das ihre Kurven perfekt betonte.

»Es hat zu stark geblutet, deshalb wurde er genäht. Er muss sich ausruhen.«

»Verstehe.«

»Nein«, sagte sie langsam. »Ich denke, du verstehst es nicht.«

Ich sah, wie sie schluckte und sich zwang, mir in die Augen zu sehen. »Du hast zugelassen, dass die beiden sich so begegnen, und das zerreißt ihn. Er packt das nicht.«

Natürlich hatte ich gewusst, wie schwer es für Trevor war, aber es jetzt aus Ashleys Mund zu hören, machte es noch realer und schmerzhafter als ohnehin schon. Mein schlechtes Gewissen wuchs, während ich dastand und sie einfach nur ansah. Der Schmerz in ihren Augen war genauso deutlich wie der in Trevors. Vielleicht noch deutlicher.

»Ash ...« Ich befeuchtete meine Lippen, denn plötzlich war mein Mund staubtrocken. »Ich –«

»Ich glaube«, sagte sie mit einem Zittern in der Stimme, »es ist wirklich besser, wenn du jetzt gehst, Jake.«

Als sie sich umdrehte, um zurück durch die Tür zu gehen, aus der sie gekommen war, konnte ich das verräterische Glänzen in ihren Augen sehen. Da waren Tränen.

Sie weinte.

Wegen mir.

»Es tut mir leid«, sagte ich Richtung Tür, als Ashley sie mit einem Klicken ins Schloss drückte, obwohl sie es längst nicht mehr hören konnte.

Ich verließ das Obergeschoss, lief an dem Tisch vorbei, an dem die Fremden noch immer Karten spielten, und an Jackson, der diesmal neben dem Kerl auf dem Sofa saß, der mir die Tür geöffnet hatte.

Draußen, als ich in meinem Wagen saß und das Lenkrad mit festem Griff umklammerte, wünschte ich, ich wäre nicht hergekommen. Denn die beiden zu sehen war wie ein Unfall.

Ein Unfall, den ich verursacht hatte und dessen Scherben ich nicht aufsammeln konnte.

Mein Handy klingelte.

Langsam löste ich den Druck meiner Finger um das Lenkrad, um es aus meiner Hosentasche zu ziehen.

Maya.

»Meinst du, Chase' Schrank passt wirklich in das zweite Zimmer?«, fragte sie, ohne mich zu begrüßen. »Ich habe gestern, bevor ich geflogen bin, vergessen, es auszumessen, und Mom und ich sind uns nicht sicher. Auch wegen der Farbe. Meinst du, es wird mit den neuen Wandfarben nicht zu bunt?«

»Der rote? Ich denke schon, dass er passt. Aber ich kann die Stelle noch mal messen, sobald ich zu Hause bin.« Ich räusperte mich. »Und klar passt der zu den anderen Farben, das gibt doch einen tollen Kontrast.«.

»Und die Kommode?«

Ich schloss die Augen, um mich auf das Gespräch zu konzentrieren. »Passt auf alle Fälle links neben das Bett«, erklärte ich. »Und ansonsten stellen wir die neuen Regale nicht längs auf, sondern über Eck.«

»Gute Idee.« Sie seufzte erleichtert auf. »Ich will das so ungern alles weggeben.« Etwas klapperte, dann wurde es wieder still. »Es ist echt so schwer, sich zu entscheiden, was wir mitnehmen und was nicht. Danke, Schatz. Ich ruf dich heute Abend noch mal an, wenn du bei Cliff fertig bist. Wir lieben dich.«

Die Leitung erstarb.

Ich schob das Handy zurück in die Hosentasche und sackte mit dem Gesicht gegen das Lenkrad. Mehrere Sekunden blieb ich in der Position. Verharrte, unfähig, mich zu rühren, denn nicht nur die Müdigkeit war bleischwer.

Doch schließlich schluckte ich die Gefühle herunter, setzte mich auf und zwang mich, den Motor zu starten. Um weiterzumachen, trotz allem.

ASHLEY

Wieder eine Nachricht. Wieder derselbe Text. Ich starrte auf das Display. Ließ meine Augen über jeden einzelnen Buchstaben gleiten, in der Hoffnung, der Text würde sich ändern. So als könnte ich mit bloßer Willenskraft dafür sorgen, dass die Worte, die dort standen, andere wären und weniger wehtaten.

JAKE: Ich wollte dir nicht wehtun. Es tut mir leid. Das mit Maya. Einfach alles.

Jake am Sonntag vor dem Haus seiner Eltern wiederzusehen und nur einen Tag später in Trevors Haus hatte nichts verbessert. Es hatte dem Schmerz bloß ein neues Gesicht gegeben.

»Bist du bereit?«, fragte Zara, deren manikürten Nägel plötzlich wieder auf dem schwarzen Handtuch ruhten, das um meinen Kopf geschlungen war.

Ich drückte die Nachricht weg, warf das Handy zurück in meine Tasche und nickte ihr über den Spiegel zu.

Feuchte Haarsträhnen fielen mir ins Gesicht, als sie den Turban löste. Und … *wow*. Die Spitzen meiner zuvor blonden Haare waren dunkelbraun.

»Gefällt es dir?«

»Es ist perfekt, Zara. Wirklich.« Ich lehnte mich vor, zupfte an einer der feuchten Strähnen. Zara hatte es noch besser hinbekommen, als ich es mir vorgestellt hatte. »Hast du mal darüber nachgedacht, so was beruflich zu machen?« Zara hatte nicht nur ein Händchen für Frisuren und Make-up und war selbst stets gut gestylt, sondern ihre Augen hatten geradezu gestrahlt, als sie die Farbe auf mein Haar aufgetragen hatte.

»Nicht nur einmal.« Sie verstaute die übrig gebliebene Emulsionsmischung im Badezimmerschrank. »Kim liegt mir damit schon ewig in den Ohren, aber –« Zara bedeutete mir, mich auf dem Stuhl wieder aufzurichten. Sie holte den Föhn, einen Kamm und mehrere Fläschchen heraus.»– ich habe meiner Tante versprochen, dass ich das mit dem Studium zumindest zwei Semester lang probiere. Mein Dad hätte das auch so gewollt.« Sie hob zwei Fläschchen Haarlotion in die Höhe und schnupperte daran. »Es war ihm immer wichtig, dass wir tun, was wir lieben, aber auch, dass wir uns damit finanzieren können. Und Tante Jill denkt das auch. Als Frisör und Kosmetiker verdient man nicht viel, außer man geht nach L.A. und stylt die Stars.«

Sie massierte die Lotion des zweiten Fläschchens in mein Haar und griff nach dem Kamm. »Kann ich dich was fragen?«

»Klar.«

»Was schreibt er dir?« Sie nickte in Richtung meiner

Tasche. »Jake. Die Nachricht eben, die war doch von ihm, oder nicht?«

Also hatte sie doch auf das Display gelinst. »Dass es ihm leidtut.«

»Das sollte es auch.« Der Kamm fuhr durch mein Haar. »Ich versteh ihn einfach nicht. Ich erkenne ihn nicht wieder. Früher hätte er –«

»Können wir aufhören über ihn zu reden. *Bitte.*« Ich ertrug es nicht. Denn seit er mir vor fünf Tagen bei Trevor im Haus gegenübergestanden hatte, tat es noch mehr weh als sowieso schon. Über ihn zu reden machte all das hier zunichte, was wir genau deshalb taten, damit ich mich besser fühlte und auf andere Gedanken kam.

Nachdem Jake am Montag im Strandhaus aufgeschlagen war, hatte ich sie angerufen. Ich hatte ihr alles erzählt, von Trevor, seinem Dad, dem Krankenhaus und dass er seitdem mit Gras den Schmerz betäubte. Ein paar Stunden später war sie gekommen – zusammen mit Keaton. Sie hatte sich meine Tasche geschnappt und mich in die Mall geschleift, um mich Klamotten anprobieren zu lassen und mich so für ein paar Stunden auf andere Gedanken zu bringen, während Keaton bei Trevor blieb. Am nächsten Tag waren sie wiedergekommen, um mich ins Kino zu entführen, und auch die zwei Tage danach war sie da gewesen.

Sie hatte mich durch die Stadt geschleppt, mir Plätze gezeigt, die in keinem Touristenguide zu finden waren, und gestern war sie mit mir über die mexikanische Grenze gefahren, um Farben und weiteres Equipment für meine Haare zu besorgen, nachdem sie mich erst kurz davor davon überzeugt hatte, dass ein neuer Look die perfekte Möglichkeit sei, mich besser zu fühlen.

Heute stylte sie mich um. Es war Freitagabend und

wir würden ausgehen, nicht ins *Pacific Tragedy*, wo die Chance bestand, Jake zu begegnen, sondern zu einem Konzert in einem Club am anderen Ende der Stadt.

»Tut mir leid, ich habe nicht nachgedacht.« Sie ließ den Kamm sinken und griff nach dem Föhn. »Dann machen wir dich mal fertig, was? Neuer Look, neues Gefühl.«

Während die heiße Luft mein Haar trocknete, wünschte ich, es wäre so einfach. Wünschte, eine neue Frisur und neue Klamotten könnten mir wirklich ein neues Lebensgefühl vermitteln und Ausgehen und Feiern mich tatsächlich darin unterstützen, Jake zu vergessen. Aber die Sache war, dass ich mir nicht einmal sicher war, ob ich das überhaupt wollte.

Denn Jake zu vergessen bedeutete auch, die guten Gefühle auszulöschen. Das, was mir geholfen hatte, mit Tamis Tod umzugehen. Mit den Schuldgefühlen, den Fragen, der zermürbenden Suche nach dem Warum.

Ihn zu vergessen bedeutete, die Hoffnung aufzugeben. Da war ein Teil in mir, der sich weigerte, einzusehen, dass es vorbei war. Der sich zurück zu den kurzen, intensiven Momenten träumte, in denen ich mich das erste Mal seit Tamis Tod wieder lebendig gefühlt hatte.

Die Luft in meinem Haar verebbte, Stille machte sich breit. Zara lächelte mir über den Spiegel hinweg zu und ich konnte nicht anders, als ihr Lächeln zu erwidern.

Ich sah gut aus. Meine Haare fielen mir sanft auf die Schultern und das Make-up, das sie aufgetragen hatte, ließ mein Gesicht geradezu leuchten.

»Dann fehlt jetzt nur noch dein Outfit.« Sie hob die Tüte mit den Sachen hoch, die wir bei der Shoppingtour erstanden hatten, und drückte sie mir in die Hand. »Am besten gehst du in mein Zimmer und ziehst dich um, während ich mich hier fertig mache.«

Zara kramte in ihrem Make-up-Täschchen am Waschbecken und begann, Foundation aufzutragen, während ich die Tür öffnete. Ich trat in den schmalen, vollgestellten Flur und bog nach links in das erste von drei nebeneinanderliegenden Zimmern.

Im Gegensatz zu Jakes Apartment oder Trevors Strandhaus war die Wohnung, in der Zara und Keaton lebten, klein und zugestellt. Es gab keine teuren Möbel oder luxuriöse Einrichtungsgegenstände, dafür aber übervolle Bücherregale, jede Menge selbstgemachte Deko und die gesamte Wohnung strahlte eine gemütliche Atmosphäre aus. Alles wirkte einladend und freundlich und Zaras Zimmer erinnerte mich an eine Höhle. Es war bunt, in warmen Farben gehalten und voller Traumfänger.

Ich stellte die Tüte auf dem großen Himmelbett ab, zog das Outfit heraus und schlüpfte aus meinen Klamotten, um mich umzuziehen.

Wenig später betrachtete ich mich in dem hohen Wandspiegel, der zwischen Lichterketten, Federn und kleinen Mosaikbildern hing. Ein zartes Lächeln stahl sich auf mein Gesicht. In dem grau-schwarzen Longshirt und den engen Jeans sah ich nicht nur gut aus – beides ließ meine neue Haarfarbe geradezu strahlen. Es gefiel mir.

ASHLEY

Das *Double Dreams* war ein Club, der von außen unscheinbar und mit seiner rissigen Fassade und der Gasse, in der er lag, ganz und gar nicht ansprechend wirkte. Doch die lange Schlange aus Menschen vor dem Eingang zeigte, dass der erste Eindruck täuschte, und ich erinnerte mich daran, wie Zara erwähnt hatte, dass genau das das Konzept des Clubs war. Sie konzentrierten sich nicht auf die Außenwirkung, sondern auf die Bands, die im Inneren spielten.

Mein Blick fiel auf Zara, die neben mir etwas in ihr Handy tippte. Sie war in kniehohe Stiefel und ein dazu passendes Jeanskleid geschlüpft. Ihre lange schwarze Mähne fiel in dünnen, zusammengedrehten Strähnen, die sie mit einzelnen Perlen fixiert hatte, über ihren Rücken. Das Glitterpulver auf ihren Wangen passte zu den Strasssteinchen auf ihrem Kleid, das ihre Schwester Kim ihr genäht hatte.

Eine Viertelstunde später traten wir durch ein hallenähnliches Foyer ins Innere des Clubs. Es bestand aus einer Bühne und einer Bar, die rechts in einen Loungebereich überging.

Wir bestellten zwei Cocktails – alkoholfrei, weil Zara glaubte, unser Ablenkungsprogramm würde nicht wirken, wenn ich mich betrank, und außerdem war mir die Lust auf Alkohol seit der Gehirnerschütterung ohnehin vergangen. Eine Schaukel gegen den Kopf zu bekommen war nichts, was ich zwingend wiederholen wollte.

Mit den Drinks in den Händen suchten wir uns einen Platz an der Bühne und warteten, bis die Musik aus dem Boxen verebbte und das eigentliche Konzert begann.

Zwei Stunden lang lauschte ich den harten Gitarrenriffs und dem rockigen Sound der Band aus Portland. Ließ mich treiben zu der Musik, dem Beat, den Melodien. Und es tat wirklich gut. Zu tanzen, mich in der Musik zu verlieren und zu spüren, wie sie die Gedanken aus meinem Kopf spülte.

Auf der Party nach dem Konzert stießen zwei Freundinnen von Zara zu uns. Mary war klein, eher rundlich und wahnsinnig attraktiv. Sie hatte fülliges rotes Haar und trug ein Kleid, das ihre Kurven in perfektes Licht setzte. Nadia dagegen war schlank, hochgewachsen und trug eine Brille mit schmalem Rand, die farblich zu dem eng anliegenden Minirock passte, den sie mit einem knallroten Shirt kombiniert hatte.

»Wir kennen uns aus *Englische Literatur* bei Mr. Erikson«, erzählte Zara mir über die Musik hinweg.

»Und wir finden es beide genauso öde wie sie«, erklärte Mary und hob ihr Glas mit einer rötlichen Flüssigkeit an die Lippen. Dann sah sie mich an und fragte: »Kennst du zufällig den Film *Zoomania*?«

Als ich den Kopf schüttelte, erklärte sie: »Das ist so ein Zeichentrickfilm, bei dem eine Häsin unbedingt zur Polizei will. Jedenfalls gibt es da diese Szene, in der sie so einen Schurken zu einer Behörde begleitet, bei der nur Faultiere arbeiten, und weißt du, wie die reden?« Sie drückte Zara ihren Drink in die Hand, positionierte sich vor uns, drückte die Brust raus und begann zu reden. Dabei betonte sie jeden Buchstaben so, dass die Worte bis zur Unerträglichkeit in die Länge gezogen wurden.

Zara und Nadia kicherten neben mir.

»Genau so!« Lachend drückte Zara die Hand vor den Bauch. »Er redet ganz genau so! O Gott, jedes Mal will ich ihm irgendwas an den Kopf werfen, um ihn dazu zu bringen, nur ein bisschen schneller und enthusiastischer zu sprechen.«

Bei weiteren Cocktails erzählten Zara, Nadia und Mary von ihrem Unileben und ich konnte nicht anders, als ihnen neidisch zuzuhören. Ich wollte das auch. Ich wollte in Vorlesungen gehen, mich über Professoren, Kursinhalte und blöde Hausarbeiten aufregen und meine Tage zwischen Schreibtischen, Büchereien und Vorlesungen verbringen.

Zu studieren wäre so viel besser, als nur grübelnd in Trevors Strandhaus zu sitzen und Löcher in die Decke zu starren. Es wäre ... etwas *Sinnvolles*. Ein Faden, der mich das Leben wieder aufnehmen lassen würde.

Doch ohne die Unterstützung meiner Eltern hatte ich keine Ahnung, wie ich die hohen Studiengebühren bezahlen sollte, und sie weigerten sich noch immer, mich zu unterstützen. Der Job, für den ich mich in der Bibliothek beworben hatte, würde da auch nicht helfen – wenn ich ihn überhaupt bekam.

Ich schob den Gedanken an meine Mom und meinen Dad und das Konto, das sie vor mir zurückhielten, weg und konzentrierte mich stattdessen auf das Trio vor mir. Der Abend war zu schön, um ihn mit Gedanken an meine Familie und das, was ich in Chicago zurückgelassen hatte, zu vergiften.

Wir bestellten mehr Drinks, tanzten und lachten, während die Zeiger der Uhr unaufhörlich weiterliefen. Als ich das nächste Mal auf die Uhr sah, waren zwei weitere Stunden vergangen und meine Füße vom vielen Tanzen angeschwollen.

Gegen zwei Uhr verließen wir zu viert den Club und stiegen gemeinsam in Keatons alten Truck, mit dem wir hergekommen waren. Auf dem Rückweg legten wir einen Zwischenstopp beim *Burger Palace* ein, einem Drive-In, der auf dem Weg lag. Wir teilten uns mehrere Portionen Pommes und einen Haufen Chicken Nuggets mit süßsaurer Sauce. Dazu tranken wir eher mittelmäßigen Cappuccino und Cola.

Am Ende tauschten Nadia, Mary und ich die Nummern und ich schrieb Trevor, dass ich auf dem Rückweg sei.

Zara brachte erst Mary nach Hause, ehe sie mich zum Strandhaus kutschierte. Der Motor erstarb und sie beugte sich zu mir herüber. »Montag nach der Uni hol ich dich ab, okay?«

»Um nichts in der Welt will ich deinen Geburtstag verpassen«, schwor ich.

»Und sei pünktlich.« Zara deutete in gespielter Ernsthaftigkeit auf mich. »Ich muss mich nämlich danach noch fertig machen, damit wir es rechtzeitig ins Kino schaffen.«

»Versprochen.« Wie zum Pfadfinderehrenwort hob ich die Finger zu einem Schwur an, ehe ich die Tür aufdrückte und Nadia und ihr zum Abschied winkte.

Ich wartete, bis die Rücklichter des Wagens an der Kreuzung verschwanden, bevor ich über die Straße auf das Tor zuschlenderte. Die Sonne tauchte den Horizont bereits in ein zartes Licht, doch es würde noch dauern, bis sie endgültig aufging.

Ich drückte das Tor auf und folgte dem Weg, der zum Hauseingang führte. Im Gehen kramte ich nach dem Schlüssel, der irgendwo in meiner Handtasche war. Eine Bewegung an der Hauswand lenkte mich ab und ließ mich innehalten. Ich drehte den Kopf zur Seite und entdeckte etwa vier Meter neben der Tür eine Gestalt, die an der Mauer lehnte. Groß. Schlank. Breite Schultern. Ein Mann.

Sein Gesicht lag im Schatten, doch ich spürte seinen Blick auf mir. Im Gehen tastete ich nach der Dose Pfefferspray, die Trevor mir beim Einzug in die Hand gedrückt hatte, weil er sichergehen wollte, dass ich mir aufdringliche Gäste vom Hals halten konnte. Ich straffte die Schultern, um keine Angst zu signalisieren, und hielt unbeirrt auf die Haustür zu.

Vier Meter.

Drei Meter.

Zwei …

»Willst du mich denn gar nicht begrüßen?«

Gänsehaut überzog meinen Körper, als der Bewegungsmelder ansprang und ich in das Gesicht des Mannes blickte, der mir vor vier Jahren das Herz herausgerissen hatte. Sie rann über meinen Körper wie eiskaltes Wasser. *Nein*. Das konnte nicht sein. Das konnte einfach nicht sein.

»W-was machst du hier?«

»Was ich hier mache?« Ians Lippen verzogen sich zu einem hämischen Grinsen. »Müsstest du das nicht am allerbesten von uns beiden wissen?«

JAKE

»Lass mich diese Entscheidung nicht bereuen, Jake«, sagte mein Onkel und reichte mir die Hand. Sein Händedruck war fest und unnachgiebig – genau wie er.

»Das wird nicht passieren, Sir.«

»Gut.« Cliff entließ meine Hand aus seiner. »Wir sehen uns in drei Wochen.« Ein knappes Kopfnicken, dann entfernte sich Cliff von meinem Schreibtisch und verschwand in seinem Büro. Durch die Glastür beobachtete ich, wie er in dem breiten Ledersessel Platz nahm, während ich langsam die Luft aus meinen Lungen entließ.

Ein letztes Mal kontrollierte ich meinen Schreibtisch, sah nach, ob alles geordnet und sauber war, dann hob ich die Tasche vom Boden und klemmte mir den schwarzen Ordner zwischen die Achseln.

»Darin sind alle Exposévorlagen der letzten Woche«, erklärte ich Maria, unserer Sekretärin, am Empfang und überreichte ihr den Ordner.

»Alles klar.« Sie nickte zufrieden, ehe sie den Ordner neben sich auf die Ablage legte und ihren Tisch umrundete, um mich in eine Abschiedsumarmung zu ziehen. »Viel Glück bei deinen Prüfungen.« Dreimal spuckte sie trocken über meine Schulter, ehe sie mich mit einem Augenzwinkern losließ. »Du packst das!«

Ich teilte ihren Optimismus nicht, weil die Wahrheit war, dass ich nicht nur deshalb mäßig auf die Prüfungen vorbereitet war, weil ich durch die Sache mit Maya und Ashley einige wichtige Kursinhalte verpasst hatte, sondern auch, weil es mir schwergefallen war, mich bei den Vorlesungen, bei denen ich anwesend war, zu konzentrieren. Der Stoff rasselte bloß durch meinen Kopf, verfing sich irgendwo in den Weiten meines Gehirns, anstatt dort zu landen, wo er mir nützte.

Dass Cliff mir zum Semesterende frei gab, war nicht ungewöhnlich, denn das hatte er auch die letzten beiden Male getan. Doch dass er mir statt zwei Wochen drei zugestand, damit ich nicht nur für die Prüfungen büffeln, sondern auch Mayas und Chase' Umzug managen konnte, damit hatte ich nach der offenen Auseinandersetzung zwischen Trevor und ihm nicht gerechnet. Denn seit jeder wusste, dass Trevor nicht sein leiblicher Sohn war, ließ er allen gegenüber den eiskalten, berechnenden Immobilienhai heraushängen und war weder freundlich noch besonders zugänglich.

Deshalb war ich umso erleichterter, ihn drei Wochen weder sehen noch sprechen zu müssen. Dass ich dafür im Anschluss im Büro schuften musste, verdrängte ich dabei lieber. Die nächsten zwei Wochen wollte ich dafür nutzen, mich in den Stoff einzuarbeiten, die Prüfungen hinter mich zu bringen, und dabei wollte ich nicht an Cliff, seine Laune, ihn und Trevor oder sonst irgendetwas denken.

Ich verließ das Büro und stieg in den Fahrstuhl. Abgestandene Luft umfing mein Gesicht, als sich die Fahrstuhltüren öffneten und ich in das dunkle Parkhaus trat. Ich warf meine Tasche auf den Rücksitz, schloss den Wagen ab und verließ das Parkdeck über den Fußgängerausgang.

Einen Block weiter straffte ich die Schultern, durchquerte wie selbstverständlich das Foyer des Hotels und war zehn Minuten später bereits auf dem Dach.

Kleine Steinchen knirschten unter meinen Füßen, während ich mich mit den Füßen voran über den niedrigen Mauersims schob. Eine Weile schloss ich die Augen und genoss die Sonne und den Wind auf meiner Haut. Beides fühlte sich merklich kühler an als noch im Sommer, aber nicht unangenehm. Ich mochte den Spätherbst in Kalifornien, wenn die Sonne weniger lang und intensiv schien und Wolken und Regen die Hitze ablösten. Ich mochte die feuchte Luft auf meiner Haut, den Regen eines Gewittertages genauso wie das trockene Brennen im Sommer.

Dezember.

In fünfzehn Tagen – einen Tag nach Ende des Semesters – würden Maya und Chase zu mir ins Apartment ziehen. Wir würden eine Familie sein. Eine richtige, so wie Maya es von Anfang an gewollt hatte. Von da an würde ich meinen Sohn nicht nur alle paar Wochen für ein paar Tage sehen, sondern jeden Morgen. Ich würde ihm Frühstück machen und ihn ins Bett bringen. *Und dann neben Maya einschlafen.*

Ich sog mehr Luft in meine Lungen und beobachtete die Sonne, die sich unaufhörlich hinabsenkte. Bald würde sie untergehen, viel früher als noch vor wenigen Wochen.

Eine Weile saß ich da, starrte abwechselnd auf den

blauen Ozean und das Treiben unter mir, ehe ich mich aufrichtete, das Hotel verließ und in meinen Wagen stieg.

Das Pensum, das ich bis zu den Prüfungen aufholen und in meinen Kopf bekommen musste, war gigantisch und ich wusste, dass ich sofort anfangen musste, aber es musste trotzdem warten. Heute gab es etwas, das ich tun musste, bevor ich nach Hause fuhr und mich in den Büchern vergrub.

Ich war mir nicht sicher, wie Zara reagieren würde, als ich vor ihrem Haus parkte und nach dem Geburtstagsgeschenk auf dem Beifahrersitz griff. Seit ich Ash das Herz gebrochen hatte, hatten Zara, Keaton und ich kaum miteinander gesprochen. Zweimal hatte Zara mich gegrüßt, als sie in der Uni an mir vorbeieilte, aber Keaton und ich hatten uns an jenem Morgen das letzte Mal unterhalten, als er mich aus Trevors Strandhaus bugsiert und zu Hause abgesetzt hatte.

Mehr als einmal war ich am Tattoostudio vorbeigefahren, hatte mich jedoch nicht getraut, auszusteigen und wirklich mit ihm zu reden. Meine Freunde nahmen mir das, was ich getan hatte, ebenso übel, wie ich es mir selbst übelnahm. Sie waren enttäuscht und wütend und ich wusste nicht, wie ich das je wieder hinbiegen sollte.

Und trotzdem ... Heute war Zaras Geburtstag. Sie war meine Freundin, ich hatte sie gern und deshalb wollte ich ihr gratulieren und ihr das Geschenk geben, das ich schon vor Wochen für sie gekauft hatte.

Die kleine Wohnung von Keaton und Zara lag im ersten Stock eines großen, offenen Komplexes mit Fluren, die von der Straße aus zugänglich waren. Ich nahm die Treppe, bog nach links und betätigte die Klingel.

»Hey«, begrüßte ich Keaton, als er mir die Tür öffnete.

»Zara ist noch nicht da.« Er musterte erst mich, dann

das Geschenk in meiner Hand. »Du kannst auf sie warten, wenn du willst.« Er trat zur Seite, um mich durchzulassen.

»Danke.«

Ich folgte Keaton ins Wohnzimmer, wo ich verlegen neben dem Sessel stehen blieb, während er in der Küche verschwand. Es war das erste Mal in all den langen Jahren unserer Freundschaft, in denen ich nicht einmal mehr wusste, ob ich mich auf den verdammten Sessel setzen durfte oder nicht.

»Willst du auch einen Kaffee?« Keaton steckte den Kopf durch die Küchentür und sah mich fragend an.

Als ich nickte, verschwand er, um einen Augenblick später mit zwei dampfenden Tassen zurück ins Zimmer zu kommen.

»Du kannst dich setzen, weißt du? Wir haben sehr bequeme Möbel.« Er reichte mir die blaue Tasse. »Und wir sind Freunde, daran hat sich nichts geändert.«

Ich ließ mich mit dem Kaffee in den Sessel plumpsen, während Keaton es sich auf der Mitte des Sofas gegenüber bequem machte. Vermutlich ahnte er nicht einmal, wie gut es sich anfühlte, das aus seinem Mund zu hören.

»Was nicht heißt, dass ich gutheiße, was du getan hast«, stellte er klar und griff nach dem Zucker, um einen halben Löffel davon in seiner Tasse zu versenken.

»Ich weiß.«

»Gut.« Er schlürfte an seinem Kaffee und eine Weile schwiegen wir, ehe wir begannen, über alles Mögliche zu sprechen. Über einen seiner Kunden und das Tattoo, das er für ihn entworfen hatte. Über einen Film, der im Kino angelaufen war und ... über Trevor. Er wusste von dem Dinner und von Trevors Zustand. Er erzählte mir, dass Zara und er hingefahren waren. Sie, um Ash auf andere Gedanken zu bringen, er, um bei Trevor zu bleiben.

»Es war klar, dass ihn das umhaut, Jake. Aber das liegt nicht an dem Dinner, sondern daran, dass er seit Monaten nichts anderes tut, als dieses Thema so weit von sich wegzuschieben wie es nur geht, indem er sich volllaufen lässt oder kifft. Deshalb glaube ich sogar, dass es gut war, dass die beiden aneinandergeraten sind. Zara meint, er redet viel mit Ash darüber. Er öffnet sich, deshalb –« Er sah mich an. »– hör auf, dir Sorgen zu machen. Trev ist erwachsen. Es war seine Entscheidung, zu dem Dinner zu kommen, und wenn er es nicht auch irgendwie gewollt hätte – aus welchem Grund auch immer –, hätte ihn niemand dazu bringen können, hinzugehen, und im Grunde weißt du das auch.«

Es stimmte. Bis Ash in Savanna Springs aufgetaucht war, war keiner von uns an ihn herangekommen. Erst als die beiden Freunde wurden, änderte sich das wieder. Es wirkte fast wie ein Geschenk, das sie jetzt dort wohnte, die beiden sich gegenseitig unterstützten, sich umeinander kümmerten.

Das war gut und im Grunde ja genau das, was ich Ash damals in diesem schäbigen Hotelzimmer prophezeit hatte. Dass sie helfen konnte, ihn davon abzuhalten, sich und alles um ihn herum systematisch zu zerstören.

Wir redeten noch eine Weile, bis wir den Schlüssel im Schloss hörten, dann sprangen wir auf und versteckten uns in der Küche, um Zara zu überraschen.

»Keat?«

»Küche.« In Windeseile zündete Keaton die Kerzen auf dem Blaubeerkuchen an, den er beim Bäcker gekauft haben musste, und hob ihn in genau dem Moment in die Höhe, als sie in der Küche erschien.

»Herzlichen Glückw–« Keaton stockte. Zara war aschfahl im Gesicht. »Was ist los?«

Er drückte mir die Torte in die Hand, griff ihren Arm und bugsierte sie zurück ins Wohnzimmer.

Ich blies die Kerzen aus und eilte ihnen nach.

»Sie ist weg«, sagte Zara in dem Moment, als ich zu ihnen stieß. »Ash. Sie ist weg.«

Etwas Kaltes legte sich um mein Herz.

»Wie meinst du das?«, fragte Keaton.

Zögernd sah sie von mir zu ihm und strich dabei eine ihrer Haarsträhnen zurück, in die sie bunte Perlen eingeflochten hatte. »Wir waren verabredet. Ich wollte sie heute abholen. Um fünf. Ich war da. Ich habe geklingelt. Aber ...« Sie schüttelte den Kopf und schluckte. »Trev meinte, sie wäre weg, und dann hat er mir die Tür vor der Nase zugeknallt.«

JAKE

»Aber warum?«, fragte ich, als die Bedeutung ihrer Worte sich in mein Bewusstsein gebohrt hatte. »Warum sollte sie einfach so gehen?«

»Und vor allem, warum interessiert es Trev nicht die Bohne?« Keaton sah erst seine beste Freundin, dann mich an.

»Ich weiß es nicht.« Zara lehnte sich gegen seine Schulter. »Ich habe keine Ahnung. Freitagabend war noch alles okay. Sie war hier und dann waren wir feiern. Wir haben gelacht und getanzt und sie sah aus, als würde es ihr zum ersten Mal seit langem richtig gutgehen.« Kopfschüttelnd presste sie ihr Gesicht einen Moment an Keatons Brust. »Ich versteh es nicht.«

Keaton strich über ihren Hinterkopf. »Schätze, wir werden es nicht rausfinden, wenn wir ihn nicht fragen.« Er griff Zaras Hand. »Komm.«

»Ich fahre.« Ich fischte den Autoschlüssel aus der Hosentasche und folgte den beiden zur Tür.

Während der Fahrt versuchte Zara, Ash zu erreichen. Sie hatte es wohl schon einige Male probiert, doch ohne

Erfolg. Und auch diesmal ging sie weder ran, noch rief sie zurück.

Zara sprach eine Nachricht auf die Mailbox. *»Hey Süße. Wo steckst du? Ich mach mir Sorgen. Bitte ruf mich an, egal wann.«*

Das ungute Gefühl in meinem Inneren wuchs weiter und erreichte seinen Höhepunkt, als wir schließlich am Strandhaus ankamen.

Wir sparten uns das Klingeln und versuchten unser Glück über den Nebeneingang am Pool, weil wir sicher waren, dass Trevor uns nicht reinlassen würde. Nicht, nachdem er Zara die Tür vor der Nase zugeknallt hatte.

Keaton schob die Terrassentür auf, die wie erhofft unverschlossen war. Im Inneren des Hauses empfing uns Sauberkeit und Stille. Keine Fremden, die auf Sofas herumlungerten. Keine Flaschen, keine Becher. Keine Musik. Kein Zigarettenqualm. Nichts.

»Vielleicht sollten wir oben in ihrem Zimmer nachsehen?«, sagte Zara gerade, als …

»Wenn ihr wegen Ash hier seid, hättet ihr euch den Weg sparen können«, erklärte Trevor, der aus der Küche kam. In einer Hand hielt er eine frische Kippe, unter den Achseln eine Dose Bier.

Sein Gesicht zeigte keinerlei Regung.

»Wo ist sie?«, fragte ich. »Wo ist Ash?«

»Weg.« Das Feuerzeug klickte und Rauch waberte um seinen Mund. »Was dir im Grunde ganz gelegen kommen sollte. Ich meine, so kommst du wenigstens nicht auf die Idee, na du weißt schon, sie noch mal flachzulegen.« Asche fiel zu Boden. »Oder warte, vielleicht bist du gar nicht nur wegen ihr hier. Vielleicht willst du mich ja auch nur mal wieder davon überzeugen, wie überaus wichtig es ist, die Scheiße auszubaden, in die du dich immer wieder selbst reinreitest.«

»Trev … es reicht«, sagte Keaton laut.

Trevor kam langsam auf uns zu, den Blick starr auf Keaton gerichtet. »Was? Stört es dich auf einmal doch nicht mehr, dass er ein Feigling ist und seinen Schwanz nicht in der Hose behalten kann? Ist ja was ganz Neues.«

Keaton verschränkte die Arme vor der Brust. »Du weißt genau, was ich darüber denke. Aber das war nicht die Frage. Die Frage war: Wo steckt Ash?«

Er schnaubte, kurz bevor er das Bier öffnete und es in wenigen Zügen hinunterstürzte.

»Trev … Komm schon, red mit uns.«

»Ich habe keine Ahnung, wo sie steckt. Und es interessiert mich auch nicht.«

»Wie kann dir das denn egal sein?«, fragte Zara entgeistert. »Sie wohnt bei dir. Ihr seid Freunde und –«

»Ash und ich sind einen Scheiß, *klar*?« Trevor funkelte Zara an, zerdrückte die nun leere Bierdose in seiner Hand und ließ sie zu Boden fallen.

Was ich hier sah, gefiel mir ganz und gar nicht. Der Trevor, der hier vor uns stand, erinnerte mich zu sehr an das Arschloch, zu dem er nach dem Tod seiner Mom mutiert war.

»Was ist passiert?«, bohrte Keaton unbeirrt weiter. »Habt ihr euch gestritten?«

Er schnaubte erneut, diesmal lauter.

»Trev … sag uns doch einfach, was passiert ist.« Zara ging auf ihn zu. »*Bitte*.«

»Ja«, sagte er schließlich eher müde als wütend. »Kürzen wir das Theater einfach ab.« Er drehte sich um und rief in Richtung Küche: »Könntest du dich meinen

Freunden vorstellen, damit sie sich verpissen und sich wieder um ihren eigenen Scheiß kümmern?«

Der Kerl, der im Türrahmen erschien, hatte raspelkurzes hellblondes Haar und war einen halben Kopf größer als Trevor. Ein Muskelshirt betonte seine trainierten Arme und seine Beine steckten in dunklen, eng anliegenden Jeans. Obwohl ich mir sicher war, dass ich ihn noch nie zuvor gesehen hatte, kam er mir seltsam bekannt vor. Ich wusste nur nicht, warum.

Er hob die Hand zum Gruß und ließ nacheinander seine Augen über Zara, Keaton und mich schweifen.

»Hey«, sagte er mit tiefer Stimme. »Ich bin Ian, Trevors Bruder. Schön, euch kennenzulernen.«

Sein was?

ASHLEY

Der Regen verschluckte meine Schritte genauso wie den Lärm der Stadt. Autos rasten an mir vorbei, mit Scheinwerfern, wie verzerrte Fratzen.

Wieder und wieder erhellten Blitze die Dunkelheit, doch ich blieb nicht stehen. Nicht einmal, als der Schneeregen einsetzte, mich und meine Schuhe komplett durchnässte.

Ich schlitterte über den Asphalt. Drückte meine dünne Jacke dichter an meinen Körper, doch das half weder gegen die Nässe noch gegen die Kälte, die tief aus meinem Inneren kam.

Die Temperaturanzeige an einer Apotheke zeigte nur wenige Grad über Null, als ich daran vorbeilief. Die Träger meines Rucksacks schnitten durch Shirt und Jacke schmerzhaft in meine Schulterblätter ein. Meine Zähne klapperten und auch meine Zehen spürte ich kaum.

Und trotzdem lief ich weiter. Einfach immer weiter. Mit zitternden Schritten, nicht sicher, weshalb sie eigentlich zitterten. Vor Kälte, vor Hunger oder vor Erschöpfung.

Ich erinnerte mich kaum, was ich in den letzten zweiundsiebzig Stunden überhaupt getan hatte; wann ich das letzte Mal gegessen oder geschlafen hatte.

Mein Handy vibrierte erneut in meinem Rucksack. Doch ich blieb nicht stehen, um nachzusehen, wer es war. Es spielte sowieso keine Rolle. Nicht mehr. *Vermutlich nie wieder.*

Trevor war fertig mit mir. Ich hatte es genau in dem Moment in seinen Augen gesehen, als er meinen Rucksack vor das Haus gestellt und mir die Tür vor der Nase zugeschlagen hatte. Die Verbindung, die wir in den letzten Wochen aufgebaut hatten, war gekappt. Die Freundschaft, von der ich geglaubt hatte, sie würde überdauern, zerrissen.

Endgültig und unwiederbringlich.

Und alles nur wegen ... *mir*.

Ich verdankte es meiner eigenen Dummheit, meiner verdammten Starrsinnigkeit, meinem Wunsch, zu vergessen. Dabei ...

Ich schluckte das Gefühl herunter, denn ganz gleich, warum ich es getan hatte: Ich hatte ihn belogen, ihm verschwiegen, dass es Ian gab und wer er war.

Mit klammen Fingern zog ich die Tür des Wohnheims auf.

Licht flackerte, als ich die Stufen emporstolperte.

Erster Stock.

Zweiter.

Dritter.

Ich schlurfte über den Flur bis zum Ende des Gangs, um mit eiskalten Fingerknöcheln gegen das Holz der Tür zu hämmern.

Bitte sei da, flehte ich innerlich. *Oh, bitte, bitte sei da.*

Die Tür öffnete sich wie in Zeitlupe und Tränen sammelten sich in meinen Augen, als ich meinem Bruder gegenüberstand. *Gott sei Dank.*

»Ash …« Phil starrte mich an, während ich die Hand auf meinen Mund presste. Es war ein kläglicher Versuch, das Schluchzen zu dämpfen, das sich meine Kehle hinaufkämpfte. Seit Samstagmorgen versuchte ich, stark zu sein. Doch jetzt brach ich zusammen, in den Armen des einzigen Menschen, der mir noch geblieben war.

JAKE

»Warum hat Ash uns nichts von dir erzählt?«, fragte Zara den Fremden, sobald der erste Schock nachgelassen hatte. »Wenn du Trevors Bruder bist, dann hätte sie uns das doch gesagt.«

Ian hob die Schultern und bedeutete uns, ihm zu folgen. Doch weder Keaton noch Zara noch ich bewegten uns vom Fleck, während er breitbeinig aufs Sofa fiel.

»Frag mich was Leichteres«, sagte er schließlich. »Ehrlich gesagt habe ich noch nie kapiert, wieso Ashley Dinge tut oder nicht. Sie ist ein bisschen ... speziell, wenn ihr versteht, was ich meine.«

»Nein«, sagte Keaton, der noch immer die Arme vor der Brust verschränkt hatte. »Eigentlich verstehen wir das nicht. Also? Was zur Hölle meinst du damit?«

Ian sah zu Trevor, doch der zuckte desinteressiert mit den Schultern. »Erzähl es ihnen, wenn's dir Spaß macht, aber ich zieh mir das nicht noch mal rein. Ich bin oben.«

Ian wartete, bis Trevor die Treppe hochmarschiert war, ehe er auf Keatons Frage einging. »Was ich damit meine, ist, dass Ashley schon immer anders gewesen ist. Versteht mich nicht falsch, sie ist ein nettes, kluges und hübsches Mädchen, aber …« Seine Stirn runzelte sich. »Tami und ich sind zu den Stones gezogen, als Ashley gerade dreizehn war, und sie hatte damals weder richtige Freunde noch irgendwelche Hobbies. Sie war das komplette Gegenteil meiner Schwester. Tami war gerne unter Menschen, hat ständig neue Dinge ausprobiert und sie liebte ihre Gitarre. Sie war quirlig und voller Leben, aber nach einer Weile, da hat sie aufgehört, andere zu treffen. Für sie gab es nur noch Ashley.« Er seufzte. »Die beiden haben die ganze Zeit zusammengehangen, alles nur noch zusammen gemacht und Ashley hat total an ihr geklebt. Ich glaube, sie hat einfach Anschluss gesucht, weil sie ein schwieriges Verhältnis zu ihren Eltern hat. Aber Tami, sie hat deshalb so viel aufgegeben, wisst ihr? Deshalb habe ich irgendwann versucht, mit Ashley zu reden, nur … damit habe ich alles schlimmer gemacht.«

»Was meinst du damit?« Zara runzelte die Stirn.

»Ashley war sechszehn und naja, sie dachte wohl, ich würde etwas für sie empfinden. Sie hat meine Nähe gesucht, mir kleine Nachrichten unter der Tür durchgeschoben und mich verliebt angesehen. Ich habe versucht, das einfach zu ignorieren, aber als sie nach ein paar Monaten endlich verstanden hatte, dass sie nie mehr für mich sein wird, da kam sie damit nicht gut zurecht. Ich dachte erst, es würde vielleicht besser werden, wenn ich aufs College gehe und nicht mehr so oft zu Hause bin, aber sie hat sich meine Zurückweisung wirklich sehr zu Herzen genommen. Tami hat versucht, zwischen uns zu vermitteln, weil sie todunglücklich deshalb war. Sie war ihre Freundin, und dass Ashley einen solchen Hass auf mich entwickelt hat, das war sehr schlimm für sie und dann –« Er holte Luft, schluckte ein paarmal. »– hat Tami sich getötet und Ashley ist völlig durchgedreht. Erst zu

Hause, dann auf der Beerdigung. Es stand so schlimm um sie, dass ihre Eltern sie in die Psychiatrie einweisen lassen mussten, weil sie eine Überdosis Tabletten geschluckt hatte.« Er schüttelte ganz langsam den Kopf. »Sie war acht Wochen in dieser teuren Klinik und wir alle haben geglaubt, sie hätte sich wieder gefangen. Ihre Mom dachte, wenn sie auf die Uni geht, weit weg von Tami und dem, was passiert ist, dann findet sie damit auch zurück ins Leben, aber stattdessen ist sie in der Nacht nach dem Klinikaufenthalt spurlos verschwunden. Gavin – mein Pflegevater – hat nach ihr suchen lassen, aber Ashley war wie vom Erdboden verschluckt. Zumindest, bis diese Meldung aus einem Polizeidepartment hier in Kalifornien kam, weil sie wegen einem Verkehrsdelikt festgenommen worden war.« Nacheinander sah Ian Zara, Keaton und mich an, ehe er weiterredete. »Mein Pflegevater konnte die Akte einsehen und nur dadurch hat er mir sagen können, wo sie steckt, und mir verraten, dass ich einen Bruder habe.« Langsam schüttelte er den Kopf. »Ich dachte immer, Tami und ich wären die einzige Familie, die es noch gibt, und dann das. Ich habe natürlich alles stehen und liegen gelassen und bin hergeflogen, um ihn kennenzulernen und um für Gavin herauszufinden, wie es Ashley geht und ob sie irgendwie Hilfe braucht. Aber sie hat darauf nicht sonderlich gut reagiert und mir vorgeworfen, dass ich ihr Leben zerstören würde. Ich wollte zwischen den beiden vermitteln, aber sie hat es nicht mal zugelassen.« Sein Gesicht nahm einen schmerzhaften Ausdruck an. Er seufzte leise. »Ich weiß nicht, wo sie jetzt steckt.«

»Ich kapier das nicht«, sagte Zara und zog ihre lackierten Finger dichter an ihren Körper heran, sobald wir in meinem Wagen saßen. »Wieso hat sie Trev nichts davon gesagt oder dir? Sie hat es dir doch nicht erzählt, oder?

»Ich hatte keine Ahnung«, sagte ich wahrheitsgemäß, denn ich war mir sicher: Mit keinem Wort hatte sie je einen älteren Bruder erwähnt und auch in dem Zeitungsbericht und der Mappe, die sie Trevor damals gezeigt hatte, hatte weder etwas davon gestanden, dass es einen älteren Bruder gegeben hatte, noch, dass dieser gemeinsam mit Tami zu Pflegeeltern gebracht worden war. »Ich weiß dasselbe wie ihr: dass ihre Eltern eine Menge Pflegekinder bei sich hatten, weil ihre Mom nach ihrer Geburt keine Kinder mehr bekommen konnte, dass Tami zu ihnen gezogen ist, als sie dreizehn war, und dass sie im Gegensatz zu Trevor nicht adoptiert worden war, weil sie einen Herzfehler hatte und sie deshalb niemand adoptieren wollte.«

Mir schwirrte der Kopf von den neuen Informationen und den unbeantworteten Fragen, die dadurch aufgetaucht waren. Und weil eines dieser anderen Pflegekinder Tamis drei Jahre älterer Bruder war. Nicht irgendwer, sondern ihr verdammter Bruder. Und somit ... auch der von Trevor.

»Ich weiß nicht, was ich davon halten soll. Und von ihm«, warf Keaton vom Rücksitz aus ein. »Ihr müsst doch zugeben, dass das seltsam ist: Er taucht auf und sie verschwindet.«

»Wahrscheinlich hat Trev sie im hohen Bogen rausgeworfen. Ihr kennt ihn doch. Garantiert hat er sich nicht mal angehört, was sie dazu zu sagen hat.«

»Ganz sicher sogar.« Wir alle wussten, wie Trevor sein konnte. Aufbrausend. Wütend. Abweisend. Mit absoluter

Sicherheit hatte er überreagiert, als er erfahren hatte, dass er nicht nur eine tote Schwester, sondern einen lebenden Bruder hatte.

»Was aber zwei Fragen unbeantwortet lässt. Erstens, warum haut sie ab, statt uns um Hilfe zu bitten, und zweitens, warum hat sie überhaupt ein Geheimnis daraus gemacht hat, dass Ian sein Bruder ist. Ich bleibe dabei: Irgendwas ist da faul.«

Keaton hatte recht. Warum hatte Ash es uns nicht erzählt? Wieso war sie bereit gewesen, Trevors Vertrauen zu verlieren? Seine Freundschaft? Und warum war sie still und heimlich ohne jegliche Gegenwehr verschwunden?

Ich dachte darüber nach, zusammen mit Zara und Keaton in ihrer Wohnung und Stunden später alleine in meinem Bett. Doch egal wie oft ich das, was Ian erzählt hatte, und das, was ich von Ash bereits wusste, zusammensetzte: Ich fand keine zufriedenstellende Antwort.

Ich wusste weder, was ich von Ian und seinem Auftauchen halten sollte, noch von dem, was er erzählt hatte. Ich hatte keinen Schimmer, warum Ash uns diese wichtige Information vorenthalten haben sollte, und noch weniger kapierte ich, wieso sie wortlos verschwunden war.

Das Schlimmste aber war, dass ich keine Ahnung hatte, wo sie war. Nicht wusste, wie es ihr ging.

Die Fragen hielten mich wach, raubten mir den Schlaf. Der Gedanke, dass sie jetzt alleine und durcheinander irgendwo dort draußen war, ließ mich einfach nicht zur Ruhe kommen.

JAKE

»Was hast du überhaupt vor?« Zara musterte den Rucksack, den ich neben meinem Schreibtisch abgestellt hatte, dann die Seite der Fluggesellschaft, die sich auf dem Laptopbildschirm gerade aufbaute.

»Ich werde sie suchen …« Ich scrollte, bis ich den passenden Flug fand. »… und Antworten finden.«

Ich verglich Abflugzeit und die aktuelle Uhrzeit, dann klickte ich auf *buchen*. Der Flug ging in vier Stunden. Perfekt.

»Und du glaubst, du findest Ash ausgerechnet in Chicago? Warum?« Zara klang alles andere als überzeugt. »Sie wird ja kaum zurück zu ihren Eltern gefahren sein.«

»Nein, das nicht. Aber vielleicht zu ihrem Bruder.«

Soweit ich wusste, lebte und studierte Philipp an der Uni in Chicago. Er war der Einzige, mit dem Ash Kontakt gehabt hatte. Je länger ich darüber nachdachte, umso sicherer war ich mir, dass sie zu ihm gegangen sein musste, weil sie weder Geld noch einen Ort hatte, an den sie sonst konnte.

»Ich muss mit ihr reden, verstehst du? Ich muss das

alles aus ihrem Mund hören.« Es war zwei Tage her, seit wir erfahren hatten, dass es Ian gab und wer er war. Zwei Tage, in denen jeder von uns versucht hatte, Ash zu erreichen. Doch sie reagierte nicht, weder auf die Nachrichten noch auf unsere Anrufe.

Nicht zu wissen, wie es ihr ging, ließ mich weder schlafen noch effektiv lernen. Alles, woran ich seit achtundvierzig Stunden denken konnte, war sie. Und je länger ich darüber nachdachte, umso überzeugter war ich, dass es einen Grund geben musste, warum sie uns weder von Ian erzählt noch geblieben war, um Trevor um Verzeihung zu bitten.

»Soll ich nicht besser mitkommen?«, fragte sie. »Wenn sie wirklich da ist, glaube ich nicht, dass sie mit dir reden will, Jake. Immerhin –«

»Immerhin habe ich ihr das Herz gebrochen, ja, das habe ich und es tut mir unendlich leid. Aber genau deshalb muss ich alleine zu ihr, verstehst du das?«

Ich hatte Fehler begangen. Ihr wehgetan. Doch es hatte eine Zeit gegeben, in der Ashley mir vertraut hatte, und wenn ich es schaffte, daran anzuknüpfen und ihr ein Freund zu sein, konnte ich vielleicht etwas von dem, was ich zerstört hatte, wiedergutmachen. Und das wollte ich. Unbedingt.

»In Ordnung«, sagte Zara. »Aber ich bringe dich zum Flughafen und wir telefonieren, sobald du sie gefunden hast.«

»Natürlich.« Ich klappte den Laptopdeckel zu und verstaute ihn in meinem Rucksack. »Du kannst mit meinem Wagen fahren und ihn benutzen, solange ich weg bin.«

Ich wusste, dass das, was ich vorhatte, mehr als gewagt war. Es bedeutete, dass ich Maya anlügen würde und mindestens eine meiner Prüfungen verpassen würde. Aber obwohl es gewagt war und dumm und falsch, konnte ich nicht anders. Ich musste das tun. Ich musste sie finden.

Ich musste einfach.

Chicago begrüßte mich mit einem nicht enden wollenden Regenschauer und einer Kälte, die meinen Atem gefrieren ließ. In eine dicke Jacke gehüllt, die ich mir auf dem Chicagoer Flughafen gekauft hatte, rutschte ich auf die Rückbank eines Taxis, um mich zum Unigelände bringen zu lassen.

Kahle Bäume und Wolkenkratzer reckten sich dem wolkenverhangenen Himmel entgegen, während ich den Versuch aufgab, meine Hände zu wärmen. Es war ein unmögliches Unterfangen, denn mein Körper war es nicht gewohnt, diesen kalten Temperaturen ausgesetzt zu sein. In Savanna Springs war es zu dieser Jahreszeit tagsüber noch warm und selbst im Winter fielen sie die Temperaturen selten unter acht Grad. Hier kratzten sie am Gefrierpunkt oder waren bereits darunter.

Gut zwei Stunden später lief ich über den fast leeren Campus, während der Regen sich unter meinen Füßen zu einer glitschigen Eisschicht verwandelte. Meine Finger umklammerten den Zettel, den ich von der Campusleitung erhalten hatte. Es hatte mich Charme, eine Notlüge und eine Menge Überredungskunst gekostet, der alten Dame sowohl den Namen des Wohnheims als auch die Zimmernummer abzuluchsen.

Durch Kälte und Regen folgte ich dem spärlich beleuchteten Weg, der sich über den gesamten Campus zog. Nachdem ich an dem Wirtschaftstrakt, der Bibliothek, der Cafeteria und einer Menge anderer Gebäuden vorbeigekommen war, kam endlich das Wohnheim in Sicht, das ich suchte.

»Hey«, begrüßte ich den Kerl, der mir ein paar Minuten später die Tür im dritten Stock öffnete. »Bist du Phil?«

»Wer will das wissen?«, fragte er, während mein Blick auf die Pinnwand neben der Tür fiel. Ein Bild von Ashley stach mir ins Auge und dicht an sie geschmiegt: Tami. Ich erkannte sie sofort, denn auf dem Bild sah sie genauso aus wie auf all den Handyfotos, die Ashley mir gezeigt hatte.

»Ich bin Jake.« Ich streckte die Hand aus, doch er ergriff sie nicht. »Ich suche Ash. Ist sie hier?«

»Du bist der Kerl, der ihr das Herz rausgerissen hat, richtig?«

Ich nickte und im nächsten Moment traf mich seine Faust mitten im Gesicht. Ich taumelte rückwärts, presste die Fingerspitzen gegen meinen schmerzenden Kiefer. Schmeckte Blut.

Scheiße.

»Ash!« Ohne mich aus den Augen zu lassen, hämmerte Phil gegen eine Tür. »Hör auf, dich da drinnen zu verstecken, ich muss pinkeln! Also: Komm. Da. Raus!«

Sie reagierte nicht.

»Ich meine es ernst, Sis: Ich trete diese verfluchte Tür ein. Oder weißt du was? Ich pinkel einfach in deinen Rucksack.«

Im nächsten Moment riss sie die Tür auf. »Du wirst nicht –«

Ashley verstummte, als ihr Blick meinen traf. Sie sah furchtbar aus. Ihre blasse Gestalt steckte in Jogginghosen und einem zu großen Pulli, ihre Augen waren verquollen und gerötet, die Ringe darunter unübersehbar. Und trotzdem sah sie auf eine hübsche Art verändert aus. Was an ihrem Haar lag. Den haselnussbraunen Spitzen und dem neuen Schnitt, der sie wilder und gleichzeitig schöner machte.

»Was ist mit deinem Gesicht passiert?«, fragte sie erschrocken.

»Meine Faust ist ihm passiert«, erklärte Phil ungerührt und schlüpfte hinter ihr ins Badezimmer. Die Tür knallte ins Schloss.

»Er … er hat dich geschlagen?« Sie drehte sich um und hämmerte gegen die geschlossene Badezimmertür. »Du hast ihn geschlagen?«

»Er hat dein Herz gebrochen«, tönte es aus dem Bad. »Niemand bricht das Herz meiner Schwester.«

»Ich hab's verdient«, stimmte ich zu, ohne den Blick von ihr abzuwenden. Ich konnte es nicht. Sie so zu sehen, das … brach mir das Herz.

Einen Moment trat Ashley auf der Stelle, als überlegte sie, ob sie lieber näher kommen oder doch eher davonrennen wollte.

»Komm mit«, sagte sie schließlich und ich folgte ihr in ein schmales Zimmer mit zwei Betten. Aus einem Mini-Kühlschrank holte sie eine Plastikpackung Eiswürfel. »Was andres habe ich nicht, aber das müsste gehen.«

»Schon okay«, murmelte ich, als sie näher kam und ihr Duft meine Sinne einen Moment benebelte. Für eine Sekunde trat der Schmerz in den Hintergrund, nur um in geballter Intensität zurückzukehren, sobald der gefrorenen Beutel auf meine pochende Lippe traf. Ich sog scharf die Luft ein. *Scheiße, tat das weh!*

Eine Weile drückte sie den Beutel gegen mein Gesicht, doch dann schwang die Badezimmertür auf. »Am besten –«, sie griff meine Hand und platzierte sie an der Stelle, wo ihre zuvor gelegen hatte, »– du hältst es einfach so lange dran, wie es geht.«

Sie löste sich von mir und huschte ins Badezimmer, als ihr Bruder ins Zimmer kam.

»Was macht der noch hier?« Durch zusammengekniffene Augen deutete er auf mich.

Ashley kam mit einem Erste-Hilfe-Set zurück, ignorierte seine Frage und bedeutete mir, mich aufs Bett zu setzen. »Wolltest du nicht zu irgendeinem deiner Kumpel?« Sie öffnete den Reißverschluss und holte das Desinfektionsmittel hervor.

»Mir gefällt nicht, dass er hier ist.«

»Und mir gefällt nicht, dass du ihn geschlagen hast«, konterte sie und fluchte leise, als das Desinfektionsmittel statt auf den Wattebausch auf ihre Hose tropfte. Ihre Finger zitterten einfach viel zu sehr.

»Er hat sich dir gegenüber wie ein Arschloch aufgeführt und dich verletzt.« Phil verschränkte die Arme vor der Brust. »Er verdient deine Fürsorge nicht, genauso wenig wie dein Mitleid.«

Ashs Finger verkrampften sich eine Sekunde. Schmerz flackerte in ihrem Blick und kurz sah es so aus, als würden Philipps Worte ihr die Tränen in die Augen treiben.

»Ich weiß, was du darüber denkst«, sagte sie und atmete einmal tief ein. »Und jetzt geh zu Dylan oder irgendwem anders und lass uns eine Weile alleine. *Bitte.*«

Philipps Kiefer malmte. Ich erwartete, dass er mich eher am Kragen packen und vor die Tür zerren würde, als mich auch nur eine Sekunde mit seiner Schwester alleine zu lassen, doch zu meiner Erleichterung gab er nach.

»Ich geb euch zehn Minuten, dann ist er weg oder ich begleite ihn persönlich zur Tür.«

Ash wartete, bis die Tür hinter ihm ins Schloss fiel, ehe sie mich aufforderte, den Beutel wegzunehmen. Obwohl ihre Finger noch immer zitterten, schaffte sie es diesmal, das Desinfektionsmittel auf den Wattebausch zu träufeln. Ein beißender Geruch drang in meine Nase, gefolgt von einem leichten Brennen auf der Haut.

»Wirkt fast so, als hättest du das schon öfter getan. Also, solche Wunden versorgt.«

»Nicht wirklich. Eigentlich ...« Sie schluckte. »Eigentlich weiß ich nicht mal, was ich hier gerade tue.« Ihre warmen Finger verschwanden von meinem lädierten Kinn.

»Du fragst dich, warum ich hier bin, richtig?« Statt mir zu antworten, begann sie, unbenutzte Watte und die Tinktur zurück in der Tasche zu verstauen, also redete ich weiter. »Ich bin hier, weil ich wissen musste, wie es dir geht und –«, ich suchte ihren Blick, »– weil ich verstehen will, was passiert ist.«

ASHLEY

»Du weißt doch schon längst, was passiert ist«, antwortete ich, ohne Jake anzusehen. Ich konnte es nicht. Dass er hier war, in diesem Wohnheimzimmer, und auf dem Bett meines Bruders saß, fühlte sich einfach viel zu unwirklich an.

Ich war kurz davor, mich selbst zu ohrfeigen, nur um mich davon zu überzeugen, dass mein Herz mir nichts weiter als einen dummen Streich spielte. Doch ich wusste, dass es das nicht tat. Das hier war real. *Jake war wirklich hier.*

Ich merkte es daran, wie mein Körper reagierte. Daran, wie mein Herz bei seinem Anblick schneller schlug und wie sich die Knoten der Seile lockerten, die ich fest um mein Herz gezurrt hatte, um es vor ihm zu schützen und vor dem, was er in mir auslöste.

»Erzähl es mir trotzdem«, bat er mich und brachte damit alles ins Wanken. In Wahrheit sehnte ich mich viel zu sehr danach, mit jemandem darüber zu sprechen. Über Ians Auftauchen. Über Trevor. Über Tami. Über das, was passiert war. Denn mit Phil konnte ich darüber unmöglich reden. Er wusste nicht, warum ich wirklich hier war. Aber Jake wusste es und mit ihm könnte ich darüber reden. Trotzdem haderte ich, denn ausgerechnet mit ihm über meine Probleme zu sprechen, ausgerechnet ihm mein Herz auszuschütten, fühlte sich gleichzeitig falsch und viel zu gut an. Ich wusste, wie befreiend es war, Jake mein Innerstes zu offenbaren, Dinge, die ich sonst niemandem anvertraute. Wie gut es sich anfühlte, wenn er mir zuhörte.

Während meiner Zeit in Savanna Springs hatte ich es unzählige Male erlebt. Erlebt, wie er und seine Worte die Risse kitteten und alles ... erträglicher machten. Aber genau deshalb zögerte ich. Mit ihm zu reden würde den Schutzwall niederreißen, den ich so dringend brauchte, um den Schmerz auszuhalten.

»*Bitte.*«

Ein Wort. Es war nur ein Wort. Doch es genügte, um meine Gegenwehr wie eine Seifenblase zum Zerplatzen zu bringen.

»In Ordnung, aber ... nicht hier. Phil kommt gleich zurück, und wie du sicher gemerkt hast –«

»Ist er nicht sonderlich gut auf mich zu sprechen«, beendete Jake meinen Satz.

Ich legte das Erste-Hilfe-Set, das ich noch immer fest umklammert hielt, auf dem Bett ab und griff stattdessen nach meiner Jacke, die an einem Haken am Schrank befestigt war. Und während ich den Reißverschluss der Jacke bis obenhin schloss, überlegte ich, wohin wir gehen konnten. Die meisten Cafés waren bereits geschlossen, genauso wie die Bibliothek. Die Gemeinschaftsräume des Wohnheimes waren nicht der passende Ort für dieses Gespräch und dort hatte ich ohnehin nichts zu suchen. Dass ich hier war, im Wohnheim meines Bruders, war ohnehin schon nicht gerne gesehen.

An der Eingangstür blieb Jake stehen und warf einen Blick auf die Pinnwand. Tami und ich hatten sie Philipp geschenkt und mittlerweile gab es neben den Fotos von Tami und mir auch welche seiner Freundin Bea und von Dylan und anderen Freunden.

Die Fotos von Tami und mir waren Bilder vergangener Momente. Von Zeiten, die nie zurückkehren würden – ganz gleich, wie sehr ich mich danach sehnte.

»Wollen wir?«, fragte ich und wunderte mich nicht einmal, wie belegt meine Stimme klang. Die Fotos anzusehen berührte eine Wunde in mir, die immer noch weit davon entfernt war, zu verheilen. Ich wollte sie nicht anschauen, besonders nicht jetzt, wo ich doch ohnehin so verletzlich war.

Draußen hatte der Regen die Wege mit einer dünnen Eisschicht überzogen. Es war kalt und feucht und zehn Minuten später standen wir in einem Diner. Die Einrichtung war schäbig, aber sauber. Altbackende, ausgewaschene Sitzbezüge auf dunklem Holz, gepaart mit jeder Menge Siebzigerjahre-Plastik.

Mit zwei Bechern heißem Kaffee rutschten wir in eine Nische, weit genug weg von den restlichen Gästen.

Eine ganze Weile rührte ich in meinen Becher, suchte nach Worten, nach dem besten Anfang.

»Wir hatten schon immer viele Pflegekinder bei uns, aber das habe ich dir ja schon mal erzählt.« Ich sah Jake kurz an.

»Ja. Und dass Tami zu euch kam, als du dreizehn warst.«

Ich nickte. »Die meisten Pflegekinder sind genauso schnell wieder weg gewesen, wie sie gekommen waren, aber Tami und ... Ian sind geblieben. Meine Mom war von Anfang an total begeistert von Ian, vermutlich hat sie ihn deshalb auch so schnell in den Schoß der Familie aufgenommen. So was hat sie vorher nie getan, weißt du? Keines der Kinder war je so wichtig, nicht mal ich.« Ich schob das Gefühl, das mich schon mein gesamtes Leben wie eine lästige Fliege begleitete, weg. »Ich glaube, sie hat in ihm einfach etwas gesehen, was sie in mir oder Phil nie finden konnte. Ian war genau so, wie sie sich ein Kind immer vorgestellt hatte. Höflich, mit tollen Manieren, fleißig und ein Menschenmagnet.«

Ian war – im Gegensatz zu mir – ein perfektes Vorzeigekind. Kein Wunder, dass meine Eltern ihm das Studium bezahlten und ihm auch sonst jede erdenkliche Unterstützung zukommen ließen, die er wollte oder brauchte. Vielleicht war er sogar immer mehr ihr Kind gewesen, als ich es je sein konnte. »Ian hat alle beeindruckt. Meine Mom, meinen Dad, die Nachbarin, die Lehrer in der Schule. *Mich.*« Ich ließ meinen Löffel auf den Tisch sinken und begann, das leere Zuckerröllchen zwischen meinen Fingern zu zerreißen, während ich weiterredete. »Ich fand ihn toll und habe ständig versucht, ihn irgendwie auf mich aufmerksam zu machen. Aber er hat mich nie beachtet. Nie *so*. Das hat sich erst geändert, als ich sechszehn wurde. Da hat er mich gefragt, ob ich mit ihm auf den Winterball gehen will. Ich war tagelang aufgeregt, habe mir ein wunderschönes Kleid gekauft und mich total aufgebrezelt, weil ich unbedingt wollte, dass er in mir mehr sieht als ... die Freundin seiner Schwester. Wir waren auf dem Ball und danach noch was essen und auf dem Rückweg, da hat er ... mich geküsst.«

»Ich weiß nicht, ob mir gefällt, in welche Richtung das gerade geht ...«, murmelte Jake, bedeutete mir aber, weiterzureden, also tat ich das.

»Danach hat er mich in der Schule oder zu Hause

nicht anders behandelt als sonst, aber wenn wir alleine waren und keiner in der Nähe war, der es mitbekommen konnte, da hat er mir Komplimente gemacht und mich geküsst. Es war wie ein spannendes Geheimnis und ich habe jeden Tag darauf gewartet, endlich wieder mit ihm irgendwo alleine zu sein.«

Damals war ich mir so unglaublich überlegen, ja, sogar besonders vorgekommen. Doch wenn ich heute darüber nachdachte, begriff ich erst, wie naiv und dumm ich gewesen war. Tami hatte mich gewarnt, nicht vor Ian direkt, sondern davor, mich blindlings in etwas hineinzustürzen, nur weil es sich gut anfühlte. Für sie gab es keine Märchen – für mich fühlte es sich wie eins an.

»Was ist dann passiert?«, fragte Jake, als ich eine Weile nicht weitergeredet hatte.

»Dann wurde es Frühling.« Meine Finger legten sich fest um den Becher. »Ian hat mir oft gesagt, wie sehr er mich mag und dass er mit mir zusammen sein will. Und dann war da dieser Abend, an dem wir alleine zu Hause waren. Nur er und ich. Wir sind in sein Zimmer gegangen und da hat eins zum anderen geführt. Wir haben ... miteinander geschlafen. Es war ... mein erstes Mal.« Ich trank einen großen Schluck Kaffee, so als müsste ich mir für den hässlichen Rest Mut antrinken. »Ich dachte, zwischen uns wäre jetzt alles perfekt. Dass wir ein Paar wären so wie andere, dass es etwas Besonderes ist. Aber am nächsten Abend hat er mir gesagt, dass das mit uns nichts wird. Dass wir niemals zusammen sein würden, nicht so. Dass es ein Fehler gewesen sei und ihm klar geworden sei, dass er mich eigentlich gar nicht so gern hat, wie er dachte. Ich müsse doch verstehen, dass er es sich mit meiner Familie, die ihn so dankbar aufgenommen hat, nicht wegen einer Liebelei mit mir verscherzen darf.

Er hat gesagt, ich soll es einfach vergessen und so tun, als wäre nie was passiert. Als wenn das so einfach wäre!« Meine Stimme überschlug sich, als das Gefühl von Verrat zurückkehrte. Sich in mir festsetzte.

Eine Träne rann meine Wange hinab und ich sah, wie Jake die Hand nach mir ausstreckte. Doch kurz bevor seine Finger meine Haut streiften, zog er sie zurück. Er zog sie zurück, obwohl ich mir in diesem Moment nichts sehnlicher wünschte, als dass er mich berührte.

Nur noch ein einziges Mal.

Ich schloss die Augen. Kämpfte gegen die Tränen an. Gegen das Gefühl, das Ian damals so fest in mir verankert hatte, dass es auch drei Jahre später noch die Macht hatte, mich niederzuwalzen. »Nach dieser Nacht hat er mich behandelt wie Luft. So als wäre das, was zwischen uns passiert ist, nie geschehen. Als würde es mich gar nicht geben. Erst dachte ich, es wird besser, sobald er endlich auf die Uni geht, aber das wurde es nicht. Er war zwar seitdem nur noch an den Wochenenden zu Hause, aber das hat ihn nicht davon abgehalten, sich mir gegenüber wie ein Idiot aufzuführen. Ständig hat er sich auf die Seite meiner Mom gestellt oder kleine, gehässige Bemerkungen geflüstert, wenn keiner hingesehen hat. Das tat weh, Jake. Es tat einfach nur weh.«

Ich schluckte. Eine Träne nach der anderen rann über meine Wange und ich sah, wie Jake auf seinem Stuhl hin- und herrutschte. Ich spürte seinen Blick auf mir. Tief. Viel zu tief.

»Als Tami sich ...erhängt hat, da hat Ian mich von ihr weggezerrt und in meinem Zimmer eingeschlossen. Ich weiß noch, dass ich gegen die Tür gehämmert habe, damit er mich zu ihr lässt, aber er hat mich nicht von ihr Abschied nehmen lassen. Erst ... als sie sie weggebracht hatten, hat er mich wieder aus meinem Zimmer gelassen. Und –«

»Ash ...«

»– bei der Beerdigung hat er mir gesagt, es wäre meine Schuld, dass sie tot ist. Es wäre ganz allein meine Schuld.«

»Das ist Unsinn. Es war ihre Entscheidung und das hat überhaupt nichts mit dir zu tun ...« Jakes Stimme war laut geworden und diesmal berührten mich seine Finger. Sie verschränkten sich mit meinen. So vertraut. Viel zu vertraut. »Es. Ist. Nicht. Deine. Schuld.«

Jake hatte das schon einmal zu mir gesagt. Es waren dieselben Worte, gesprochen mit derselben Überzeugung, und tief in meinem Innersten wusste ich sogar, dass er recht hatte. Tami hatte sich selbst getötet, aus Gründen, die niemand kannte. Aber ...

»Ian hat Trev erzählt, es wäre meine Schuld. Er hat ihm gesagt, ich hätte mich zwischen ihn und Tami gedrängt, weil ich nicht hätte ertragen können, dass er mich abgewiesen hat. Er meinte, Tami habe meinen Hass gegen ihn und meine Verzweiflung einfach nicht mehr ausgehalten, es mir aber nicht sagen können, weil sie wusste, dass ich dann zusammenbreche. Und daher habe sie keinen anderen Ausweg gesehen, als sich das Leben zu nehmen.«

Die Worte, die Ian mir vor dem Strandhaus an den Kopf geknallt hatte, verfehlten ihre Wirkung selbst jetzt nicht. Ein kleiner Teil in mir wusste, dass er sie nur gesagt hatte, um mich zu verletzen. Aber der Rest von mir – der Teil, der sich seit Monaten nach Antworten sehnte, der sich schuldig fühlte, weil ich sie nicht retten konnte – der nahm die Worte auf. Ungefiltert und an einem Stück.

»Deshalb bist du also gegangen ...« Jakes Kiefer

malmte, während sein Daumen behutsam über meinen Handrücken glitt. Seine Berührung fühlte sich tröstlich und wunderschön an und gleichzeitig ... tat sie weh. »Komm mit mir zurück, Ash. Lass uns das in Ordnung bringen und mit Trev darüber reden. Du musst ihm alles erklären, ihm sagen, was Ian ihm nicht erzählt hat.«

»Nein.« Ich entwand mich aus seinem Griff und kippte den letzten Rest des kalten Kaffees hinunter. »Es spielt keine Rolle mehr. Es ist vorbei.«

Ich wusste, dass es das war. Denn am Ende ging es nicht darum, dass Ian mich verletzt hatte, oder darum, wie gedemütigt und benutzt ich mich deshalb gefühlt hatte. Es spielte keine Rolle, warum ich seine Existenz und das Detail, wer er wirklich war, verschwiegen hatte, denn Tatsache war, dass Ian Trevors Bruder war.

Und genau deshalb hätte ich es ihm sagen müssen.

Doch ich hatte es nicht getan und mein Schweigen war genauso schlimm wie eine Lüge. In seinen Augen stellte es mich damit auf dieselbe Stufe wie seinen Vater. Er würde mir das nicht verzeihen. Er konnte es einfach nicht.

ASHLEY

3 Jahre zuvor

»Wieso brezelst du dich eigentlich so auf?« Tami sah mich von meinem Bett aus an, die linke Hand in einer Tüte Cracker vergraben.

»Es ist der Ball«, sagte ich und zog den Lidstrich dicker. »Ich will gut aussehen.«

Sie stopfte sich einen Cracker in den Mund, kaute und sagte: »Du weißt schon, dass diese Bälle nur dazu da sind, Leuten zu zeigen, wo sie stehen? Und Mädchen, welche Kerle sie nicht haben können.«

Ja, das wusste ich. Trotzdem ...

Sie setzte sich im Bett auf, strich die Krümel von ihrem Kleid und musterte mich, während ich den Lidschatten auftrug. »Mir gefällt nicht, dass du mit Ian dahin gehst«, sagte sie plötzlich. Ihre Stimme war leise, leiser als normalerweise, und in ihren Augen lag etwas, das ich nicht zuordnen konnte.

Ich ließ den Pinsel sinken und drehte mich zu ihr. »Und

warum nicht?« Ian war perfekt. Er sah nicht nur toll aus, er war auch nett, attraktiv und hilfsbereit. Er war beliebt, die Frauen flogen nur so auf ihn und ich ... ich mochte ihn.

Seit zwei Jahren wartete ich genau darauf, auf die Chance, dass er mich endlich als Frau sah und nicht mehr als eine Art kleine Schwester. Das hier war meine Chance.

»Aus keinem speziellen Grund.« Sie seufzte leise. »Pass einfach auf dein Herz auf, ja?«

»Werde ich«, versprach ich, obwohl ich nicht wusste, warum ihr das so wichtig war. Es war ja nicht so, als wäre Ian irgendwer. Er war ihr Bruder, wir wohnten hier zusammen und ich kannte ihn.

Noch während ich versuchte, ihre Worte einzuordnen, verwandelte sich ihr düsterer Ausdruck zu einem Grinsen und sie wechselte das Thema. »Außerdem mag Tomas dich. Du weißt schon, der Kerl aus unserem Englischkurs. Der steht total auf dich. Er starrt dich jede Stunde an.«

Ich verzog das Gesicht. »Tomas ist zehn Zentimeter kleiner als ich und hat schiefe Zähne.«

»Einen schiefen Zahn, er hat einen schiefen Zahn und deshalb trägt er eine Zahnspange«, widersprach sie mir. »Und er ist wirklich nett. Ich hab mich vor ein paar Tagen erst mit ihm unterhalten. Er hat einen tollen Musikgeschmack.«

»Warum gehst du dann nicht mit ihm aus?«, neckte ich sie und warf einen Blick auf die Uhr. »Wir müssen gleich runter, du solltest dich fertig machen.«

Tami sah an sich herab. »Ich bin fertig.«

Meine Augenbraue wanderte in die Höhe. »Echt?«

»Naja, fast.« Sie sprang auf, griff sich den Kajalstift und umrandete ihre Augen dicker als sonst, ehe sie noch etwas Lipgloss auflegte. Dann schlüpfte sie in ihre dicken Boots, die zu dem schwarzen Kleid und den löchrigen blauen Leggings pass-

ten, die sie trug. »Fertig. Und jetzt –« Sie holte ihr Handy hervor und legte ihren Arm um mich. »– lass uns diesen Moment festhalten.«

JAKE

Ashley stürmte davon und die Glocke am Eingang läutete weiter, während die Dunkelheit sie verschluckte. Obwohl alles in mir ihr nacheilen und sie zur Vernunft bringen wollte, tat ich es nicht. Ich spürte, dass ich sie jetzt nicht unter Druck setzen durfte und sie weder dazu zwingen konnte, mit mir gemeinsam zurück nach Savanna Springs zu kommen, noch dazu, mit Trevor zu reden. Ich wusste noch immer nicht so genau, was im Detail zwischen den beiden passiert war, doch den Rest konnte ich mir denken. Ich kannte Trevor und ich wusste, wie er auf Lügen reagierte.

Ich griff nach dem Kaffeebecher. Bei allem, was Ashley mir erzählt hatte – über Ian, über sich – hatte ich ihn ganz vergessen. Ihr zuzuhören war wie einen Unfall gewesen. Ich hatte nicht wegsehen können, selbst wenn ich es gewollt hätte.

Kalter Kaffee rann meine Kehle hinab und ließ einen bitteren Geschmack auf meiner Zunge entstehen, ehe ich den Diner verließ, um mir ein Taxi zu rufen, und während des Wartens Zaras Nummer wählte.

»Hast du sie gefunden?«, begrüßte sie mich schon nach dem zweiten Klingeln.

»Ja.« Ich klemmte das Handy zwischen Ohr und Schulter, um die Handschuhe überzustreifen, die ich zusammen mit der Jacke am Flughafen gekauft hatte. »Wir haben geredet. Ich weiß jetzt, was passiert ist.«

»Und? Jetzt lass dir doch nicht alles aus der Nase ziehen!«

»Ash war wirklich verliebt in Ian. Aber es stimmt nicht, dass er sie abblitzen lassen hat. Er hat ihr Hoffnungen gemacht, Zara, und zwar genau so lange, bis sie mit ihm geschlafen hatte. Danach hat er sie fallen gelassen und sich wie ein Arschloch verhalten.« *So wie ich es getan hatte.*

Auch ich hatte ihr Hoffnungen gemacht. Sie nach dieser Nacht, unserer ersten und einzigen, fallen gelassen, als Maya mit Chase aufgetaucht war. Erst jetzt begriff ich, wie viel tiefer es sie verletzt haben musste, was ich da getan hatte. Weit mehr, als ich es bisher angenommen hatte.

»Was für ein Arschloch! Steht da und lügt erst Trev und dann uns eiskalt ins Gesicht. Er muss das unbedingt erfahren.«

Das Taxi hielt am Straßenrand und mit dem Handy am Ohr rutschte ich auf den Rücksitz.

»Warte kurz …«, bat ich Zara und teilte dem Fahrer mit, in welches Hotel er mich bringen sollte. »Du hast recht«, nahm ich das Gespräch auf, sobald das Taxi sich in Bewegung setzte. »Aber sie will nicht mit mir zurückkommen. Sie meint, es spiele keine Rolle.«

»Und jetzt?«

»Jetzt werde ich ins Hotel fahren und morgen versuche ich, noch mal mit ihr zu reden. Was nicht so einfach werden wird.«

»Wieso?«

»Weil ihr Bruder nicht gerade gut auf mich zu sprechen ist«, erklärte ich. »Er hat mir eine reingehauen, als ich aufgetaucht bin.«

Am anderen Ende der Leitung hörte ich Zara scharf die Luft einziehen. »Scheiße, geht es dir gut?«

Ich wiegelte ihre Frage ab. »Ja, alles gut. Ich komm klar ... Ich mach mir nur Sorgen um Ash. Sie sieht furchtbar aus, Zara.«

»Was hast du jetzt vor?«, fragte sie, als das Taxi vor einer Hoteleinfahrt hielt.

»Ich weiß es noch nicht.« Mit einer Hand fischte ich Geld aus meiner Hosentasche, überreichte es dem Fahrer und stieg aus. »Aber ich werde sie nicht einfach hier lassen.«

»Sag Bescheid, wenn wir irgendetwas tun können«, bat Zara mich, ehe wir das Gespräch beendeten.

Ich betrat die Hotellobby und checkte in das Zimmer ein, das ich zusammen mit dem Flug gebucht hatte. Dann machte ich mich mit der Schlüsselkarte auf den Weg nach oben.

Mein Hotelzimmer lag im zehnten Stock. Es war klein, aber gemütlich. Ich stellte meinen Rucksack neben dem Bett ab und ließ mich rücklings auf die Matratze fallen. Eine ganze Weile starrte ich an die stuckverzierte Zimmerdecke und dachte an Ashley. An das, was sie erzählt hatte, und daran, wie traurig und resigniert sie gewirkt hatte.

Ich tastete nach meinem Handy.

ICH: Danke, dass du es mir erzählt hast. Ich bin für dich da, wenn du reden willst. Mein Hotel liegt in der Oklahoma Road 11. Zimmer 1035.

Ich ließ das Handy auf meine Brust sinken und schloss die Augen. Die Müdigkeit riss mich um. Ich war kurz davor, einzuschlafen, als das Signal einer ankommenden Mitteilung mich wieder die Augen aufreißen ließ.

ASHLEY: Ich brauche nicht noch mehr Herzschmerz in meinem Leben.

ICH: Dann lass mich einfach nur der Freund sein, den du gerade brauchst.

Eine ganze Weile starrte ich auf das Display, ehe ich die Nachricht abschickte. Ich stand auf und verschwand mit meinem Waschzeug im Badezimmer, ehe ich aus meinen Sachen schlüpfte und unter die Bettdecke kroch. Ehe ich das Licht ausknipste, sah ich ein letztes Mal auf das Handy.

Doch Ashley hatte nicht geantwortet.

ASHLEY

»Verdammt!« Heißer Tee ergoss sich auf den Boden, durchtränkte den Ärmel meines Pullovers und hinterließ eine Pfütze auf dem Teppich.

»Hier.« Philipp warf mir ein Handtuch entgegen und sah zu, wie ich es über die Pfütze legte, damit es die Flüssigkeit aufsaugen konnte. Ich begutachtete meinen Pullover und zerrte ihn kurzerhand über den Kopf.

»Wow!«, zischte mein Bruder. »Es gibt Dinge, die will ich nicht sehen, Sis. Und dazu gehört der halbnackte Körper meiner Schwester.«

»Ich bin nicht nackt. Ich trage einen BH«, erwiderte ich.

»Was fast auf dasselbe hinauskommt.« Ungeduldig schielte er unter seinen Fingern hervor. »Hättest du also die Güte, dir etwas anzuziehen?«

»Ich versuch es ja.« Ich kramte in meinem Rucksack, was nahezu ein erfolgloses Unterfangen war, weil das einzige einigermaßen warme Kleidungsstück, das ich besaß, jetzt nass war. Alles andere war zu dünn, zu kurz oder nicht für die Kälte geschaffen, die hier herrschte.

Verdammt.

Ich nahm ein graues Shirt und schlüpfte hinein. »Du kannst wieder gucken«, erklärte ich und schielte zu seinem Kleiderschrank. »Aber ich schätze, du musst mir einen Pullover leihen.«

Mit hochgezogener Augenbraue sah er zu, wie ich die Schranktüren aufriss und einen seiner Kapuzenpullis überstreifte. Er war zu weit, aber immerhin würde er mich warmhalten.

»Du hast nichts anderes zum Anziehen?«

»Nichts wirklich, nein. In Savanna Springs ist es im Gegensatz zu Chicago noch warm.« Und hier krochen die Zeiger der Temperaturanzeige zielstrebig tiefer. »Bei Mom und Dad habe ich noch was, aber ich kann schlecht bei ihnen vorbeigehen und die Sachen holen, oder?«

Ich ließ mich auf der anderen Seite des Bettes nieder, rutschte an die Wand und schloss die Augen. An Savanna Springs zu denken ließ mich sofort auch an Jake denken. An gestern Abend. An unser Gespräch. An seine Nachrichten. An seine Hand auf meiner. Dabei hatte ich mir geschworen, jeden Gedanken an ihn gnadenlos aus meinem Kopf zu radieren.

»Ich frage Bea nachher, ob sie was übrig hat, was sie dir geben kann. Sie hat den ganzen Schrank voller Zeug, das sie nie anzieht, da ist bestimmt was dabei.«

»Wenn du willst …« Philipps Freundin war nett und im Grunde sollte ich mich darüber freuen, dass er sich so um mich bemühte. Doch ich schaffte es nicht, weil ich gar nicht vorgehabt hatte, zurückzukommen.

Zurück nach Illinois.

Zurück in diese Stadt.

Ich war dabei gewesen, in Savanna Springs ein neues Leben aufzubauen, und jetzt? Jetzt wusste ich weder, wie es weitergehen sollte, noch, was ich tun wollte. Es wirkte fast, als wäre ich an demselben Punkt angekommen, an dem ich vor Monaten von hier aufgebrochen war. Mit dem einzigen Unterschied, dass es diesmal keine Botschaft von Tami gab, die mich zurück ins Leben schickte. Diesmal war ich völlig auf mich gestellt, und das machte mir Angst.

»Ash …« Philipp tätschelte mein Knie. »Der Kerl ist es nicht wert. Du musst nach vorne sehen.«

Ich lachte leise. Es war ein gequältes, ersticktes Lachen, gemischt mit Tränen.

»Ich mein das ernst, Sis. Vergiss den Kerl. Er ist ein Idiot.«

»Ist er nicht!« Hastig wischte ich mir über die Wange. Jake war kein Idiot. Ansonsten wäre es so viel einfacher, genau das meinem Herzen klar zu machen. Alleine, dass er hergekommen war, um nach mir zu sehen und sich meine Seite der Geschichte anzuhören, genügte, um mir zu wünschen, alles wäre ganz anders.

»Er hat dich belogen und ausgenutzt.« Philipps Blick verdüsterte sich. »Er hat ein Kind und eine Freundin und trotzdem ist er mit dir ins Bett gestiegen. Das macht ihn zu einem riesengroßen Arschloch.«

An Philipps Stelle würde ich das vermutlich ebenso sehen. Doch ich wusste es besser. Ich kannte die ganze Geschichte und wusste, dass Jake und Maya durch ein Kind verbunden waren, das er nie gewollt hatte. Dass Jake erst siebzehn gewesen war, als er Maya schwängerte, betrunken, nach einer Party. Sie war nichts weiter als ein One-Night-Stand gewesen.

Ein One-Night-Stand mit Folgen für Jakes gesamtes weiteres Leben.

Das zumindest war es, was Trevor mir erzählt hatte,

und ich hatte mir erfolgreich eingeredet, dass es nichts änderte. Dass Jake nur jemand war, der mich für ein kurzes Vergnügen benutzt und belogen hatte. So wie Ian.

Doch Jake war nicht wie Ian, das wusste ich jetzt.

Ich hatte es in genau dem Moment begriffen, als er gestern vor mir gestanden hatte. Denn wenn er nur im Ansatz wie Ian wäre, wäre er niemals hier aufgetaucht. Er hätte mich nicht auf diese Weise angesehen, voller Schmerz und Sehnsucht. Fast so, als wäre das zwischen uns noch immer da.

»Ich meine es ernst«, redete mein Bruder weiter. »Der ist doch nichts weiter als ein Blender. Taucht hier auf und säuselt dir sonst was vor, damit du weich wirst und weiter sein Betthäschen bist. Das tut dir nicht gut.«

»Du wiederholst dich«, sagte ich, schob seine Hand von meinem Knie und rutschte vom Bett. »Und ich weiß, was ich tue.«

»Tust du das, ja?« Er hob eine Augenbraue. »Und wieso bist du dann gestern mit ihm weggegangen?«, fragte er. »Wenn du wirklich wüsstest, was du tust, Schwesterchen, dann hättest du zugelassen, dass ich ihn in hohem Bogen vor die Tür setze, und wärst nicht mit ihm mitgegangen.«

Es machte keinen Sinn, mit Philipp darüber zu reden. Ich wusste ja, dass er mich nur beschützen wollte. Er machte sich Vorwürfe, weil er mich alleine nach Kalifornien hatte gehen lassen. Vorwürfe, die unsere gemeinsame Kindheit betrafen und die Tatsache, dass er damals nicht für mich da gewesen war. Seine Fürsorge rührte mich, aber ...

»Mein Herz wurde bereits gebrochen. Du kannst es nicht ändern, auch wenn du das noch so sehr willst.« Ich hob meine umgefallene Teetasse und das Handtuch vom

Boden auf und brachte beides weg, ehe ich mir einen Lappen schnappte und auf den Teppich zutrat, um ihn abzuwischen. »Glaub mir, ich weiß, wovon ich spreche.«

Ich putzte über die Stelle, an der ich den Tee verschüttet hatte, und war froh, dass mein Bruder schließlich das Thema wechselte. »Also … wir sollten langsam los.«

»Eigentlich –« Ich hatte keine Lust auf Ablenkung, besonders nicht, wenn es dabei darum ging, mir seinen besten Freund Dylan schmackhaft zu machen. Und ich wusste, dass es Philipp genau darum ging, denn seine Versuche waren alles andere als subtil.

»Nichts da!« Philipp schüttelte den Kopf. »Du verkriechst dich jetzt seit vier Tagen zwischen diesem Bett und dem Badezimmer. Es wird dir guttun, unter Leute zu kommen, und außerdem freut Dylan sich, dich wiederzusehen. Glaub mir.« Er schnappte den Lappen aus meinen Fingern. »Und frühstücken müssen wir sowieso. Also auf mit dir.«

Obwohl sich alles in mir dagegen sträubte, kämpfte ich mich auf die Beine und griff nach meiner Jacke. Die Kraft, mit Philipp zu diskutieren, war verpufft und er würde so oder so nicht locker lassen. Außerdem hatte er ja recht: Ich brauchte etwas zu essen und bis auf einen gigantischen Vorrat an Teebeuteln, altbackenem Brot und Bier gab es keine Vorräte in diesem Apartment. Anders als Jake hasste mein Bruder es, zu kochen. Er empfand es als Zeitverschwendung.

Verdammt, wieso konnte ich nicht aufhören, ständig an ihn zu denken?

Ich schlüpfte in meine Schuhe, schloss die Jacke und verließ an der Seite meines Bruders das Wohnheim.

Wortlos schlenderten wir gemeinsam über den mir

fremden Campus, folgten dem Hauptweg und bogen schließlich nach rechts ab.

Die nächste Stunde verbrachte ich mit meinem Bruder, seinem Freund Dylan und anderen Freunden bei Pancakes und Kaffee. Die meiste Zeit schweiften meine Gedanken ab, während sie über Eishockey, Partys und irgendwelche Professoren redeten. Ich grübelte und stocherte in meinem Essen, und obwohl ich hungrig war, aß ich kaum etwas.

Als Philipp endlich zu seinem Kurs aufbrach und alle sich verabschiedeten, atmete ich erleichtert auf. Nach dem erzwungenen Frühstück war mein Bedarf an Menschen und Gesprächen gedeckt. Alles, was ich wollte, war, alleine zurück zum Wohnheim zu laufen und mich die nächsten Stunden im Bett zu verkriechen, bis er wiederkam. Leider wurde aus dem ersten Wunsch nichts, denn Dylan bestand darauf, mich zu begleiten. Er hatte einen Ordner in seinem Zimmer vergessen, den er für seinen nächsten Kurs brauchte, und da er auf derselben Etage wohnte wie Philipp, fiel mir keine Ausrede ein, die die Sorge meines Bruders nicht ins Unermessliche gesteigert hätte.

»Und wie lange bleibst du noch in Chicago?«, fragte er und hielt mir die Tür auf.

»Keine Ahnung.« Das Semester war bald zu Ende, was bedeutete, dass auch das Wohnheim schloss. Philipp würde ein paar Tage zu Beas Familie und dann nach Hause zu unseren Eltern gehen. Beides war keine Option für mich. Ich hatte weder Geld noch eine Perspektive. *Eigentlich habe ich gar nichts.*

Und wieder spürte ich, wie die Tränen drohten, mir in die die Augen zu steigen. Ich blinzelte und verfluchte mich innerlich dafür, dass mich alles traurig und hoffnungslos stimmte.

»Alles okay?« Im Gehen drehte Dylan mir sein Gesicht zu, musterte mich. Sein Blick erinnerte mich automatisch an Jake. Daran, wie er mich ständig angesehen hatte, um zu ergründen, was in mir vorging.

»Klar.« Meine Stimme klang belegt und fremd. »Mir ist nur kalt.« Ich nestelte an meinem Schal und zog ihn bis über meine Ohren, um Dylans durchdringendem Blick auszuweichen. Wenn er mich weiter so ansah, würde ich auf offener Straße und für alle sichtbar in Tränen ausbrechen.

»Dagegen kann ich was tun.« Er fischte eine dunkelblaue Mütze aus seiner Jeansjacke und hielt sie mir entgegen. »Hier, setz die auf, bevor dir deine hübschen Ohren abfrieren. Ich will ja nicht, dass du erfrierst und Phil mich dafür einen Kopf kürzer macht.« Er grinste. »Und du weißt, das würde er.«

»Danke.«

Wir wichen zwei Fahrradfahrern aus und bogen auf den Weg ab, der zum Wohnheim führte. Dylan erzählte mir von seinem Studium, dem Eishockeyteam, in dem er spielte, und anderen unverfänglichen Dingen. Er fragte nach allem Möglichen, aber nicht nach meinem Leben in Savanna Springs, was mich vermuten ließ, dass mein Bruder ihm alles über mich und meinen Liebeskummer erzählt hatte.

»Also …«, begann Dylan, als wir durch die Tür ins Wohnheim traten.

»Also?«

Dylan, der die Hände die meiste Zeit in den Hosentaschen vergraben hatte, hob eine Hand und strich im Gehen über sein schwarzes Haar. Plötzlich wirkte der große, breitschultrige Kerl, den ich als Kind wegen seiner Stärke angehimmelt hatte, fast verlegen. »Wollen wir beide vielleicht mal was machen, solange du hier bist?« Er hielt mir die Tür des Treppenhauses auf, wartete, bis ich auf den Gang hindurchgeschlüpft war, ehe er weiterredete. »Hier um die Ecke gibt es einen echt netten Club, in dem wir am Wochenende öfter abhängen. Dieses Wochenende habe ich ein Spiel, aber vielleicht können wir uns danach dort treffen?«

»Ich weiß nicht …«

»Wenn du willst, können wir auch woanders hingehen. Ins Kino zum Beispiel oder zum Bowlen. Früher hast du das doch geliebt«, schlug er vor, als wir um die letzte Ecke zu Philipps Wohnheimapartment bogen und ich so abrupt stehen blieb, dass Dylan der Länge nach gegen mich prallte. Augenblicklich verstummte er und folgte meinem Blick zur Tür. Zu der Tür, vor der Jake saß. Und neben ihm auf dem Boden stand eine verdammte Palette voller Kaffee.

»Hey.« Er rappelte sich auf, während der Schlüsselbund sich fest in meine Handinnenfläche bohrte. »Ich dachte, du könntest vielleicht einen Kaffee gebrauchen. Mit einem extra Schuss Vanille, so wie du ihn am liebsten magst.«

Mein Herz. Es setzte für einen Schlag aus, nur um anschließend doppelt so schnell weiterzuschlagen.

Ich befahl meinen Füßen, sich wieder in Bewegung zu setzen. Doch sie gehorchten mir nicht.

»Ist er das? Der Kerl, der dir das Herz gebrochen hat«, fragte Dylan und bestätigte meine Vermutung, dass Phil ihm etwas von meinem Gefühlszustand erzählt haben musste.

Noch ehe ich antworten konnte, spürte ich, wie sein Arm sich um meine Schulter legte.

Jakes Augen wanderten von mir zu Dylan und wieder zurück. Etwas blitzte in seinen Augen, doch es war so schnell verschwunden, dass ich nicht sicher war, was.

War es Wut?

Schmerz?

Irritation?

Ich löste mich aus Dylans ungewollter Berührung, drehte mich zu ihm um und legte meine Hand an seine Brust, um den Abstand zwischen uns zu vergrößern. »Danke fürs Zurückbringen«, sagte ich. »Aber du kannst jetzt gehen, ich komme klar.«

»Bist du sicher?« Durch zusammengekniffene Augen starrte er Jake an. »Ich kann auch dafür sorgen, dass er –«

»Nicht nötig«, sagte ich mit so viel Bestimmtheit in der Stimme, wie ich angesichts von Jakes Anwesenheit aufbringen konnte. »Wir sehen uns morgen und danke für die Wärmehilfe.« Ich zog die Mütze vom Kopf, um sie ihm in die Hand zu drücken.

»Wie du meinst.« Er verstaute die Mütze in seiner Jeansjacke. »Aber wenn was ist, meine Vorlesung ist nur ein paar Gehminuten entfernt. Ruf einfach durch.«

»Okay.«

Ein letztes Mal funkelte er Jake an, ehe er sich endlich in Bewegung setzte und um die Ecke bog.

ASHLEY

»Soll ich gehen?«, fragte Jake, sobald Dylan verschwunden war. Er schob die Hände in die Hosentaschen und sah mich einfach nur an. Mit diesem Blick, der Wärme in meinem Inneren aufsteigen ließ.

Fast unmerklich schüttelte ich den Kopf, obwohl ich wusste, dass es besser wäre, ihn darum zu bitten. Um mein Herz zu schützen, weil es nicht noch mehr Schmerz ertragen konnte – so wie ich es ihm geschrieben hatte. Das Problem war nur, dass ich es in diesem Moment nicht schützen wollte.

Als ich meine Füße endlich überredet hatte, setzte ich mich in Bewegung. Mit zitternden Fingern schob ich den Schlüssel ins Schloss der Tür und drückte sie auf. »Phil ist in einer Vorlesung«, erklärte ich. »Du kannst reinkommen, wenn du willst.«

Jake hob die Palette mit Kaffee hoch und platzierte sie einen Moment später auf der schmalen Küchenzeile zwischen Bad und Schlafzimmer, weil der Esstisch voller Bücher und loser Blätter stand.

Ich hängte den Schlüssel neben die Pinnwand,

streifte die Schuhe ab und ging ins Schlafzimmer, wo ich meine Jacke an den einzigen freien Haken hängte, den es gab.

Als ich zurück in den Flur trat, der ebenso als Küche fungierte, hielt Jake mir einen der Kaffeebecher hin. »Leider ist er mittlerweile kalt.«

»Schon okay«, antwortete ich, griff nach dem Becher und zuckte zusammen, als ich dabei seine Finger streifte. Selbst diese kleine Berührung schaffte es, mich daran zu erinnern, wie gut es sich anfühlte, wenn er mir nah war.

Ich nahm einen Schluck von dem erkalteten Vanilla Latte, auch um die aufwallenden Gefühle zurückzudrängen und mir klarzumachen, dass Jake nicht deshalb hier war. Er war hier, weil er wollte, dass ich mit Trevor sprach und so versuchte, das Chaos um mich herum in Ordnung zu bringen, um mein Leben in Savanna Springs wieder aufzunehmen. Es hatte nichts damit zu tun, was wir gehabt hatten. Das wusste ich. Das wusste ich viel zu gut.

Ich leerte den Becher in einem Zug und griff den nächsten. Zu trinken half, um nicht reden zu müssen. Es half, die aufkeimende Hoffnung zu ersticken und genug Distanz zwischen ihn und meine Gefühle zu bringen.

Irgendwann, als ich es endlich schaffte, Jake anzusehen, sagte er: »Ich soll dich von Zara grüßen. Ich habe gestern kurz mit ihr telefoniert und sie vermisst dich. Ich soll dir sagen, dass du jederzeit in Kims Zimmer ziehen kannst, wenn du das möchtest.«

Ich vermisste Zara auch.

Ich vermisste sie und Keaton.

Ich vermisste Trevor.

Ich vermisste das Meer, die Sonne und Savanna Springs.

Ich. Vermisste. Alles.

»Ash …« Erst in dem Moment, als Jake den Becher aus meinen Fingern löste, realisierte ich, dass ich weinte.

»Schon okay.« Ich wischte mir über die Wange und wich seinem Blick aus, denn die Art, wie er mich ansah, stellte seltsame Dinge mit meinem Inneren an. Es weckte Wünsche, die niemals in Erfüllung gehen würden. Zum Beispiel, den Kopf an ihn zu schmiegen und seinen Duft einzuatmen. Oder seine Lippen auf meinen zu spüren, um die Leere und den Schmerz in mir zu beenden, den ich fühlte, weil ich ihm nicht mehr nah sein konnte.

Ich versuchte, die Sehnsucht abzustreifen wie dreckverkrustete Kleidung. Versuchte, mich stattdessen an den Schmerz zu erinnern und den Grund, weshalb das alles nicht sein konnte.

Nie wieder.

»Ich weiß, was dir helfen wird«, hörte ich Jake sagen, und einen Augenblick später starrte ich auf meine Jacke in seiner Hand und auf die Schuhe, die er mir entgegenstreckte. Als ich mich nicht regte, um ihm beides abzunehmen, legte er es auf dem Boden ab. »Zieh dich einfach warm an«, bat er mich und öffnete die Wohnheimtür. »Ich warte draußen auf dich.«

Die Tür klickte, als sie hinter ihm einrastete.

Ich starrte von der Tür zu meinen Sachen, nicht sicher, ob es eine gute Idee war, mit Jake mitzugehen und zuzulassen, dass er mir Hoffnung gab.

Ausgerechnet er.

Doch statt darüber nachzudenken, holte ich eine von Phils Mützen und ein paar dicke Handschuhe aus dem Schrank und zog mich an, um ihm zu folgen.

Zusammen verließen wir das Wohnheim und bogen an der Straße nach rechts, als die ersten Zweifel kamen.

»Jake, ich …« Ich hatte keine Ahnung, was er vorhatte oder wieso ich mit ihm mitging. Nach dem, was er getan hatte, sollte ich einen großen Bogen um ihn machen. Ich sollte ihn aus meinem Leben verbannen, genauso wie aus meinem Herzen. Nur war das gar nicht so leicht, weil er die Fäden noch immer fest umklammert hielt.

Jake blieb stehen und sah mich an. »Ich weiß, dass ich dich verletzt habe, Ash. Und ich weiß, dass du allen Grund hast, mir zu misstrauen, aber …« Er schluckte. »… bevor ich alles zerstört habe, waren wir Freunde und dieser Freund, der will ich gerade für dich sein, wenn du es zulässt. Ich will für dich da sein und helfen, dich auf andere Gedanken zu bringen, weil ich sehe, wie schlecht es dir geht. Wegen Trev, wegen … *allem*.«

Was er mir da anbot, klang verlockend, denn ich vermisste nicht nur Jake – ich vermisste auch unsere Freundschaft. Das, was wir gewesen waren, bevor er mir das Herz gebrochen hatte. Also stimmte ich zu.

»Danke.« Kältewolken bildeten sich vor seinem Gesicht, als er ausatmete. «Gib mir fünf Minuten, ja?« Er zog sein Handy aus der Jackentasche, tippte etwas ein und entfernte sich ein Stück, um zu telefonieren.

Schließlich kam er zu mir zurück. »Das Taxi kommt gleich«, erklärte er, und tatsächlich: Nur zwei Minuten später parkte es neben uns am Straßenrand.

Ich wusste noch immer nicht, was wir eigentlich vorhatten, als wir nebeneinander auf der Rückbank des Taxis Platz nahmen und Jake dem Fahrer etwas auf dem Display seines Handys zeigte. Ich wollte ihn fragen, entschied mich dann jedoch dazu, zu warten, bis er es mir erzählte.

Schon drei Blocks weiter hielten wir und Jake stieg aus, um in einen Coffeeshop zu gehen und mit zwei Kaffeebechern und einer riesigen braunen Papiertüte zurückzukehren. Er zeigte dem Taxifahrer das nächste Ziel auf seinem Handy, ehe er mir erst die Tüte in den Schoß legte und mir dann den heißen Kaffee in die Hand drückte.

»Für das, was wir vorhaben, solltest du dich stärken«, erklärte er, während ich in die Tüte schielte, zwei riesige Bagel mit Rucola, Sprossen und Tomaten und zwei Blaubeermuffins entdeckte.

Ich nahm den Bagel heraus, wickelte die Folie ab und biss hinein. Er schmeckte köstlich. Frisch und herrlich saftig.

»Ich habe gestern Abend im Internet recherchiert und dort stand, dass der Coffeeshop die besten Bagel der Stadt hat, deshalb dachte ich, das wäre genau das Richtige.« Unsere Blicke trafen sich. »Ich weiß ja, wie schwer es dir manchmal fällt, zu essen, wenn es dir nicht gut geht.« Jake wusste, wie wenig ich in schwierigen Situationen aß, weil er es oft genug gesehen hatte. An den unangetasteten Speisen auf dem Tisch und den vollen Tellern im Kühlschrank. Und auch jetzt, wo alles um mich herum in Scherben lag, bekam ich kaum etwas herunter. Denn Tami war tot und Trevor wütend auf mich. Mein Herz war zerfetzt und meine Zukunft ein einziger Nebel.

Die restliche Fahrt aßen wir beide, sprachen aber kaum. Da war nur die leise Musik, die aus dem Radio drang, und der Verkehr Chicagos, der nach und nach weniger wurde, als wir die Stadt verließen. Um uns herum kamen die ersten Felder in Sicht.

Schließlich hielten wir auf einer großen Freifläche neben der Landstraße und mein Blick fiel auf die gegenüberliegende Seite. Dort parkte ein großer silberner Truck.

»Was machen wir hier?«

»Ich dachte schon, du würdest nie fragen«, antwortete Jake und beugte sich herüber, um meinen Gurt zu lösen. »Ich dachte, ich zeig dir etwas, was ich fast genauso gerne mache wie klettern. Das Wetter ist nahezu perfekt dazu, auch wenn es im Sommer viel mehr Spaß macht.« Er sah mich an. »Paragliding. Sagt dir das was?«

»Wir werden ...« Ich deutete in den Himmel. »... da oben sein?«

Er nickte. »Es sei denn, du hast Angst.«

Ich schüttelte den Kopf, drückte die Tür auf und sprang aus dem Taxi.

JAKE

Ashleys Augen leuchten, während wir auf den Truck zuliefen, der auf einem Feldweg an der Landstraße stand.

Im Gegensatz zu mir war sie noch nie Gleitschirmfliegen gewesen, aber ich wusste einfach, dass es ihr gefallen würde. Paragliding war ganz anders, als auf Gebäude zu klettern, aber nicht weniger schön. Mit einem Schirm über der Erde zu gleiten war atemberaubend. In Kalifornien hatten Trevor, Keaton und ich einige Stunden genommen und sogar überlegt, uns unsere eigene Ausrüstung zu besorgen, es bisher aber noch nicht getan. Es war mehrere Monate her, seit ich das letzte Mal in der Luft gewesen war, aber ich würde nie vergessen, wie es sich anfühlte. Ich wusste, dass die Jahreszeit nicht perfekt war, weil die Thermik eher zwischen April und September vorhanden war als Anfang Dezember, und auch das Wetter war dann deutlich angenehmer, aber es war das Erste, was mir einfiel, um Ash auf andere Gedanken zu bringen. Und da Vance Smith – der Besitzer der hiesigen Paragliding School – sich sofort einverstanden erklärt hatte, mit uns zu fliegen, hatte ich entschieden, es einfach zu versuchen. Das Wetter war perfekt. Bedeckt, doch ohne Regen.

Wir begrüßten Vance und seinen Partner Hank und halfen, die Tandemschirme vom Truck zu laden.

»Wie lange werden wir oben sein?«, fragte Ashley, nachdem Vance ihr alles erklärt hatte. Über die Ausrüstung, wie sie sie anlegte und die Phasen des Fluges.

»Maximal eine halbe Stunde, eher weniger«, erklärte Vance und das Leuchten in ihrem Gesicht, die Vorfreude, die darin leuchte, zogen mich magisch an.

Zwischen seinen dichten Augenbrauen begutachtete Hank jeden unserer Handgriffe, während Ash und ich die beiden Gleitfallschirme auf dem gefrorenen Feld ausbreiteten. Wir bekamen dickere Jacken und Sturmmasken, die wir uns über das Gesicht ziehen sollten, um uns von dem beißenden Wind zu schützen.

Anschließend kümmerte Vance sich um Ashs Gurte.

»Bereit?«, rief Vance zu mir und Hank herüber, nachdem wir die Trockenübung erfolgreich hinter uns gebracht hatten.

Ich kontrollierte nochmals den Sitz meines Helmes, dann nickte ich.

In einem großzügigen Abstand voneinander liefen wir los. Der Wind stand günstig, sodass der Gleitfallschirm sich schon nach wenigen Metern gen Himmel wölben konnte. Meine Füße verloren den Kontakt zum Boden. Es war ein sanftes Hinaufgleiten, anders als im Sommer, aber nicht weniger atemberaubend.

Je höher ich kam, umso kleiner wurde alles. Unter mir glitzerten die Felder eisig und frostig. Beißender Wind traf auf mein Gesicht, doch anders als bei meiner Ankunft in Chicago störte er mich hier oben nicht. In der Luft fühlte ich mich frei. Alles lag ruhig da, war still. Da war nur der Wind, der in meinen Ohren rauschte. Sonst nichts.

Ich lenkte den Schirm zu einer Kurve, um einen Blick auf Ashley zu werfen. Selbst von Weitem konnte ich sehen, dass jegliche Anspannung aus ihrem Körper verschwunden war. Genau so, wie ich es mir erhofft hatte.

Dreiundzwanzig Minuten später setzten meine Füße wieder auf dem Boden auf. Die Schwerelosigkeit verschwand ebenso schnell, wie sie gekommen war. Der Gleitschirm fiel hinter Hank und mir zu Boden und kurz nach uns landeten auch Ashley und Vance.

Ich löste die Gurte, nahm den Helm ab und verstaute gemeinsam mit Vance und Hank alles auf der Ladefläche des Trucks.

»Ich habe noch was mitgebracht«, sagte Vance, umrundete den Truck und öffnete die Fahrertür. Einen Moment später stand er neben uns. Mit vier Bechern und einer Thermoskanne heißem Tee.

»Du solltest das im Frühling wiederholen«, erklärte Hank gerade, als das Handy in meiner Hosentasche vibrierte. »Im Mai ist die Thermik am besten. Wenn du willst, können wir …«

Im Gehen fischte ich das Handy aus der Hosentasche, warf einen Blick auf das Display. *Maya.* Innerlich stieß ich einen Seufzer aus, ehe ich den Anruf entgegennahm.

»Hey«, begrüßte sie mich. »Störe ich dich gerade?«

»Quatsch … Was gibt's?«

»Mein Kopf raucht vom Lernen«, erklärte sie. »Ich dachte, wenn ich deine Stimme höre, hilft das.«

»Und? Tut es das?« Mein Blick fiel auf Ashley, die über etwas lachte, das Vance gerade zu ihr sagte.

»Natürlich.« Durch den Hörer konnte ich hören, wie sie den Kühlschrank öffnete. »Wie kommst du voran?«

»Es geht«, log ich, weil ich schlecht sagen konnte, dass ich statt in der Uni und am Schreibtisch in Illinois stand. Auf einem Berg, mit einer anderen Frau.

Ich hatte ihr nichts erzählt. Nichts von Ashley. Nichts von meinem spontanen Flug. Einfach gar nichts.

»Ich bin froh, wenn die Prüfungen vorbei sind.« Sie seufzte. »Zusammen mit dem Umzug und Chase ist das viel. Ich hoffe, ich schaffe es, ein einigermaßen gutes Ergebnis abzuliefern.«

»Klar schaffst du das.« In all der Zeit, in der ich Maya kannte, hatte sie es jedes Mal geschafft, Bestleistungen zu erlangen. Sie war zielstrebig und arbeitete hart, und genau deshalb würde sie es auch diesmal hinbekommen.

Ash schob sich eine Haarsträhne hinter ihr Ohr, als unsere Blicke sich trafen. Sie schenkte mir ein scheues Lächeln, das meinen Herzschlag beschleunigte. Sie so zu sehen, ohne die Anspannung, mit dem Lächeln, war wundervoll.

»... froh, wenn das Semester vorbei ist. Nächstes Jahr wird alles einfacher. Dann sind wir immer zusammen und ich muss das nicht mehr alleine schaffen«, redete Maya weiter. »So wütend ich auf meine Mom war, so froh bin ich irgendwie auch, weißt du? Es fühlt sich richtig an, zurück nach Savanna Springs zu kommen.«

»Ja ...« Ich wandte den Blick von Ashley ab, indem ich ihr den Rücken zudrehte. Sie anzusehen, während ich mit Maya sprach, und jede Regung ihres Körpers zu beobachten, mich daran zu erinnern, wie er gewesen war, mit ihr zusammen zu sein, fühlte sich völlig falsch an. Es gab mir das Gefühl, ich würde Maya noch einmal betrügen und, schlimmer noch, das Versprechen brechen, das ich Ash gegeben hatte. Ich hatte ihr versprochen, ein Freund zu sein. Es war das, was wir sein konnten.

Freunde.

Doch wieso fühlte sich das Wort dann so verflucht falsch in meinem Kopf an?

Ein paar Minuten sprachen Maya und ich noch miteinander, ehe sie sich wieder an ihren Schreibtisch verzog und ich zurück zu Vance, Hank und Ashley ging.

Schließlich nahmen die beiden uns bis an den Stadtrand mit, von wo aus wir ein Taxi nahmen.

Auf der gesamten Fahrt zurück war Ashley still. Es fühlte sich an, als würde mit jedem Kilometer ihre Anspannung zurückkehren und die Freude und das Leuchten hinter jener Mauer verblassen, hinter der sie sich verschanzte.

Am liebsten wollte ich den Taxifahrer bitten, umzudrehen. Ich wollte etwas tun, damit es ihr gut ging. Und zwar nicht nur für ein paar Stunden, sondern immer. Doch dann kam das Wohnheim in Sicht und sie bedeutete dem Fahrer, sie an der Kreuzung rauszulassen.

»Phil ist jetzt sicher wieder zu Hause«, begann sie, als wir zusammen auf dem Gehweg standen. Ihre Schuhspitze bohrte sich in das gefrorene, mit Schnee bedeckte Gras am Straßenrand. »Ich glaube nicht, dass –«

»Schon okay. Ich bin auch nicht scharf drauf, das mit seiner Faust zu wiederholen.«

Ihre Augen huschten zu meiner aufgeplatzten Lippe, dann streckte sie ihre Finger aus, zog sie im letzten Moment jedoch wieder zurück. »Tut … Tut es sehr weh?«

»Kaum.«

»Okay.« Ihre Finger ballten sich zu einer Faust und sie nickte Richtung Wohnheim. »Ich werde jetzt besser gehen, er fragt sich bestimmt schon, wo ich stecke.« Sie hob die Hand und lief los, nur um nach wenigen Schritten stehen zu bleiben und sich zu mir umzudrehen. »Jake?«

»Ja?«

»Ich wollte noch danke sagen. Es war … toll.«

»Fand ich auch.«

Sie lächelte mich an, ehe sie mit schnellen Schritten davoneilte. Ich sah ihr nach, bis sie durch die Türen des Wohnheims verschwand, und machte mich im Anschluss selbst auf den Weg zurück ins Hotel, um dort für meine letzten Prüfungen zu pauken und schnellstens zu vergessen, wie schnell mein Herz schlug.

Und alles wegen ihres Lächelns.

ASHLEY

Ich stocherte in den Nudeln auf meinem Teller. Zerteilte sie mit der Gabel in minikleine Stückchen. Die Sauce quoll an den Seiten heraus und machte alles zu einem unappetitlichen Matsch.

»Hörst du überhaupt zu?« Phil schnippte vor meinem Gesicht herum, bis ich aufsah.

»Was?«

Der Gesichtsausdruck meines Bruders war finster, doch er verriet mir weder, was er dachte, noch, was er gesagt hatte. Ging es noch um das Eishockeyspiel, das Dylan heute gewonnen hatte? Den Kinofilm, für den mich seine Freunde erwärmen wollten, oder um die Abschlussparty, die nächste Woche steigen sollte?

Ich schielte in die Runde und stellte fest, dass sie sich aufgelöst hatte. Von Philipps Freunden – Elisa, Samantha, Freddy und Mike – war nichts mehr zu sehen. Nur Dylan, Phil und ich waren noch übrig.

Verdammt!

»Die anderen sind in den Club an der Ecke vorgegangen«, erklärte Dylan, als er meinen fragenden Blick auffing. »Wir wollten was trinken.«

Dunkel erinnerte ich mich an die Diskussion zu Beginn des Essens. Die anderen wollten tanzen und trinken, die Anspannung der Woche von sich abfallen lassen. Immerhin war Freitagabend.

»Dieser Kerl zerlöchert dir das Hirn«, zischte mein Bruder, die Arme vor der Brust verschränkt.

»Du wiederholst dich.« Ich rammte meine Gabel fester in die Reste auf meinem Teller. Seit Tagen gab es kein anderes Thema mehr. Wenn es nach Philipp ginge, dann sollte ich Jake die Meinung geigen und ihn im Anschluss aus meinem Leben radieren. Endgültig. Nichts anderes machte für meinen Bruder Sinn. Und vor ein paar Wochen war es genau das, was ich vorgehabt hatte. Doch so einfach war es nicht mehr, denn Zeit mit Jake zu verbringen war ambivalent.

Ja, es tat weh – doch mit jedem Mal, bei dem ich ihn jetzt traf, wurde dieser Schmerz weniger. In manchen Momenten schaffte ich es sogar, zu vergessen, was zwischen ihm und mir passiert war. Jake versuchte alles, um mich auf andere Gedanken zu bringen. Jeden Tag stand er mit meinem Lieblingskaffee vor dem Wohnheim. Und jeden Tag hatte er eine neue Idee parat, mit der er mich dazu brachte, aus meiner Höhle zu kriechen und ein kleines Stück zurück ins Leben zu treten. Wir waren zum Paragliding, Klettern, im Kino gewesen und heute Morgen Schlittschuhlaufen.

»Ich meine, du hängst ausgerechnet mit dem Kerl rum, der dir das Herz gebrochen hat. Meinst du wirklich, dass dir das guttut?«

Statt ihm eine Antwort zu geben, griff ich nach dem Colaglas vor mir und trank es aus. Das Letzte, was ich wollte, war, schon wieder darüber zu reden. Besonders nicht hier, in einem Restaurant. Vor Dylan.

»Der Kerl hat dich verarscht«, redete er weiter, und ignorierte mein Schweigen. »Er ist verlobt. Er hat ein Kind!«

»Das weiß ich.« Mein Glas landete mit einem Knall auf dem Tisch. Das gute Gefühl, das der Tag mit Jake hinterlassen hatte, fiel von mir ab. Es verpuffte. Zerplatzte, wie eine Seifenblase. »Ich weiß das, okay?«

»Gut.« Philipp nickte. »So jemand wie der hat nämlich keine Frau verdient. Ganz besonders nicht meine Schwester.«

»Er ist nicht so schlecht, wie du glaubst …«, sagte ich leise und drängte die Tränen zurück, die gegen die Innenseiten meiner Augen drückten. Phils Worte brachten mich durcheinander. Wenn Jake ein so grauenvoller Mensch war, wie er mir weismachen wollte, warum bemühte er sich dann so selbstlos um mein Wohl, obwohl ihm das ganz sicher Probleme mit Maya einbrachte? Warum verhielt er sich dann wie ein Freund, also genau so, wie er es mir versprochen hatte? Ein Freund, den ich im Moment mehr brauchte als alles andere? Ich konnte nicht glauben, dass Jake das nur tat, um mich um den Finger zu wickeln und mich zu seinem Betthäschen zu machen – so wie Philipp es nannte. Ich konnte es nicht glauben, denn ganz egal, was zwischen uns vorgefallen war und wie sehr mich das verletzt hatte: Es passte nicht zu ihm.

Tief in meinem Inneren wusste ich das. Vielleicht hatte ich es sogar immer gewusst.

»Ash …« Die Stimme meines Bruders wirkte verzerrt und ich spürte seine Hand auf meiner Schulter, als ich von der Bank rutschte.

»Vergiss es einfach«, flüsterte ich und befreite mich von seiner Berührung, um meine Jacke zu greifen.

Ich musste hier raus.

»Willst du jetzt abhauen, ja?«, fragte er. »Wieder zu *ihm*?«

Ich ignorierte meinen Bruder und schloss stattdessen den Reißverschluss meiner Jacke.

»Ash, verdammt!« Die Hand meines Bruders war wieder da. Umfasste mein Handgelenk. »Du –«

»Ich bin erwachsen«, fuhr ich ihn an und riss mich von ihm los. »Ich bin nicht mehr das kleine Mädchen, das so dringend den Schutz ihres großen Bruders braucht. Ich musste jahrelang alleine klarkommen, weil du nicht da warst. Du denkst, du hilfst mir damit, dass du ihn schlecht machst, aber weißt du was? Jake ist der Einzige, der gerade wirklich für mich da ist!«

Meine Worte verfehlten ihre Wirkung nicht. Philipp sah mich an, als hätte ich ihn geschlagen.

»Ist angekommen.« Er schluckte hart und ich sah, wie sehr ich ihn wirklich verletzt hatte. »Dann geh zu dem Kerl, lass dich von ihm durchvögeln und dir erzählen, wie sehr er dich liebt. Ist dein Leben.«

»Phil …« Ich hatte es nicht so gemeint. Ich hatte nicht vorgehabt, ihm wehzutun. »Ich will doch nur, dass –«

»Lass gut sein«, schnitt er mir das Wort ab. »Tu, was du nicht lassen kannst.« Er widmete sich den Salatresten auf seinem Teller, dann dem Kellner, den er rief, um die Rechnung zu begleichen.

»Ich werd zurück ins Wohnheim gehen«, sagte ich leise und schulterte meine Tasche. »Ich wünsch euch viel Spaß.«

Ohne auf eine Reaktion zu warten, verließ ich den Tisch. Ich drehte mich um, kämpfte mich an unzähligen Tischen vorbei. Versuchte, die Blicke der Gäste zu ignorieren, und war froh, als ich endlich die Tür des Restaurants aufstoßen konnte.

Draußen empfing mich der Geruch von frisch gefallenem Schnee. Er knirschte unter meinen Schuhen, klebte an Fensterscheiben und Schildern.

Eine ganze Weile irrte ich durch die dunklen Straßen. Sog die winterliche Luft in meine Lungen und versuchte, den Streit mit meinem Bruder von mir abprallen zu lassen, aber es funktionierte nicht. Und statt zurück ins Wohnheim zu gehen, fand ich mich plötzlich vor Jakes Hotel wieder. Es war, als würde mich eine unsichtbare Kraft in das hell erleuchtete Foyer Richtung Fahrstuhl ziehen.

Ich betätigte das Tastenfeld. Stieg wieder aus. Klopfte an einer Tür.

Es dauerte nur Sekunden, bis die Tür aufging. Sekunden, bis Jakes vertraute Gestalt in der Tür erschien. In Jogginghose und Shirt gekleidet, sein Handy am Ohr.

»Zara«, sagte er in den Hörer. »Ich muss jetzt Schluss machen …«

Ohne auf eine Antwort zu warten, beendete Jake den Anruf. Dann trat er zur Seite, damit ich an ihm vorbei ins Innere des Hotelzimmers treten konnte. Es war kleiner, als ich erwartet hatte. Ein Doppelbett stand in der Mitte. Direkt gegenüber ein Tisch, auf dem er neben dem Laptop Bücher und Zettel gestapelt hatte. Es gab einen Fernseher und eine Tür, die zum Badezimmer führen musste.

»Du hast geweint«, sagte Jake, sobald die Tür hinter uns geschlossen war. Er kam näher, musterte mich mit diesem durchdringenden Blick, der mir den Rest gab.

»Ich habe mich mit Phil gestritten. Wegen dir.«

Jakes Hände legten sich an meine Schultern. Bugsierten mich vorwärts, bis zur Kante des Bettes, und als sie mich losließen, wünschte ich mir nichts mehr, als sie länger auf mir zu spüren.

JAKE

Eine ganze Weile sah ich Ashley einfach nur an. Ließ meinen Blick wandern. Über ihre geschlossen Lider und die Schatten, die unter ihren Augen lagen. Weiter über ihre leicht geöffneten Lippen, in denen sich eine Speichelblase verfangen hatte, bis hinab zu ihrem Brustkorb, der sich in einem ruhigen, gleichmäßigen Takt hob und senkte.

Wunderschön, dachte ich. Sie war einfach nur wunderschön.

Mit den Augen fuhr ich die Konturen ihres Gesichtes nach, immer wieder. Ich verharrte an ihren Lippen. Lippen, von denen ich noch immer wusste, wie weich und gut sie sich anfühlten.

Als ich mich schließlich vom Bett rollte, um die Decke über ihrem schlafenden Körper auszubreiten, drang ihr Duft in meine Nase. Dieser liebliche Duft, nach dem ich mich mehr sehnte als nach allem anderen.

Drei Stunden waren vergangen, seit sie vor der Tür meines Hotelzimmers gestanden hatte. Drei Stunden, in denen wir nebeneinander auf dem Bett gelegen hatten und über den Streit mit ihrem Bruder geredet hatten, bis ihr die Augen zugefallen und sie völlig erschöpft eingeschlafen war.

Philipp misstraute mir, daran erinnerte mich mein noch immer schmerzender Kiefer zu genüge. Natürlich gefiel es ihm nicht, dass ich Zeit mit Ashley verbrachte. Er sah mich als Feind, weil ich sie verletzt und furchtbar behandelt hatte, und wollte sie beschützen. Aus diesem Grund war ich in seinen Augen auch der Letzte, der jetzt für sie das sein sollte.

Aber ich hatte nicht vor, Ashley noch einmal zu verletzen.

Ich setzte mich wieder an den Tisch und schaltete den Laptop ein. In meinem E-Mail-Postfach ploppten weitere Unterlagen für die Uni auf, die Zara mir geschickt hatte. Aber obwohl es mir half, mich vorzubereiten, und ich alles tat, was möglich war, merkte ich, dass es nicht reichte. Kurz vor den letzten Prüfungen dürfte ich nicht tausende von Kilometern entfernt in einem Hotelzimmer sitzen und nur im Internet recherchieren, wenn ich auf Unklarheiten stieß. Ich gehörte in die Unibibliothek, meine Lerngruppe und die letzten Kurse.

Eine Stunde lang paukte ich noch, ehe ich frustriert und müde den Laptop zuklappte und neben Ash auf das Doppelbett rutschte. Da ich unmöglich mit ihr unter einer Decke liegen konnte, breitete ich die Tagesdecke über mir aus und hoffte, dass sie reichen würde, um mich zu wärmen.

Dann löschte ich das Licht und schloss die Augen, fand aber trotz Müdigkeit einfach nicht in den Schlaf. Der Abstand von vierzig Zentimetern zwischen unseren Körpern war nicht groß genug, um Ashs Duft zu ignorieren, der in meine Nase drang, und zwar bei jedem Atemzug mehr. Ich drehte mich auf die andere Seite, bemüht, mich auf etwas anderes zu konzentrieren. Doch alles, woran ich denken konnte, war das Gefühl ihrer Haut unter meinen Fingern und den Geschmack ihrer Lippen.

Fuck.

Ich wälzte mich hin und her. Unfähig, die Bilder, die sich in meinen Kopf drängten, zur Seite zu schieben.

Nach einer Weile gab ich auf und rutschte vom Bett. Legte mich auf den harten Boden. Und weit genug von ihr entfernt gelang es mir schließlich doch, einzuschlafen.

»Du hättest doch nicht auf dem Boden schlafen müssen«, erklärte Ashley, als ich am nächsten Morgen die Augen aufschlug. Sie saß über mir auf der Bettkante und sah zu mir hinab. Das Haar zerzaust, die Augen geweitet. »Das ist doch bestimmt furchtbar unbequem gewesen.«

Weit weniger unbequem, als mit einem Ständer neben ihr im Bett zu liegen – doch das sagte ich nicht. Ash musste nicht wissen, dass mich ihre Nähe noch immer derart anzog. Das würde nur alles verkomplizieren.

»Ich hatte nicht vor, hier zu schlafen«, redete sie weiter. »Das war nicht –«

»Es ist alles in Ordnung«, schnitt ich ihr das Wort ab. »Du bist eingeschlafen und ich habe es nicht übers Herz gebracht, dich zu wecken. Das ist alles.« Ich kämpfte mich auf die Beine und drückte den Rücken durch, bis der Schmerz nachließ. »Und jetzt bestell ich uns Frühstück.« Ohne auf ihre Antwort zu warten, lief ich zum Telefon neben der Tür und gab die Bestellung auf, ehe ich weitersprach. »Trev, Keat und ich haben früher ständig in

Trevs Baumhaus auf dem harten Boden geschlafen, weil Trev unbedingt rauchen musste und mit den Zigaretten Löcher in die Luftmatratzen gebrannt hat.« Es war lange her, aber ich erinnerte mich noch so genau daran, als wäre es erst gestern gewesen, dass wir versucht hatten, sie mit Tesafilm zu kleben. »In einem Jahr war Keat so stinksauer, weil er den Zigarettenrauch nicht ausstehen konnte, dass er forderte, Trev solle endlich mit dem Rauchen aufhören. Der dachte natürlich nicht daran.« Ich grinste. »Weißt du, was Keat gemacht hat?«

»Nein, was?«, fragte sie leise.

»Er hat Pfeffer unter den Tabak gemischt.«

Ihre Mundwinkel zuckten. »Und dann?«

»Haben die beiden sich gestritten und er hat sich gerächt, indem er Tabasco in Keats Eistee gekippt hat. Dieser Streit ging den ganzen Sommer, bis sie sich endlich auf einen Waffenstillstand einigen konnten.« Ich suchte ihren Blick. »Trev war einfach schon immer ein Dickschädel, aber er kann auch eine ganze Menge verzeihen, Ash.«

In unserer Kindheit hatte es zahlreiche Dinge gegeben, die Trevor anderen übel genommen hatte. Wir hatten uns ständig gestritten. Über alles Mögliche. Aber jedes Mal im Anschluss hatten wir uns wieder zusammengerauft. Weil wir Freunde waren und uns liebten. Und ich war überzeugt, dass diese Fähigkeit nicht einfach verschwunden war. Auch ihr konnte er verzeihen. Wenn sie es nur versuchte.

Ashley öffnete den Mund, schloss ihn jedoch, als es an der Tür klopfte. Ich öffnete dem Zimmerservice, nahm den Wagen entgegen und rollte ihn ins Zimmer, ehe ich Ashley einen Becher Kaffee zubereitete. Mit Zucker und Milch. Genau so, wie sie es mochte.

»Ich bin mir sicher, dass er dir verzeihen wird.« Ich überreichte ihr den Becher.

»Und ich glaube, du irrst dich«, murmelte sie und der Schmerz, der ihre Augen überflutete, ließ mich neben ihr auf der Bettkante Platz nehmen. Unsere Knie berührten sich.

»Nein, tu ich nicht. Und weißt du, warum? Weil du Gründe hattest, ihm Ian zu verschweigen. Du hast ihn nicht extra angelogen oder ihm Lügen erzählt. Alles, was du getan hast, war, dich selbst zu schützen, und genau das wird er verstehen, wenn du es ihm erklärst.«

In der gesamten Zeit, die ich jetzt in Chicago war, hatte ich es vermieden, mit ihr über Trevor zu sprechen. Denn jedes Mal, wenn ich es versucht hatte, hatte sie sofort dicht gemacht. Unter anderen Umständen würde ich ihr mehr Zeit lassen, so viel, wie sie eben brauchte. Aber ich hatte keine Zeit mehr. Ich musste zurück. Zurück nach Savanna Springs. Zurück an die Uni. Zurück in mein Leben dort.

Eine wichtige Prüfung hatte ich bereits verpasst. Weitere Patzer durfte ich mir nicht erlauben. Nicht, wenn ich den Job bei Cliff behalten und nicht das gesamte Semester in den Sand setzen wollte.

Ich hatte es Ashley noch nicht gesagt, obwohl ich es mir fest vorgenommen hatte. Weil ich sie weder unter Druck setzen noch die Zeit mit ihr überschatten wollte. Aber …

»Bitte red mit ihm. Versuch es wenigstens. Er ist ein Dickschädel und ich sage nicht, dass es einfach wird, aber ich weiß, dass du ihm genauso viel bedeutest wie er dir. Lass Ian das nicht kaputtmachen.«

»Jake …«

»Überleg es dir«, redete ich weiter und stand auf, um

einen Umschlag aus meinem Rucksack zu ziehen und ihn ihr in den Schoß zu legen. »Hier.«

»Was ist das?«, fragte sie, ohne den Umschlag zu öffnen.

»Das ist ein Flugticket für dich. Von Chicago nach Savanna Springs. Heute Abend geht mein Flug zurück und ich will, dass du mitkommst.« Ich holte Luft. »Nicht nur ich, Ash. Keaton und Zara wollen dasselbe.«

ASHLEY

»Du willst also wirklich zurück?« Durch zusammengekniffene Augen beäugte Phil, wie ich erst das Make-up in meinem Rucksack verstaute und anschließend meine restlichen Sachen hineinstopfte. »Warum?«

»Du weißt, warum.« Ich zog die Kordel fest und schloss den Rucksackdeckel. »Weil mein Leben in Savanna Springs ist. Meine Freunde sind dort und …«

»Und er.« Philipp verschränkte die Arme vor der Brust und sah mich noch ein wenig finsterer an. »Du hältst das wirklich für eine gute Idee? Zurückzugehen? Ausgerechnet zu ihm?«

»Ich gehe nicht zu Jake zurück, verdammt noch mal!« Hatte er mir in der letzten halben Stunde überhaupt zugehört? Nur einmal? Ich holte Luft, dann sagte ich: »Alles, was ich tue, ist mein Leben wieder aufnehmen, Phil.«

Philipp stieß einen dieser frustrierten Laute aus, den ich nur zu gut kannte. »Ich versteh dich einfach nicht.«

»Das musst du auch nicht. Du sollst es akzeptieren, das ist alles, was ich will.« Ich hob den Rucksack aufs Bett, um das Namenschild der Airline daran zu befestigen. »Ich vermisse meine Freunde. Ich vermisse das Meer. Ich vermisse das Wetter. Verdammt … ich vermisse einfach alles dort.« Es laut auszusprechen machte es nur noch endgültiger. In Chicago hatte ich mich nie zu Hause gefühlt. In Savanna Springs jedoch war das anders gewesen, denn fast vom ersten Moment an hatte es sich richtig angefühlt, dort zu sein. Es war mein Zuhause geworden. Doch das verstand er nicht, weil er keinen Schimmer hatte, wie die Stadt und die Menschen mich nach Tamis Tod zurück ins Leben geholt hatten.

Ich ließ mich neben meinem Rucksack auf das Bett sinken und machte eine ausschweifende Handbewegung. »Außerdem kann ich doch sowieso nicht hierbleiben. Das Wohnheim schließt nächste Woche. Wo soll ich dann hin? In Beas Zimmer bei ihren Eltern? Nach Hause zu Mom und Dad?« Die Winterferien standen kurz bevor und bis zum neuen Semester würde Phil sich genau dort aufhalten. Bei Bea und im Haus unserer Eltern. Das tat er jedes Jahr. Doch im Gegensatz zu ihm bekam mich niemand dorthin zurück. Weder in dieses Haus noch in den Schoß meiner Familie. »Du weißt, dass ich das nicht kann. Nicht zu ihnen. Nicht in dieses Haus, wo …«

Wo Tami gestorben war.

Ich schaffte es nicht, den Satz auszusprechen, doch das musste ich auch nicht. Mein Bruder verstand auch so.

»Natürlich nicht.« Sein Blick wurde weicher. »Aber wir hätten eine Lösung gefunden. Dylan hat angeboten, dass du mit in die Wohnung könntest, die er mit seinem Mitbewohner anmietet. Oder du gehst zu Granny nach Rockford«, fuhr er fort. »Und wenn du hier bleiben würdest, in Chicago … vielleicht würden Mom und Dad dich ja doch studieren lassen. Dann hätten sie ihren Willen und du ab Januar ein Zuhause und müsstest nicht zurück zu diesem Kerl.«

»Werden sie nicht.« *Wieso musste ich ihn daran erinnern?* Unseren Eltern ging es nicht darum, welche Universitäten gut waren oder welche Chancen sie boten. Es ging ums Prinzip. »*Unsere Familien studierten seit Generationen in Urbana Champaign, Ashley! Mein Vater hat dort studiert, genauso wie ich. Dein Onkel, dein Grandpa und dein Vater. Es ist die beste Universität, um Jura zu studieren, und deshalb wirst auch du dorthin gehen, hast du mich verstanden?*«, imitierte ich die Worte meiner Mutter. Ich hörte sie seit Jahren und kannte sie auswendig. Genauso wie auch Phil sie kannte.

»Sie werden das nie und nimmer tun. Nicht nach dem, was ich getan habe.« Philipp hatten sie die finanzielle Unterstützung alleine deshalb versagt, weil er eine andere Uni und ein anderes Fachgebiet gewählt hatte. Aber im Gegensatz zu mir hatte er nicht die Familienehre beschmutzt, indem er auf einer Beerdigung zusammengebrochen, mit einem Medikamentencocktail in die Psychiatrie eingeliefert und danach spurlos verschwunden war. Sie waren wütend und in der kleinen, perfekten Welt von Penelope und Gavin Stone ergab das vermutlich sogar Sinn.

Ich stand entschlossen auf und griff meinen Rucksack, um ihn zu schultern.

»Du lässt dich sowieso nicht umstimmen, richtig?«

»Nein, und ich muss jetzt auch los. Der Flieger wartet nicht.« Ich trat auf ihn zu, um mich zu verabschieden. Er zog mich in eine kurze Umarmung und ich war froh, dass er mir den Streit von gestern Abend nicht mehr übel nahm. Ich wollte nicht, dass ein Streit zwischen uns stand, wenn so viele Kilometer uns trennen würden.

Philipp ließ mich los. »Versprich mir, dass du dich meldest. Nicht nur, wenn du Hilfe brauchst. Ruf mich an, egal wann. Okay?«

»Werde ich«, versprach ich.

»Und sag Jake, ich kastrier ihn, falls er es wagt, dir auch nur noch einmal weh zu tun.«

Ich war mir sicher, Philipp würde höchstpersönlich dafür sorgen, dass Jake leiden musste, und obwohl ich seine Drohung übertrieben fand, zeigte sie mir, wie viel ich ihm bedeuten musste. Er liebte mich und machte sich Sorgen, hatte eben nur eine verschrobene und nervige Art, mir das zu zeigen.

»Ich richte es ihm aus«, versicherte ich, als er vortrat und die Tür aufzog, damit ich auf den Flur hinaustreten konnte.

Ich sah nicht zurück, als ich über den Flur Richtung Treppenhaus lief, denn obwohl Phil mich mit seiner Fürsorge in den Wahnsinn trieb und wir uns deshalb ständig stritten, vermisste ich ihn schon jetzt. Er war mein Bruder und ich liebte ihn. Auch – oder gerade weil wir keine tolle gemeinsame Kindheit gehabt hatten.

Ich eilte die drei Stockwerke hinab und stieß kurze Zeit später die Wohnheimtüren nach draußen auf. Kalte Luft drang in meine Lungen und ließ mich frösteln. Einen kurzen Augenblick hatte ich Sorge, Jake würde nicht hier sein und auf mich warten, doch dann entdeckte ich ihn neben dem Eingang am Fuße der Treppe.

»Hey«, begrüßte er mich. »Bereit?«

»Nicht wirklich …« Ich hoffte, dass Jake recht behalten würde mit dem, was er über Trevor gesagt hatte, und die Hoffnung, die durch seine Worte in mir aufgekeimt war, nicht umsonst war.

Denn es gab immer noch jenen Teil in mir, der unsicher blieb. Der weder wusste, ob Trevor mir verzeihen würde, noch eine Idee hatte, wie oder warum. Ich hatte keine Ahnung, was Ian ihm noch über mich erzählt hatte.

»Wir kriegen das hin«, versprach Jake, als hätte er meine Gedanken gelesen. »Du kriegst das hin.«

Ich betete, dass er recht behalten würde. Dass es möglich war, diese Freundschaft irgendwie zu kitten. *Trotz Ian.*

Ja, ich hatte Trevor belogen und konnte das nicht ungeschehen machen. Aber Trevor war mir wichtig, wir waren Freunde. In den letzten Stunden, die ich mit Jake verbracht und mit ihm darüber gesprochen hatte, war mir klar geworden, dass ich nicht kampflos das Feld räumen wollte, auch wenn ich mir das so erfolgreich eingeredet hatte. Ich wollte, dass er sich meine Version der Geschichte anhörte, und Jake hatte recht: Ich hatte Trevor Ians Existenz verschwiegen, aber nicht aus Boshaftigkeit oder weil ich die beiden voneinander fernhalten wollte. Und im Gegensatz zu Ian, der nicht nur log, was meine Rolle an Tamis Tod betraf, sondern auch, was ihn und mich anging, war ich zumindest bei der Wahrheit geblieben.

Ich streifte den Rucksack von meinen Schultern, als das Taxi am Straßenrand hielt, und überließ ihn Jake, damit er ihn zusammen mit seinem im Kofferraum verstauen konnte.

Ich trat neben ihm auf das Taxi zu, als die Tür des Wohnheims aufgestoßen wurde und meinen Bruder ausspuckte. In Socken und ohne Jacke.

»Warte!«, rief er, sprang die Treppenstufen hinab und blieb vor mir stehen, mitten im Schnee. Er hielt mir einen grauen Umschlag entgegen. »Ich will, dass du das nimmst.«

»Was ist das?«, fragte ich.

»Geld.« Er griff nach meiner Hand und stopfte den Umschlag hinein. »Ich will, dass du es nimmst. Für den Notfall.« Er warf einen Blick auf Jake. »Falls du aus irgendeinem Grund schnell zurückmusst.«

»Phil …« Schon als ich im August nach Kalifornien aufgebrochen war, hatte er mir Geld zugesteckt. Dabei wusste ich, dass er jeden Dollar selbst gebrauchen konnte. Immerhin finanzierte er das Studium durch Jobs und Kredite.

»Keine Widerrede. Ich will nicht, dass du noch mal mit dem Bus hier hochfahren musst oder dich von irgendwem abhängig machst, wenn du nach Hause willst.«

Widerstrebend nahm ich den Umschlag an und steckte ihn in meine Jackentasche. Philipp umarmte mich noch einmal, dann verschwand er durch die Tür im Inneren des Wohnheims.

»Ash?«, erklang Jakes Stimme hinter mir. »Wir müssen los.«

Ein letztes Mal sah ich zum Wohnheim, dann atmete ich tief ein und ließ mich auf den Rücksitz des Taxis fallen.

ASHLEY

»Oh Gott, du bist wirklich zurück!« Zara zog mich so schnell in eine Umarmung, dass ich nicht einmal Luft holen konnte. »Ich bin so froh, dass Jake dich wirklich überreden konnte. Ich war skeptisch, als er unbedingt fliegen wollte, aber –«

»Wie wäre es, wenn du Ash erst mal reinkommen lassen würdest«, schlug Keaton vor. Seine Augen funkelten belustigt, während er meinen Rucksack von seiner Schulter gleiten ließ. »Du erdrückst sie ja.«

«Oh!« Zara ließ mich los und presste die Hand vor den Mund. »Entschuldige.«

»Schon gut.« Ich schenkte ihr ein ernst gemeintes Lächeln, während ich gegen die Freudentränen ankämpfte. »Ich freu mich auch, dass ich wieder hier bin.«

Es stimmte. Schon als ich Keaton am Flughafen auf mich warten sah, waren mir vor Rührung die Tränen in die Augen gestiegen. Ja, Jake hatte mir gesagt, dass weder Zara noch Keaton wütend auf mich seien, weil ich Trevor Ian verschwiegen hatte, aber es zu erleben, war befreiender, als ich es für möglich gehalten hätte.

»Ich freu mich wirklich«, schluchzte ich.

»Oh, Süße …« Zara sah erschrocken zu, wie ich die verräterischen Tränen aus meinen Augenwinkeln wischte, und griff nach meiner Hand, um mich wortlos mit ins Wohnzimmer zu ziehen. Sie schob mich auf das Sofa, das mit einer blauen Patchworkdecke bedeckt war, ehe sie in die angrenzende Küche huschte und einen Augenblick später eine blau gestreifte Tasse vor mir abstellte.

»Gerade frisch gekocht. Pfefferminz.«

»Danke.« Ich griff nach der Tasse und nahm einen Schluck des Tees, während sie neben mir Platz nahm und ein Kissen auf ihren Schoß zog. »Ich freu mich wirklich«, wiederholte ich meine Worte von eben. »Es ist nur … ich dachte, ihr wärt wütend auf mich. Ihr alle. Weil ich Trevor nicht von Ian erzählt habe.«

Keaton lehnte an der Heizung neben dem Fenster. Er und Zara wechselten einen kurzen Blick. »Wütend waren wir nicht, nur … *irritiert*«, sagte sie langsam. »Nicht mal direkt wegen Ian, sondern weil du verschwunden bist, ohne einen von uns um Hilfe zu bitten.« Sie sah mich an. »Wir sind Freunde, Ash, und das bedeutet, du kannst mit uns reden.« Sie griff nach meiner Hand, drückte sie. »Und jetzt erzähl mir von Ian und Chicago. Ich will die ganze Geschichte hören.«

Also erzählte ich es, in allen Einzelheiten.

»Was war mit Tami?«, fragte Keaton, als meine Erzählung schließlich endete. »Wie fand sie das mit Ian und dir?«

Ich zog die Beine an und schlang die Arme um meine Knie. »Die beiden haben deshalb ziemlich gestritten«, erzählte ich und erinnerte mich daran, wie ich Tami und Ian in ihrem Zimmer hatte streiten hören. So wütend hatte ich sie noch nie erlebt, und auch wenn ich durch die Tür nicht verstehen konnte, was sie gesagt hatte, hatte ihr Verhalten danach genug verraten. Wutentbrannt war sie an mir vorbeigestürmt und in ihr Zimmer gerannt.

»Ich glaube, ich habe sie bis zu diesem Tag nie streiten gesehen und es war auch nicht das letzte Mal. Aber er war eben ihr Bruder. Nach ein paar Wochen war sie immer noch wütend, aber sie hat es ihm gegenüber nicht mehr gezeigt. Wir haben … einfach nicht mehr darüber gesprochen. Und dann ist Ian aufs College gegangen.«

»Verstehe.« Keaton rieb sich über sein Kinn.

»Was verstehst du?«, fragte ich, nicht sicher, worauf er hinauswollte.

»Ian hat uns erzählt, dass du dich zwischen Tami und ihn gedrängt hättest«, erklärte Zara und wandte sich an Keaton. »Das meintest du doch, oder?«

»Ja.« Keatons Blick verdüsterte sich. »Und es ist eine verdammt einseitige Erklärung, wenn ihr mich fragt.«

»In Ians Welt entspricht es vermutlich der Wahrheit«, murmelte ich und schloss einen Moment die Augen. Das war das Fatale an der Geschichte: Ian sah sich allem Anschein nach wirklich als Opfer, weil seine Beziehung zu Tami nach der Nacht mit mir nie wieder dieselbe geworden war.

»Ich versteh nicht, dass Trev das einfach schluckt. Das passt nicht zu ihm.« Zara pulte an dem blauen Nagellack an ihrem Daumen.

»Ich versteh ihn schon«, erklärte ich. »Er hat mit seiner Mom und der späten Offenbarung seiner Adoption seine ganze Identität verloren. Ian ist sein Bruder und somit der Einzige, der ihn mit seinen wahren Wurzeln verbindet. Er würde ihm alles glauben, wenn das bedeutet, dass er ihn nicht verliert.« Jetzt, wo ich es aussprach, kam es mir noch logischer vor, dass er Ians Worte ungefiltert aufgenommen und mich vor die Tür gesetzt hatte. Die gesamte Busfahrt nach Chicago hatte ich darüber nachgedacht, warum Trevor Ian glaubte und jedes seiner Worte geschluckt hatte. Sein bisheriges Misstrauen hatte ich schließlich am eigenen Leib erfahren. »Außerdem konnte Ian schon immer Leute um den Finger wickeln. Er ist darin einsame Spitze.«

Er konnte reden. Sich präsentieren. Sich verstellen. Er war ein Blender. Zumindest war es mir immer so vorgekommen, weil er bei meinen Eltern eine Art Freifahrtschein hatte, während ich – als ihr leibliches Kind – ganz anders behandelt worden war.

Eine ganze Weile saßen wir noch da, unterhielten uns über das, was in meiner Abwesenheit passiert war, ehe wir eine Kleinigkeit aßen und ich den unbändigen Wunsch verspürte, mich zurückzuziehen.

Zara zeigte mir Kimberlys Zimmer, in dem ich die nächste Zeit wohnen konnte. Es lag gegenüber dem Badezimmer, war kleiner als das von Zara, aber noch gemütlich. Das Regal an der linken Seite war gefüllt mit allerlei Büchern. Ein flauschiger Flokatiteppich lag vor dem breiten Bett, das mit allerlei Tüchern und Bändern verziert war. Es gab einen Schreibtisch, einen Wandschrank und einen alten Ledersessel.

Zara brachte mir Bettwäsche, damit ich das Bett beziehen konnte, ehe sie die Tür hinter sich zuzog und mich alleine ließ.

Sobald das Bett fertig und sie gegangen war, schlüpfte ich in ein Schlafshirt und kroch hinein. Doch obwohl mein gesamter Körper sich nach Schlaf sehnte, fand ich ihn nicht.

JAKE

»Jake, hätten Sie noch einen Moment für mich?« Professor Pilos deutete zu seinem Pult in der Mitte des Kursraumes.

»Sicher.« Ich wartete, bis die letzten Studenten an mir vorbei in den Gang hinaus geeilt waren, ehe ich meinen Platz in der ersten Reihe des Hörsaals verließ und zu ihm trat.

»Sie wissen, was ich von Ihnen halte«, begann er, ließ sich auf den Rand des Tisches fallen und zog die dicke Hornbrille von seiner Nase, um sie mit einem Tuch zu putzen. »Sie haben nicht nur eine gute Auffassungsgabe, sondern schaffen es, mich immer wieder mit Ihren Ideen zu überraschen, deshalb –« Er schob die Brille zurück auf seine Nase und verschränkte die Arme vor der Brust. »– verstehe ich nicht, dass Sie Ihren Abschluss aufs Spiel setzen. Ihnen ist doch bewusst, dass Sie das tun, nicht wahr?«

»Natürlich weiß ich das, Sir. Es ist nur …« Ich zögerte. Wie sollte ich erklären, dass ich der Frau, die ich heimlich liebte, bis nach Chicago gefolgt war, weil die Sorge um sie mich halb umgebracht hatte?

Professor Pilos nickte und bedeutete mir, fortzufahren.

»In meinem persönlichen Umfeld gab es einige *Vorkommnisse*, um die ich mich kümmern musste.«

»So was habe ich mir bereits gedacht.« Ein mitfühlender Ausdruck erschien auf seinem Gesicht, der mich daran erinnerte, dass er bei vielen Studenten auch deshalb beliebt war, weil er ehrenamtlich in der Campus-Seelsorge arbeitete. Er war ein fairer Mann, ein guter Lehrer und ich respektierte ihn, und genau deshalb schaffte ich es nicht, ihm eine Lüge aufzutischen, wie ich es bei Cliff getan hätte. Doch die Wahrheit konnte ich ihm genauso wenig sagen. Nicht, wenn Maya im nächsten Semester hier studieren würde. Die Gefahr war zu groß. »Aber Sie verstehen sicher, dass ich Ihnen deshalb keine Sonderbehandlung zukommen lassen kann. Ich glaube wirklich an Ihr Potenzial, Jake. Sie mögen der aktuellen Wirtschaft nicht viel abgewinnen können, aber Ihre Ideen für alternative Wirtschaftsentwicklungen sind gut. Ich fände es schade, wenn sie Ihre Möglichkeiten nicht ausschöpfen, weil Sie sich zu sehr ablenken lassen.« Er suchte meinen Blick. »Wie Sie sicher wissen, arbeite ich ehrenamtlich in der Seelsorge. Wenn Sie also Hilfe benötigen, um mit ihrer privaten Situation zurechtzukommen, dann scheuen Sie sich bitte nicht, mich anzusprechen.«

»Vielen Dank für das Angebot, aber ich werde das hinbekommen«, erklärte ich mit einer Sicherheit, die ich nur zu gerne verspüren würde. Wenn ich ehrlich war, hatte ich Angst, dass ich das Semester wiederholen musste. Durch die Woche in Chicago hatte ich nicht nur viel verpasst, sondern war in einer Prüfung aufgrund von Nichtanwesenheit mit null Punkten bewertet worden. Und das war nicht alles. Ich hatte das gesamte Semester nicht gerade mit Motivation und Anwesenheit geglänzt und keine Ahnung, ob ich diese Entwicklung in den Prüfungen überhaupt noch herumreißen konnte.

Ich verabschiedete mich von Professor Pilos, verließ die Vorlesung und bog nach links, wo Zara auf mich wartete. Die meisten unserer Vorlesungen fanden in unterschiedlichen Gebäuden auf dem Campus statt, doch einmal die Woche lagen unsere Hörsäle direkt nebeneinander.

»Alles okay?«, fragte sie sofort, als ich neben ihr zum Stehen kam. »Gab es Ärger, weil du gefehlt hast?«

»Ja.«

»Scheiße ... und jetzt?«

Ich hob die Schultern. »Jetzt versuche ich, in den letzten Prüfungen so gut abzuschneiden, wie ich kann.«

Zara sagte nichts dazu. Sie wusste selbst, dass das alles war, was ich tun konnte. Für mehr war es einfach zu spät.

»Wie geht es Ash?«, wechselte ich das Thema, weil ich nicht weiter über die Uni und die Kurse reden wollte. Während des Rückflugs hatte sie kaum ein Wort mit mir gesprochen. Hatte nur wortkarg und nervös neben mir gesessen, die Finger ineinander verschränkt und den Blick starr aus dem Fenster gerichtet. Sie in diesem Zustand in Keatons Truck steigen und gehen zu lassen, war mir schwergefallen. Es hatte sich falsch angefühlt, sie so alleine zu lassen, obwohl ich dringend an meinen Schreibtisch gemusst hatte, um die Prüfung heute zu packen.

»Als ich heute Morgen losmusste, sah sie gefasster aus als gestern, als sie ins Bett gegangen ist.« Sie schüttelte den Kopf. »Weißt du, am liebsten würde ich Ian wegen seiner Halbwahrheiten und dem, was er Ash angetan hat, zur Rede stellen.«

Mir ging es nicht anders. Wobei mir noch lieber wäre, er würde auf seiner Uni versauern und nie wieder hier auftauchen. Aber ich wusste, dass das nicht passieren würde.

»Trev muss unbedingt erfahren, was Ian ihm verschweigt.«

»Wird er«, versprach ich. »Ich hole Ash nach der Uni ab und fahre mit ihr zum Strandhaus.«

Ich hielt es für das Beste, zu ihm zu gehen, solange Ian noch nicht wieder zurück war, und bei ihr zu sein, wenn sie zu Trevor ging. Er war ein Dickschädel und es würde nicht einfach werden, zu ihm durchzudringen. Aber vielleicht hatten wir zusammen eine Chance, dass er uns zuhörte.

»Hältst du das für eine gute Idee?« Während wir durch die Gänge liefen, musterte Zara mich von der Seite. »Ich meine, sollten Keat oder ich nicht lieber mit ihr zu ihm fahren?«

»Warum?«

»Weil ...« Sie seufzte. »Muss ich das echt aussprechen?«

Ja, das musste sie. »Glaub mir, es vergeht kein Tag, an dem ich mich nicht selbst dafür hasse, was ich getan habe. Aber genau deshalb will ich ihr helfen, verstehst du?«

Wenn ich Ash dabei half, die Sache mit Trevor geradezubiegen, vielleicht konnte sie mir dann irgendwann tatsächlich verzeihen und wir Freunde sein.

»Ich verstehe das schon, Jake.« Zara deutete auf eine der freien Bänke neben dem Weg und wartete, bis ich mich neben sie gesetzt hatte, ehe sie weitersprach: »Ich habe nur Angst, dass es euer frisch repariertes Band überstrapaziert, das ist alles.«

»Wird es nicht. Ich will einfach, dass die beiden sich vertragen. Ash braucht Trev, genauso wie er sie braucht. Ich will nicht, dass Ian das, was die beiden aneinander haben, kaputt macht, Zara.«

Keiner von uns wollte das.

»Schon gut«, gab sie sich geschlagen. »Aber falls du Hilfe brauchst oder es dir über den Kopf wächst, lass uns helfen. Wir sind alle Freunde, Jake. Ich habe das Ash gestern auch schon gesagt: Niemand von uns muss das alleine schaffen, okay?«

Sie drückte meine Hand und ich nickte. Froh darüber, dass das, was ich getan hatte, nicht mehr zwischen uns stand.

Ein paar Minuten saßen wir noch da und redeten, ehe wir uns an der nächsten Kreuzung verabschiedeten. Sie bog nach links, ich drehte um und lief zurück zum Wirtschaftstrakt. Bereit für den letzten Kurs und die nächste Prüfung.

Vier Stunden später verließ ich den Campus, um Ash bei Keaton und Zara abzuholen. Sie wartete bereits unten an der Treppe, als ich mit dem Wagen am Straßenrand hielt, damit sie einsteigen konnte.

»Mir geht es gut«, versicherte sie, als ich den Mund öffnete, um sie genau danach zu fragen. »Ich will es nur hinter mich bringen, in Ordnung?« Sie schnallte sich an und streckte die Finger Richtung Armaturenbrett aus, verharrte dann jedoch. »Kann ich Musik anmachen?«

»Natürlich.«

Sie zappte durch ein paar Songs, fand dann einen,

den sie mochte, und drehte ihn lauter. Durch den dichten Feierabendverkehr brauchten wir länger als sonst, bis wir das Strandhaus erreichten, aber das störte mich nicht, weil ich viel zu beschäftigt damit war, Ashley dabei zuzuhören, wie sie zu den Songs mitsang und ihre Stimme meinen Wagen ausfüllte.

Als ich den Wagen vor dem Strandhaus parkte und die Musik erstarb, fehlte es mir sofort, ihr zuzuhören.

Ich löste meinen Gurt und sie tat dasselbe. Wir stiegen aus, schlüpften durch das Tor und folgten dann dem Weg bis zum Eingang des Strandhauses.

Ashley klingelte und die Sekunden, die es dauerte, bis die Tür sich öffnete und Trevor darin erschien, kamen mir länger vor, als es tatsächlich dauerte.

Trevor lehnte den Kopf gegen die Tür, dunkle Schatten lagen unter seinen Augen. »Was willst du hier?« Seine Stimme klang nicht wütend oder abweisend. Eigentlich klang sie vollkommen desinteressiert.

»Mit dir reden.«

»Reden, ja?« Er richtete seine trüben, fast milchigen Pupillen auf sie. »Dann beantworte mir doch eine Frage: Hast du mir verschwiegen, dass ich einen Bruder habe?«

»Ja, das habe ich, aber –«

»Danke.« Er stoppte sie. »Mich interessieren deine Ausflüchte nicht.«

»Aber ...« Sie machte einen Schritt auf ihn zu, doch sobald ihr Körper sich der Türschwelle näherte, schubste er sie zurück und ich fing sie auf.

»Komm nicht wieder her, verstanden!«

ASHLEY

Das laute Knallen der Tür ließ mich zusammenzucken und ich sackte gegen Jake – nicht wegen der Wucht, mit der Trevor mich aus seinem Leben katapultierte, sondern wegen des Schmerzes, der sich in mir ausbreitete wie umgeworfenes Öl. Es tat weh. *Das* hier tat weh und ich wusste nicht, ob es mehr schmerzte, dass Trevor mich nicht mehr in seinem Leben wollte, oder dass ich vor Augen hatte, in welchem erbärmlichen Zustand er sich befand. Er hatte einfach furchtbar ausgesehen. Die Dunkelheit tropfte aus jeder Faser seines Körpers. Er hatte dunkle Ringe unter seinen Augen und seine Pupillen waren so groß, dass ich sicher war, er hatte mehr als nur Gras geraucht.

Tränen brannten in meinen Augen, weil mir bewusst wurde, dass ich für diesen Zustand verantwortlich war. Ich hatte gewusst, wie sehr ihm die Lügen seiner Familie zugesetzt hatten. Wie dringend er Wahrheiten und Klarheiten in seinem Leben brauchte, und trotzdem – *trotzdem* – hatte ich die Momente verstreichen lassen und geschwiegen, statt ihm von Ian zu erzählen.

Ich streckte meine Finger aus, um die Klingel ein wei

teres Mal zu drücken. Ich wollte ihm so dringend alles erklären und alles wiedergutmachen. Weil wir Freunde waren. Weil er mir fehlte. Weil ich es ihm schuldig war.

»Komm.« Der Druck von Jakes Fingern auf meinen Schulterblättern verstärkte sich und ich zog die Hand im letzten Moment zurück. »Das hat keinen Sinn.«

Ich ließ zu, dass Jake mich zurück zum Wagen brachte. Dort sackte ich in den weichen Ledersitz. Sah zu, wie Jake den Wagen umrundete.

»Er sieht so furchtbar aus.«

»Ja.« Jake schluckte hart. »Ja, das tut er.«

»Und jetzt?«, fragte ich und starrte auf die Fassade des Strandhauses. »Wir müssen doch irgendwas tun. Ich kann doch nicht –«

»Jetzt –«, unterbrach Jake mich und lehnte sich vor, damit ich ihn ansah, »– müssen wir Geduld haben. Er ist enttäuscht und fühlt sich verraten. Er igelt sich ein und hasst die ganze Welt. Das war schon einmal so, erinnerst du dich?«

Natürlich tat ich das. Wie könnte ich je vergessen, wie fies Trevor mich bei meiner Ankunft in Savanna Springs behandelt hatte. Wie gemein er gewesen war und wie wenig ich daran geglaubt hatte, dass sich das ändern könnte. Doch das hatte es. Stück für Stück hatte es das und am Ende waren wir Freunde geworden.

»Irgendwann wird er kapieren, dass du nicht wie Cliff bist, und dann wird er bereit sein, dir zuzuhören. Das weiß ich einfach.« Jakes Finger berührten mein Knie. Hinterließen diese vertraute Wärme, nach der ich mich noch immer sehnte wie ein Fisch nach dem Wasser. »Wir wussten doch, dass es nicht einfach werden wird, zu ihm durchzudringen. Lass dich davon nicht entmutigen. Wir finden einen Weg.«

Jakes Finger verschwanden und mit ihnen das Feuer, das sie in mir auslösten. Es erlosch, doch zurück blieb eine sanfte Wärme, die nicht einmal durch die Wunde, die Jake in meinem Herzen hinterlassen hatte, ausgelöscht werden konnte.

Der Wagen startete. Dankbar über die Musik, die durch die Boxen drang, sank ich in den Sitz und schloss die Augen. Um mich von dem Bass und der Melodie forttragen zu lassen, während die Begegnung mit Trevor und die Gefühle für Jake in mir nachhallten.

»Gott!« Mit der Kaffeekanne in der Hand wirbelte Zara zu mir herum und presste die freie Hand auf die Brust.

»Ich wollte dich nicht erschrecken«, erklärte ich und lehnte mich gegen den Türrahmen, der die kleine Küche vom Wohnzimmer trennte.

»Schon okay.« Sie zupfte das Handtuch auf ihrem Kopf zurecht. »Ich bin es einfach nicht gewohnt, jemandem so früh zu begegnen. Zumindest nicht vor meinem ersten Kaffee.« Sie griff in den Schrank über dem Küchentresen, um eine Tasse herauszuholen. »Keat steht normalerweise nicht so früh auf, und wenn, dann weil er irgendeinen Termin hat.«

Das war wohl einer der Vorteile, wenn man freiberuflich arbeitete und seine Termine flexibel legen konnte: Man konnte aufstehen, wann man wollte.

»Konntest du nicht schlafen?« Sie kippte Kaffee in ihre Tasse, schaufelte einen Löffel Zucker hinein und rührte ihn um.

»Nicht wirklich, nein.« Die ganze Nacht war mir Trevors Gesichtsausdruck nicht aus dem Kopf gegangen.

Sein Bild war vor mir aufgetaucht, jedes Mal, wenn ich die Augen geschlossen hatte. »Ich mach mir Sorgen um ihn.«

»Ich mir auch.« Zara nahm einen Schluck aus ihrer Tasse, verzog das Gesicht und schraubte das Zuckerglas erneut auf, um einen weiteren Löffel hineinzugeben. »Wir waren auch bei ihm, als ihr weg wart, aber er hat nicht wirklich was gesagt oder geredet.« Sie seufzte. »Es hat ihm so gutgetan, dass du in sein Leben getreten bist. Hoffentlich erinnert er sich bald wieder daran.«

Das hoffte ich auch.

Ich folgte Zara ins Wohnzimmer, wo sie das Licht neben der Couch anknipste und sich setzte. Auf dem Couchtisch lagen allerhand Unterlagen. Bücher aus der Bibliothek, gespickt mit Notizzettelchen in unterschiedlichen Farben, ein Block, Hefte, zwei Ordner.

Ich setzte mich neben sie, und während Zara begann, sich mit den Unterlagen zu beschäftigen, um auf die Prüfung die heute anstand, vorbereitet zu sein, sah ich aus dem Fenster. Anders als im Strandhaus sah man von hier nicht auf das Meer hinaus, sondern auf die Reklametafel eines Supermarktes. Die grellen Lichtpunkte waren das einzige Licht in dem noch jungen Tag.

Das Meer.

»Zara«, sagte ich, als eine Erinnerung in mir aufblitzte und die Idee sich in meinem Kopf ausbreitete. »Meinst du, ich kann mir Keats Truck leihen?«

Eine Stunde später, als die Sonne den Himmel in rosarotes Licht tauchte, bog ich in die Straße ein, die zum Strandhaus führte. Ich parkte am Straßenrand, stieg aus und hielt direkt auf den Ozean zu.

Der Anblick am Morgen war jedes Mal aufs Neue atemberaubend. Die salzige Luft drang in meine Lungen und Wind zerrte an meinen Haaren, während ich dem Ufer näher kam. Ich watete durch den morgenfeuchten Sand, der über die Ränder meiner Schuhe drang, und atmete erleichtert auf, als ich Trevor entdeckte. Er saß auf seinem Surfbrett im Wasser, paddelte auf eine Welle zu und stellte sich auf, um sie zu reiten.

Einen Moment sah ich ihm zu, dann straffte ich die Schultern und lief auf das Ufer zu. Ich merkte genau, wann er mich entdeckte. Sein Körper verkrampfte auf dem Brett und die Welle, auf die er sich zuvor noch vorbereitet hatte, rollte über ihn hinweg. Er tauchte unter und kam einen Augenblick später durch das Wasser, direkt auf mich zu.

Sein Kiefer malmte und seine Augen blitzten kalt wie Eis. »Ich habe dir doch gesagt, dass du dich verpissen sollst.« Wassertropfen perlten von seinem Neoprenanzug, versickerten zwischen uns im Sand.

»Es tut mir leid, dass ich es dir nicht gesagt habe.«

Trevor schnaubte, dann drehte er sich wortlos um und marschierte davon.

Ich lief hinter ihm her. »Trev! Warte, bitte.« Im Gehen streifte ich die Schuhe von den Füßen, um mit ihm Schritt zu halten. »Bitte lass es mich erklären!« Er erreichte den Pfad zu seinem Haus. »Ian war es, der mir damals das Herz gebrochen hat, verstehst du?«

»Mich interessieren deine verdammten Ausflüchte nicht!«, schrie er und wirbelte zu mir herum.

»Trev, bitte –«

»Zum letzten Mal«, schnitt er mir das Wort ab. »Verpiss dich aus meinem Leben.«

Im nächsten Moment knallte das Tor hinter ihm ins

Schloss, doch ich wusste eins ganz sicher: Ich würde ihn nicht aufgeben. Ich würde herkommen. Immer wieder, wenn es sein musste. Ich würde ihn davon überzeugen, dass ich nicht wie sein Dad war oder wie seine Mom. Dass ich nicht verschwinden würde und ihn alleine ließ. Dass ich da war. Das war ich ihm einfach schuldig. Ihm, Tami und irgendwie auch mir selbst.

JAKE

»Das waren die letzten.« Schweiß rann von meiner Stirn und tropfte auf den polierten Dielenboden. Ich hievte den Umzugskarton auf einen der anderen, die wir neben der Garderobe gestapelt hatten, und wischte mir über die Stirn.

»Gott sei Dank!« Keaton streckte mir eine Wasserflasche entgegen, die ich sofort an die Lippen führte.

»Ist schon ein eisernes Gesetz, was?«

»Du meinst, dass der Fahrstuhl ausgerechnet am Einzugstag den Geist aufgibt? Sieht fast so aus.«

Bei meinem Einzug hier war der Fahrstuhl gewartet worden und auch als Keaton und Zara in ihre Wohnung gezogen waren, hatte er gestreikt. Genauso wie heute.

Ich gab Keaton die Wasserflasche zurück und bahnte mir einen Weg zwischen den Kisten und Möbeln hindurch bis zum Sofa.

»Und wo bringt ihr den ganzen Kram jetzt unter?« Keaton machte eine ausschweifende Handbewegung, mit der er das gesamte Apartment einschloss, ehe er neben mir auf dem Sofa Platz nahm.

Ich sah von ihm zu den Kisten, den Möbeln und dem Kram, der sich vom Flur bis in die Küche erstreckte.

»So ganz genau weiß ich das auch nicht.« Maya hatte den Umzugswagen nicht nur voller gestopft als abgesprochen, sondern auch einen größeren Umzugswagen angemietet. Keine Ahnung, wo sich das ganze Zeug in ihrer Wohnung versteckt hatte, aber ich kam wohl nicht drum herum, zusätzliche Regale im Wohnbereich aufzustellen, um ihre Büchersammlung unterzubringen.

»Das meiste ist hoffentlich Kram für Chase. Sein Zimmer ist noch leer.« Ich seufzte. »Ich muss die Möbel gleich noch aufbauen.«

»Lass mich raten: Das wolltest du schon längst fertig haben?« Er grinste, wurde jedoch schlagartig wieder ernst, als ich ihn daran erinnerte, warum ich keine Zeit dafür gefunden hatte.

»Ich bin froh, dass ich es in dem ganzen Durcheinander wenigstens geschafft habe, zu streichen.« Das Farbkonzept, das Maya sich für Chase' Zimmer ausgedacht hatte, bestand aus fünf verschiedenen Farben, die sich fächerartig an der Wand ausbreiteten. Die letzten Tage hatte ich damit verbracht, es umzusetzen und mich auf die letzten Prüfungen vorzubereiten.

»Ich helf dir«, sagte Keaton. »Zara und Ash machen in unserer Wohnung eh so ein Mädelsding und da muss ich nicht unbedingt dabei sein. Sie hat sich in den Kopf gesetzt, Ash abzulenken, und du weißt ja, wie so was bei ihr aussieht.« Grinsend schüttelte er den Kopf. »Ich hatte ganz vergessen, wie es ist, mit zwei Frauen gleichzeitig zusammenzuwohnen.« Es war fast neun Monate her, seit Zaras Schwester Kimberly bei ihnen ausgezogen war, um in Boston zu studieren.

»Wie geht es ihr?« Seit ich sie vor vier Tagen zu Trevor

begleitet hatte, hatten wir uns nicht mehr gesehen. Nach der gemeinsamen Zeit in Chicago fühlte sich das wie eine halbe Ewigkeit an.

»Naja, wie soll es ihr schon gehen?« Keaton holte eine angefangene Tüte Erdnüsse hervor und kippte sie sich in die Hand. »Sie geht jeden Tag an den Strand und hofft, er redet mit ihr. Keine Ahnung, wie sie das durchhält. Ich habe ja nicht mal mehr Lust, es zu versuchen.«

Seit Ian aufgetaucht war, hatte Keaton jeden Tag nach der Arbeit genau das getan. Hatte versucht, mit ihm zu reden, aber er machte dicht. Bei meinen Anrufen und Zaras Nachrichten war es dasselbe. Es war, als würde man wieder gegen dieselbe Wand reden wie vor fast einem Jahr.

»Aber wir müssen was machen, damit Ian den Keil zwischen uns nicht noch tiefer in den Boden rammt«, sagte er. »Jetzt, wo er wieder da ist, trau ich ihm das zweifellos zu.«

»Er ist zurück?«

»Gestern höchstpersönlich eingeflogen.«

Verdammt. Das hatte ich befürchtet.

»Das gefällt mir nicht.«

»Glaubst du, mir?« Er schüttelte den Kopf. »Naja, wenigstens wird Trev sich jetzt mit den Drogen zurückhalten. Ian verachtet das.« Immerhin eine Sache, die mir an dem ungewollt neuen Familienmitglied annähernd sympathisch war. Das war aber auch schon alles an Sympathie, die ich für ihn aufbringen konnte.

»Wie viel Zeit bleibt dir, bis Maya hier auftaucht?«

Ich schielte zur Uhr. »Weniger als zwei Stunden.« Genauer gesagt, eine Stunde und zehn Minuten, denn ich musste noch zum Flughafen fahren, um Chase und sie abzuholen.

»Okay …« Keaton zerrte mich auf die Beine. »Dann lass uns die Möbel aufbauen, Bro.«

Eine Stunde später standen das Kinderbett, der Schrank und die Spielregale, die Maya passend zu den Wandfarben im Internet bestellt hatte. Sie alle waren mit blauen und grünen Flugzeugen und Autos beklebt.

Chase würde es lieben. Seit seiner Geburt hatte ich so viel verpasst. War nicht dabei gewesen, als er sein erstes Wort sagte, hatte nicht zugesehen, wie er loskrabbelte, und bekam nicht mit, wie er seine ersten Schritte machte. Doch ab heute würde alles anders sein. Ich würde jeden bedeutsamen Moment seines jungen Lebens mitbekommen und vielleicht würde das darüber hinwegtrösten, dass meine Gefühle für Maya nicht die waren, die sie sein sollten. Wir würden eine Familie sein und vielleicht … ja, vielleicht würde ich, wenn ich mich nur stark genug darauf konzentrierte, ein guter Vater zu sein, sogar irgendwann über Ash hinwegkommen. Sie zu einer Freundin werden lassen und aufhören können, mich nach ihr zu verzehren.

Während ich die Kartons für Chase' Zimmer an der Wand stapelte, sagte ich mir das immer wieder. *Irgendwann würde es so sein*. Es musste einfach.

ASHLEY

Der Himmel hing voller Wolken. Schwer und dunkel verdeckten sie das Blau, das sich sonst an einem weit entfernten Punkt mit dem Ozean kreuzte. Und auch das Meer war heute anders als sonst. Fast schon schwarz rollten die Wellen heran, ergossen sich in weißer Gischt über meinen Körper.

Hungriger. Ungezähmter. Wilder.

Ich verließ das Wasser, legte das geliehene Surfbrett in den Sand und sah Trevor nach. Wortlos stapfte er zurück zum Haus, in der einen Hand das Surfbrett, in der anderen seinen Rucksack.

Er sah nicht zurück.

Das tat er nie.

Erst, als er ein Stück entfernt war, entließ ich die Luft aus meinen Lungen und griff nach dem Handtuch, das neben meinen Sachen im Sand lag. Wahrscheinlich sollte ich mich langsam an seine Ignoranz und seine Gleichgültigkeit gewöhnt haben. Daran, dass er mich nicht einmal mehr ansehen konnte und so tat, als wäre ich Luft, selbst wenn ich mit einem Surfbrett zu ihm ins Wasser kam und versuchte, mit ihm mitzuhalten.

Doch ich hatte mich nicht daran gewöhnt. Wie sollte ich auch, wenn ich sah, wie es ihm wirklich ging? An den Schatten, die seine Augen umrandeten, den hängenden Schultern, dem Schmerz, der so unübersehbar jede Regung seines Körpers veränderte.

Fast eine Woche war es her, seit er mir gesagt hatte, dass ich verschwinden solle. Fünf Tage, in denen ich trotzdem jeden Morgen in Keatons Truck gestiegen und mir sogar ein Surfbrett geliehen hatte, um zu ihm ins Wasser zu gehen. Um ihm zu zeigen, dass ich ihn nicht aufgeben würde. Dass ich nicht wie sein Dad war. Dass er mir wichtig war und mir etwas bedeutete. Er – und unsere Freundschaft.

Während ich ihm nachsah, dachte ich an das, was er mir vor ein paar Wochen verraten hatte. Dass Surfen eines jener Dinge war, die ihm das Gefühl gaben, seiner Mom nah sein zu können. April Gossow hatte das Meer geliebt – genauso wie das Surfen und ihn. Trevor hatte mit ihr auf einem Board gestanden, noch ehe er lesen und schreiben konnte, und seit ihrem Tod hasste und liebte er es gleichermaßen.

Ich verstand, warum er herkam, vielleicht sogar besser als irgendwer sonst. Denn ich wusste, wie es war, etwas zu tun, das einem den Boden unter den Füßen wegriss, sobald das gute Gefühl verschwand, das man aber trotzdem tun musste. Mit Tami ging es mir genauso. Immer dann, wenn sie mir besonders fehlte, holte ich den pinken iPod hervor und lauschte ihrer Stimme. Und sobald ich das tat, sah ich sie vor mir. Wie sie dasaß, die Gitarre auf dem Schoß, völlig vertieft in die Musik. Solange ihre Stimme durch die Kopfhörer drang, war sie wieder lebendig. Dann war es, als wäre sie nicht gestorben. Als wäre sie noch immer hier. Doch sobald der Song endete, schleuderte er mich zurück. Zurück in ein Leben, in dem es sie nicht mehr gab. Sie nie wieder geben würde. Wenn sie hier wäre ... Sie würde zu Trevor durchdringen. Das wusste ich. Ich wusste es einfach.

Der Gedanke bohrte sich in mein Bewusstsein, schnürte mir die Luft ab. Ich presste die Lider zusammen, um die Erinnerungen zurückzudrängen. Wenn ich nicht zu dem Familienessen gefahren wäre, wenn ich Tami nicht alleine gelassen hätte, wenn ich nur gesehen hätte, wie es ihr wirklich ging, dann ... *vielleicht würde sie dann noch leben.*

Eine Bewegung neben mir.

»Ein atemberaubender Anblick, nicht wahr?«

Beim Klang von Ians Stimme zuckte ich zusammen. Ich öffnete die Augen und starrte zu der hochgewachsenen Gestalt hinauf, die plötzlich neben mir stand. Wich zur Seite aus. Brachte Abstand zwischen ihn und mich.

»Du bist ...«

»... wieder da. Ja.« Ians Augen bohrten sich in meine. Er schenkte mir ein Lächeln, das den Knoten in meinem Magen nur noch fester zog. »Was hast du denn geglaubt? Trev ist mein Bruder.« Er sah aufs Meer hinaus. »Ich gehöre hierher. Im Gegensatz zu dir. Er will dich nicht hierhaben. *Niemand* will das. Wieso verstehst du nicht, dass du Menschen nicht dazu zwingen kannst, dich zu lieben? Dass du die Menschen damit kaputtmachst?«

Meine Hände ballten sich zu Fäusten, während seine Worte durch meinen Kopf rauschten. Mich zurück zu jenem Tag im Frühling schleuderten. Zurück zu dem Gefühl, das er in mir hinterlassen hatte.

»Du lügst ...« Es stimmte nicht. Etwas in mir sagte mir,

dass Ian log. Dass er es nur aus einem Grund sagte: um mich zu verletzen.

Ich wusste das.

Irgendwo in mir wusste ich das.

Ian machte einen Schritt auf mich zu. Er streckte seine Hand nach mir aus und ich zuckte zurück, als ich seine Finger an meiner Wange spürte.

»Das ist deine verquere Art von Wahrheit.« Sanft strich er mir eine feuchte Haarsträhne hinters Ohr und beugte sich dichter an mich heran. So dicht, dass ich seinen warmen Atem an meinem Hals spüren konnte. *Was tat er da?* Ich fröstelte. Nicht mal mein Körper schien sich noch daran zu erinnern, dass es eine Zeit gegeben hatte, in denen seine Berührungen schön gewesen waren. In denen ich mich nach ihm gesehnt hatte. Sogar mehr als nach irgendetwas anderem. »Das wissen wir beide und ich versteh das, Ash. Wirklich.«

Lüge.

»Ich will dir nur helfen.« Er sah mich an. Mitleidig. »Du musst endlich einsehen, dass das niemandem guttut, wenn du dich ständig an die Menschen klammerst ... Tami hat das schon nicht ausgehalten, Trev geht es nicht anders.«

Ich schloss die Augen, so als könnte ich Ian mit purer Willenskraft dazu bringen, endlich zu verschwinden. Ihn auf Abstand zu halten. Nicht nur zu meinem Körper – sondern zu der Wunde, die seine Worte in mir aufrissen.

»Du lügst«, wiederholte ich das, was ich eben zu ihm gesagt hatte, diesmal lauter.

Obwohl es nur Sekunden waren, bis Ians Körper sich entfernte, fühlte es sich an, als hätte es eine Ewigkeit gedauert.

»Du weißt genauso gut wie ich, dass ich recht habe«, sagte er. »Er ist meine Familie, nicht deine. Du kannst sie durch ihn nicht ersetzen und du hast hier nichts zu suchen. Nicht, wenn er es nicht will.«

»Es ist nur deine Schuld, dass er nicht mehr mit mir redet.«

»Ach, Ash ... Du glaubst das wirklich, nicht wahr?« Langsam schüttelte er den Kopf. »Vielleicht sollten wir deine Eltern bitten, dir eine weitere Therapie zu bezahlen, immerhin –«, er deutete auf mich, »– wirkst du genauso verstört wie damals, als sie dich ins Krankenhaus gebracht haben.«

Ein seltsamer Laut kämpfte sich meine Kehle hinauf. Ich wusste nicht, ob es Verzweiflung war oder Wut. Ich war nie krank gewesen. Ja, ich hatte meine beste Freundin verloren. Es hatte mich aus der Bahn geworfen. Ich hatte aufgegeben. Aber ... »Ich war nie krank!«

Quälend langsam setzten sich meine Füße in Bewegung. Ich bückte mich nach meinen Sachen und stopfte sie in meinen Rucksack. Dann hob ich das Surfbrett hoch.

»Du brauchst Hilfe«, rief Ian mir nach, während ich rückwärtsstolperte, das Surfbrett fest umklammert. »Du brauchst wirklich Hilfe, bevor du einen weiteren Menschen zerstörst!«

Meine Füße versanken im Sand. Ein paarmal knickte ich um, drohte, das Gleichgewicht zu verlieren. Aber ich rappelte mich auf. Ich wollte bloß weg. Weg von Ian. Weg von seinen Worten.

Es kam mir wie eine Ewigkeit vor, bis ich den Truck erreichte. Ich warf das Surfbrett auf die Ladefläche. Mit zitternden Fingern wühlte ich in meiner Tasche, fand den Schlüssel und rutschte schließlich auf den Fahrersitz. Ich verschloss die Türen und drehte die Musik auf.

Ein erster Regentropfen landete auf der Frontscheibe. Gefolgt von weiteren. Sie tropften auf die Scheibe, so wie meine Tränen aufs Lenkrad.

JAKE

Ein rotes Spielzeugauto raste über den Dielenboden. Chase griff nach dem Krankenwagen, nahm Anlauf und pfefferte ihn über den Boden. Dann sauste er in Mayas Richtung davon und kicherte, als das Blechauto gegen ihren nackten Fuß donnerte.

»Treffer!« Ich lachte.

»Chase«, tadelte Maya, die Hände noch immer im Spülbecken versenkt. »Du sollst doch Menschen nicht mit deinen Spielsachen bewerfen.« Ihr Blick traf mich. »Und du sollst ihn nicht darin bestärken, so einen Blödsinn anzufangen.«

»Tut mir leid.« Ich ließ mich neben Chase auf den Boden fallen, verstrubbelte sein Haar und sagte: »Mommy mag das nicht. Und Frauen zu verärgern ist nie klug, Kumpel. Deshalb lass das lieber.«

»Du bist unmöglich.« Maya schüttelte den Kopf, grinste aber, als sie den Stöpsel aus dem Spülbecken zog. Sie griff das Geschirrtuch, um sich die Hände zu trocknen. »Gibst du deinem Sohn ernsthaft so einen Tipp?«

»Klar.« Meine Mundwinkel zuckten, als sie zu mir kam. »Kann er nicht früh genug wissen, oder?«

Chase krabbelte auf meinen Schoß und schmiegte sich an mich und Maya ging vor uns in die Hocke und schlang die Arme um uns beide.

»Wahrscheinlich werde ich es noch bereuen, zugelassen zu haben, dass du ihm diese Flausen in den Kopf setzt«, flüsterte sie dicht an meinem Ohr. »Aber gleichzeitig liebe ich dich dafür, dass du es tust.«

Ein Kuss landete auf meinen Lippen, ehe sie sich neben mich plumpsen ließ und Chase sich von mir löste, um das rote Spielzeugauto wieder zu holen.

»Schade, dass du morgen schon wieder arbeiten musst. Es wäre so toll, die ganzen Winterferien mit dir zu verbringen, ehe der wirkliche Stress beginnt.«

»Ich arbeite ja nicht Vollzeit und außerdem ist Weihnachten auch nicht mehr weit, dann haben wir Zeit miteinander«, versuchte ich, sie zu beruhigen. »Und wenn es Chase bei der Tagesmutter gefällt, hast du genug Zeit, um dich auf das neue Semester vorzubereiten.«

Morgen würde ich Chase bei der Tagesmutter absetzen, die ich gefunden hatte. Erst einmal nur zwei Stunden, um zu sehen, wie es ihm gefiel, und damit er sie kennenlernte, aber nach den Feiertagen würde er jeden Morgen zu ihr gehen. Es war eine gute Lösung, immerhin studierten wir beide noch.

»Das ist auch das einzig Gute daran«, gab sie zu und schmiegte sich noch ein Stück näher an mich. Der süßliche Duft ihres Haarsprays kitzelte in meiner Nase, während ihre Finger über den Kratzer an meinem Hals strichen. »Oh, war ich das etwa?«

»Jep.«

Sie beugte sich herunter und drückte ihre Lippen auf

den Kratzer. Es war nur eine federleichte Berührung, aber sie fühlte sich nicht wie früher an. Wieder fragte ich mich, wie zur Hölle ich meinen Körper dazu bewegen konnte, so wie vorher auf Maya zu reagieren? Seit zwei Tagen war sie hier. Wir hatten Zeit miteinander verbracht, es fühlte sich okay an und doch ... war es anders. Ich freute mich über Chase' Anwesenheit, und mein Bedürfnis, Maya zurückzuweisen und vor ihrer Nähe zu fliehen, hatte abgenommen. Doch ich sehnte mich nicht mehr nach ihr.

»Tut es sehr weh?«

Mein Handy piepte.

»Kaum.« Ich verlagerte mein Gewicht, griff nach dem Handy auf dem Couchtisch und strich über das Display.

Ash.

Ich versteifte mich, als Mayas Lippen wieder meinen Hals berührten.

»Was ist denn?« Sie versuchte, auf das Display zu sehen. Schnell drehte ich es um.

»Nichts.« Ich drückte ihr einen Kuss auf die Wange und stand auf. »Willst du auch ein Glas Orangensaft?«

»Gern.« Maya setzte sich aufs Sofa. »Ich werde mich echt viel zu schnell daran gewöhnen, dass du so ein Gentleman bist.«

»Das war ich doch immer«, antwortete ich, zog die Kühlschranktür auf und nutzte den Moment, um über das Display meines Handys zu streichen.

ASHLEY: Ian ist am Strand aufgetaucht. Er sagt, ich wäre verrückt und ich alleine hätte die Schuld an allem.

Ich unterdrückte einen Fluch.

»Klar bist du das«, sagte Maya. »Deshalb liebe ich dich ja so sehr.«

»Das weiß ich«, sagte ich und tippte eine schnelle Antwort an Ashley.

ICH: Wo bist du jetzt? Soll ich vorbeikommen?

Ich legte das Handy neben mir ab und holte die Saftpackung heraus. Ich nahm zwei Gläser, füllte sie auf und starrte auf das Display, als könnte ich sie so dazu bringen, schneller zu antworten.

Endlich piepte es.

ASHLEY: Auf dem Weg zurück zu Zara.

ASHLEY: Ja.

Ich klickte die Nachricht weg, schob das Handy in die Hosentasche und trug die Gläser zum Sofa.

»Was hältst du davon, wenn ich die Regale alleine hole und du Chase' Zimmer fertig machst?«, fragte ich, während ich Maya den Orangensaft überreichte. »Ich muss eh noch bei Keat vorbei, bevor er zur Arbeit fährt. Das Möbelhaus liegt auf dem Weg.«

Maya nippte an ihrem Glas. »Aber dann nimm Chase mit, ja? Ohne ihn bin ich schneller und er liebt es, einkaufen zu gehen.«

»Klar.« Ich trank meinen Orangensaft aus, stellte das leere Glas auf den Couchtisch und drängte das Unbehagen zurück, das sich bei dem Gedanken, Chase ausgerechnet mit zu Ash zu nehmen, in mir ausbreitete. Ich wandte mich an meinen Sohn, der neben dem Tisch seine Autos stapelte. »Was hältst du davon, wenn wir einkaufen fahren?«

Chase' Kopf ruckte zu mir herum. Die Autos in seiner Hand knallten auf den Boden.

»Jaaaa.« Hüpfend schlang er die Arme um mein Bein.

»Gut.« Ich griff seine Hand, verschränkte seine kleinen Finger mit meinen und zog ihn mit mir zur Garderobe, um ihn anzuziehen. Dann nahm ich den Autoschlüssel und öffnete die Wohnungstür.

»Wollt ihr euch nicht verabschieden?« Maya kam auf uns zu. Tränen schimmerten in ihren Augen.

»Warum weinst du?« Ich strich irritiert über ihre Wange. Einen kurzen Moment glaubte ich sogar, sie hätte mich durchschaut. Würde ahnen, dass ich nicht zu Keaton wollte, sondern zu einer anderen Frau.

»Weil ich glücklich bin«, flüsterte sie und drückte sich einen Moment an mich. Ihr Duft drang mir erneut in die Nase, doch diesmal löste er nichts als Unbehagen in mir aus. Sie roch so anders. *Anders als Ashley.* Verdammt. Wieso reichte allein ihr Name auf meinem Handy, um das, was ich für Maya empfinden wollte, auf einen Schlag ins Abseits zu katapultieren?

Maya wischte über ihr Gesicht und drückte erst mir, dann Chase einen Kuss auf die Wange. »Bleibt nicht so lange weg, ja?«

Die Fahrt zum Apartment kam mir ewig vor, obwohl sie nicht länger als zwanzig Minuten dauerte.

Ich parkte vor dem Haus, umrundete den Wagen.

»Bevor wir einkaufen gehen, besuchen wir noch jemanden«, erklärte ich und hob Chase aus seinem Sitz. Seine Augen leuchten auf. Er liebte einfach alles, was mit Unternehmungen zu tun hatte. Einkaufen. Eis essen. Ins Schwimmbad fahren. Fremde Leute treffen.

»Okay.«

Es war Zara, die mir die Tür öffnete. Ihr Blick wanderte von mir zu Chase, der auf meinem Arm hockte, zurück zu mir.

»Ist das dein Ernst?«, fragte sie leise.

»Maya hat darauf bestanden, dass ich ihn mitnehme«, erklärte ich entschuldigend. Was hätte ich Maya auch sagen sollen?

Nein, tut mir leid, aber ich kann ihn nicht mitnehmen, weil ich zu der Frau fahre, mit der ich dich betrogen habe, und es würde ihr vermutlich das Herz brechen, mich ausgerechnet mit meinem Sohn zu sehen.

»Komm rein.« Seufzend trat Zara zur Seite, um uns in den Flur durchzulassen. »Sie ist im Wohnzimmer.«

Ashley saß auf dem Sofa, eine Tasse Tee vor sich auf dem Tisch, die Arme um die angewinkelten Beine gezogen, den Kopf auf die Knie gebettet. Auf ihren Wangen schimmerten getrocknete Tränen.

Chase strampelte, bis ich ihn endlich herunterließ, und rannte sofort auf sie zu. Sie sah von ihm zu mir, als seine Hand sich auf ihr Bein legte. »Huhu.«

»Hey«, begrüßte sie ihn und löste den Druck ihrer Hände. Lächelte. Und dieses Lächeln, mit dem sie meinen Sohn bedachte, ließ meinen Herzschlag für einen Moment aussetzen.

»Chase?«, fragte Zara. »Was hältst du davon, wenn wir einen Apfel holen und ihn zusammen essen?«

»Jaaaaaa.«

»Dann komm, kleiner Mann.« Chase löste sich von Ashley und griff die Hand, die Zara ihm entgegenstreckte. »Geht ihr doch kurz rüber ins Zimmer, ich bleib bei ihm.«

Ich warf ihr ein stummes Danke zu. Dann wartete ich, bis Ash sich erhob, und folgte ihr.

Als sie die Tür hinter uns schloss, blieb ich unschlüssig mitten in dem kleinen Raum stehen. Wieso fühlte es sich plötzlich so falsch an, mit ihr hier alleine zu sein? Es war ja nicht so, dass ich …

»Er sieht dir ähnlich.« Ihre Augen glitten von meinen Augen über mein Gesicht, tiefer. Verharrten an meinem Hals. Genau an der Stelle, an der Maya mich beim Sex gekratzt hatte. Sie schluckte, ehe sie den Blick abwandte.

»Ja.« Ich setzte mich in Bewegung, griff nach dem Schreibtischstuhl, um mich falsch herum daraufzusetzen. So, dass sie den Kratzer nicht mehr sehen musste. Dann fragte ich: »Was ist passiert?«

ASHLEY

Immer wieder glitten meine Augen zu den eindeutigen Malen auf Jakes Haut. Da war nicht nur der Kratzer an seinem Hals, den er jetzt verdeckte, sondern auch einer an seinem Schlüsselbein und in seinem Nacken.

»Ich hätte dich nicht bitten dürfen, herzukommen«, sagte ich leise. Ich löste meinen Blick von ihm und starrte stattdessen auf den Boden. Fuhr die Konturen des Teppichbodens nach und verfluchte mich selbst. Es sollte mir nichts ausmachen, dass er mit seiner Freundin schlief. Der Mutter seines Kindes. Doch das tat es. *Es tat weh*.

Ich hatte gewusst, dass Maya zu ihm ziehen würde. Gewusst, dass er ein Kind hat. Dass alles anders werden würde, sobald wir zurück in Savanna Springs waren. Er war nicht mein Retter in diesem Chaos. Würde es nie wieder sein, selbst wenn ich mir das insgeheim noch immer wünschte.

»Das ist Unsinn«, drang seine Stimme an mein Ohr. Der Schreibtischstuhl ruckte vor. »Du kannst mir immer schreiben. Wir sind … Freunde.«

Waren wir das wirklich? Konnten wir nach dem, was zwischen uns geschehen war, wirklich Freunde sein?

»Was hat Ian zu dir gesagt?«

Meine Finger krallten sich in die Bettdecke, auf der ich saß. »Er hat gesagt, dass Trev mich nicht hier haben will. Dass er sich Sorgen um mich macht und ich mir Hilfe suchen soll. Dass ich ... krank bin und ...« Tränen sammelten sich in meinen Augen und ich schloss sie, um sie zurückzudrängen. »... dass ich schon einen Menschen zerstört habe.«

»Arschloch.« Im nächsten Moment spürte ich Jakes Arm um meine Schultern. Er zog mich an sich. »Er ist ein Arschloch und was er sagt ist Müll. Er kennt dich nicht und er weiß nicht, wie du bist. Ian weiß gar nichts.«

Mit kreisenden Bewegungen fuhr Jake über meinen Rücken. Ich schmiegte mich an ihn, dichter, als ich es sollte, dichter, als es gut für mein Herz war. Ich wusste, dass es nicht ausgerechnet Jake sein sollte, der mir den Trost gab, den ich so dringend brauchte. Aber er war es, der ihn mir geben konnte. *Nur er.*

»Du bist nicht krank, Ash. Du hast deine Freundin nicht nur verloren, du hast sie gefunden. Das würde jeden fertig machen, und wenn Ian das so kalt lässt, ist er es, der krank ist. Aber ganz bestimmt nicht du.«

»Ich weiß, aber immer, wenn er so was sagt, fällt es mir schwer, ihm nicht zu glauben.« Zitternd stieß ich den Atem aus, während Jakes Worte sich in mein Bewusstsein kämpften und damit Ians Lüge aus dem Weg schleuderten, als wäre sie nichts weiter als ein Kieselstein gewesen. Ich hatte seine Bestärkung gebraucht. Noch einmal. Als Gegengewicht. Als Bestätigung meiner eigenen Gedanken.

Ich löste mein Gesicht von seiner Brust und drehte den Kopf, um zu ihm aufzusehen. »Danke.«

»Nicht dafür.« Sein Gesicht war plötzlich so nah vor meinem, dass ich den Atem anhielt. Sein Blick verharrte auf meinen Lippen, glitt daran entlang. Seine Finger legten sich an meine Wange, wanderten bis zu meinem Kinn. »Ash, ich …«

»Ja?«

»Ich … muss gleich nach Chase sehen.«

»Klar«, murmelte ich und versuchte, den irrwitzigen Gedanken abzuschütteln, er würde mich küssen. Für einen kurzen Moment hatte ich tatsächlich geglaubt, er würde etwas anderes sagen und mich dann küssen.

Jake löste seinen Arm von meiner Schulter, rutschte zur Seite und brachte so genug Abstand zwischen uns, um mein Herz zu beruhigen.

Wir waren Freunde.

Freunde.

Nur Freunde.

Jake fuhr sich mit der Hand über das Gesicht und schloss einen Moment die Augen. Und als er sie wieder öffnete, wirkten sie anders. Dunkler. Etwas tobte darin, doch was es war, wusste ich nicht.

»Vielleicht sollte einer von uns mit zum Strand kommen«, sagte er. »Wenn du jemanden mitnehmen würdest, würde Ian sich solche Sätze verkneifen.«

»Nein.« Wenn ich einen von ihnen mitnahm, würde Ian mich vermutlich in Ruhe lassen, doch es würde auch Trevors Abwehr verstärken. Ich wollte ihm klarmachen, dass ich um ihn kämpfte. Das ging nur alleine. Außerdem konnte ich mich ja nicht ewig durch andere vor Ians Boshaftigkeit beschützen lassen. Ich musste lernen, ihm alleine die Stirn zu bieten, auch wenn es mir Angst machte.

»Ich gehe jeden Tag an den Strand, um Trev damit etwas zu zeigen. Das funktioniert nicht, wenn ich einen von euch mitnehme.«

Ich *musste* alleine zum Strand gehen.

Plötzlich kam mir ein Gedanke ... »Es ist das, was Ian will, oder? Er will mich dazu bringen, aufzugeben, weil er nicht will, dass ich mich mit Trev vertrage oder Teil seines Lebens bin.«

Jake nickte. »Ich denke, das könnte durchaus sein, ja ... Und ich finde es gut, dass du dich von ihm nicht einschüchtern lassen willst, aber du musst trotzdem auf dich aufpassen, ja?«

Ich nickte und Jake schenkte mir ein aufmunterndes Lächeln, ehe er die Tür öffnete und wir gemeinsam in den Flur traten.

Im Wohnzimmer fanden wir Zara mit Chase auf dem Sofa. Er saß auf ihrem Schoß, ein Apfelstück in der einen, einen Kugelschreiber in der anderen Hand. Vor ihm lag ein Blatt, auf dem er lauter Kreise malte.

»Hey, Kumpel«, begrüßte ihn Jake und das Strahlen, das sich augenblicklich auf Chase' Gesicht stahl, war echt und einfach nur wunderschön.

»Daaaad«, schrie der Junge, rutschte von Zaras Schoß, ließ den Kuli fallen und schlang die Arme um Jakes Bein.

Jake verstrubbelte sein Haar. Und dieses Bild war ... viel zu schön. Es tat weh, ihn so zu sehen, zu wissen, dass es diese andere Frau in seinem Leben gab, mit der er etwas teilte, das so wunderschön und vollkommen war wie dieser kleine Junge.

»Bereit für den Einkauf?«, fragte er gerade, als ich aus dem Wohnzimmer huschte. Ich lief in mein Zimmer, drückte die Tür ins Schloss und lehnte mich von innen dagegen. Kämpfte gegen den Schmerz an, der Besitz von mir ergriff. Mich erinnerte. An das Gefühl seines Körpers an meinem und an den kurzen Moment, in dem ich geglaubt hatte, das mit Jake alles anders sein würde.

»Ash?« Jakes Stimme. Ein Klopfen an der Tür. »Alles okay?«

Nein. Nein, nichts war okay. »Ja«, log ich und hoffte, dass er das Zittern meiner Stimme nicht bis auf die andere Seite der Tür hören konnte.

»Ich wollte dir noch was sagen«, begann er und ich drückte das Ohr fester an das Holz, um jeden Laut seiner Stimme in mich aufzunehmen. »Ich weiß, dass du das schaffen wirst. Du bist schon einmal zu ihm durchgedrungen, als jeder andere nur gegen Mauern gerannt ist. Vergiss das nicht, egal wie schwer es ist.«

»Werde ich nicht, versprochen.«

Ich wusste nicht, wie Jake es schaffte, ständig das Richtige zu sagen, oder woher er die Zuversicht nahm. Aber letztendlich war das auch egal, denn seine Worte verfehlten ihre Wirkung nicht. Sie gaben mir Hoffnung.

»Gut.« Er klopfte zum Abschied gegen die Tür. »Meld dich, falls was ist, okay? Egal wann.«

Ich hörte, wie seine Schritte sich entfernten, während ich an der Tür hinabglitt und die Hand auf mein pochendes Herz presste. Warum sehnte es sich trotz allem immer noch so sehr danach, zu ihm zu gehören?

ASHLEY

Ein letztes Mal starrte ich auf den gefalteten Zettel in meiner Hand. Ich faltete ihn auseinander und überflog die Worte, ehe ich letzte Zweifel zurückdrängte und ihn zwischen das silberfarbene Geschenkband schob, das ich fest um das Buch in meinem Schoß gewickelt hatte.

Ich griff nach meiner Tasche, verstaute das Geschenk darin und rutschte vom Fahrersitz des Trucks. Obwohl Ian mich nur das eine Mal am Strand abgefangen hatte, ließ ich das Strandhaus beim Aussteigen nicht aus den Augen. Ich war weder scharf darauf, ihm zu begegnen, noch, mit ihm zu reden.

Besonders nicht jetzt.

So schnell ich konnte, verließ ich die Straße und bog auf den Weg zum Strand ab. Meine Schuhe versanken im morgenfeuchten Sand, als ich mich, den Blick gen Ozean gerichtet, auf die Suche nach Trevor machte.

Diesmal fand ich ihn einige hundert Meter von der Stelle entfernt, an der er sonst ins Wasser ging.

Ich setzte mich neben seinem Rucksack in den Sand und zog das Geschenk heraus, um die losen Enden des

Geschenkbandes an den Reißverschlusslöchern zu befestigen. Ich wusste nicht, ob es klug war, und war mir nicht einmal sicher, ob er dem Buch einen weiteren Blick widmen würde, ehe er es in den Müll warf. Aber ich wollte, dass er es bekam. Nicht nur, weil morgen Weihnachten war.

Ungeduldig bohrte ich meine Finger in den Sand, während ich Trevors Körper durch das Wasser folgte. Malte Kreise. Verwischte sie wieder. Kämpfte gegen das Bedürfnis an, das Buch loszuschneiden und damit zu verschwinden, ehe er es sah. Ich hatte Angst vor seiner Reaktion, aber noch mehr hatte ich Angst davor, es ihm nicht zu geben. Denn das hier war mehr als der bloße Versuch, ihn zurückzugewinnen. *Viel mehr.*

»Hey«, begrüßte ich Trevor, als er aus dem Wasser auf mich zukam. Ich erwartete nicht, dass er mich ebenfalls begrüßte, war es gewohnt, dass er durch mich hindurchsah, mich mit eisernem Schweigen strafte. Immerhin tat er das bereits den zehnten Tag in Folge.

Mit dem Surfbrett in der Hand kam er näher und griff im Gehen nach seinem Rucksack. Als er das Geschenkband bemerkte, blieb er wie angewurzelt stehen.

Dann wirbelte er zu mir herum.

»Was soll der Scheiß?«, fuhr er mich an und das Surfbrett landete mit einem dumpfen Knall im Sand, als er begann, an dem Geschenkband zu reißen.

»Morgen ist Weihnachten«, erklärte ich so ruhig, wie ich konnte.

Trevor schnaubte und schleuderte den Rucksack vor mir in den Sand. »Mach den Scheiß ab«, forderte er mich auf. »*Jetzt.*«

»Nein.«

»Ich. Will. Dein. Scheiß. Geschenk. Nicht!«

Atmen, Ash. Atmen.

»Das ist kein Scheiß.« Ich zwang mich, in Trevors wutverzerrtes Gesicht zu sehen. »Es sind Erinnerungen an Tami, die ich für dich aufgeschrieben habe.« Ich holte Luft. »Bilder und ein Song, den sie geschrieben hat.«

Ich kämpfte mich auf die Beine, griff nach dem Rucksack und drückte ihn gegen seinen Brustkorb. »Ich wollte, dass du etwas von ihr hast. Damit du weißt, wer sie war. Was sie dachte. Was sie erlebt hat. Was sie ... geliebt hat.«

Ich stand so nah vor Trevor, dass ich seinen Atem an meiner Nasenspitze spürte, als er nach einer Ewigkeit endlich wieder die Luft ausstieß.

»Du musst mir nicht danken«, sagte ich leise und zwang mich, einen Schritt zurückzutreten. »Alles, was ich will, ist, dass du es dir ansiehst, ehe du es in den Müll wirfst. Frohe Weihnachten.«

Ich drehte mich um und lief los, weil ich nicht ertragen könnte, dabei zuzusehen, wie er das Buch, an dem ich tagelang gesessen hatte und das mich nicht nur Kraft, sondern unzählige Tränen gekostet hatte, abriss und achtlos in den Sand warf.

Ich hatte meine Erinnerungen an Tami darin verewigt. Jede einzelne von dem Moment an, als sie als Pflegekind in unsere Familie gekommen war, bis zu dem Tag, an dem ich zu dem Familienessen gefahren war und sie anschließend tot in ihrem Zimmer gefunden hatte. Es war die Chronik eines Lebens. Persönliche Erinnerungen, gefüllt mit jeder Menge Freude und Schmerz und den Fotos, die ich von ihr auf meinem Handy gehabt hatte.

»Warum?«, rief er mir nach. »Warum tust du das?«

Ich verlangsamte meine Schritte und drehte mich zu

ihm um. »Weil Tami gewollt hätte, dass du diese Dinge über sie weißt und …«

»Das meine ich nicht.« Er kam auf mich zu. »Warum kommst du immer wieder hierher? Wieso kannst du mich nicht einfach in Ruhe lassen?« Seine Augen durchbohrten mich, doch diesmal lag keine Wut darin. Und auch die Kälte, die so oft seine Augen einnahm, war nicht da. Da war nur Schmerz.

Es gab eine Menge, was ich auf seine Frage hätte antworten können.

Weil es mir leidtut.

Weil du mir wichtig bist.

Weil ich einen Fehler gemacht habe.

Weil du mein Freund bist.

Weil ich dir alles erklären will.

Doch das, was ich sagte, war: »Weil ich es nicht ertragen würde, dich auch noch zu verlieren.«

Trevors Finger krallten sich in die Träger seines Rucksacks. Ich sah, wie er schluckte, ehe er sich umdrehte und zu seinem Surfbrett marschierte. Er stapfte davon und ich blieb stehen, bis er in der Ferne verschwunden war.

Als ich seine Gestalt nicht mehr ausmachen konnte, knickten meine Beine ein. Ich schaffte es gerade noch, die Arme auszustrecken, ehe ich der Länge nach in den feuchten Sand fiel.

JAKE

Der Weihnachtsbaum sah genauso aus wie in meiner Kindheit. Er war geschmückt mit denselben goldenen Kugeln und mit Grannys alten Holzfiguren, die ich als Kind jedes Jahr an den Baum hatte hängen dürfen. Ich erinnerte mich daran, wie Mom mich jedes Jahr den Teller mit den Keksen und das Glas mit kalter Milch auf den Beistelltisch neben dem Baum hatte stellen lassen und wie ich die Augen zusammengepresst und mir gewünscht hatte, Santa würde die Kekse gegen meine Geschenke eintauschen. Die Autorennbahn aus dem Fernsehen, die Spielküche mit dem Ofenloch, das Fahrrad, das Dad mir in der Zeitung gezeigt hatte.

Diesmal war nicht ich es, der mit großen Augen in der offenen Tür stand und mit pochendem Herzen und riesigen Augen die Geschenke bestaunte, sondern mein Sohn.

»Komm Chase, schauen wir doch mal, was Santa alles für dich gebracht hat«, sagte meine Mom, ergriff seine Hand und trat mit ihm an den Weihnachtsbaum heran.

»Ich wette, ab nächstem Jahr wird er nicht mehr so sorgsam das Papier lösen, sondern alles sofort aufreißen«, mutmaßte meine Granny. Sie stand neben mir, eine grüne Weihnachtsmütze auf dem Kopf, die farblich zu dem Weihnachtselfenkostüm passte, in dem ihr Körper steckte. *Santas oldest Helper* stand auf dem Schild, das um ihren Hals baumelte. Sie strubbelte mir durchs Haar. »Das hat bei dir auch nur angehalten, bis du drei wurdest.«

»Oh ja!« Meine Schwester Sandy grinste. »Und dann hat er versucht, auch noch meine Geschenke aufzureißen.«

»Aber nur, weil du mir gesagt hast, dass Santa eins meiner Geschenke dir gegeben hat, weil ich den Keks gegessen habe.«

Sie kicherte. »Geschah dir auch recht, wer klaut denn bitte diese heiligen Kekse, hm?«

»Es waren die mit der doppelten Menge an Schokolade!« Und außerdem hatten sie zu dem Zeitpunkt noch in der Küche gelegen, nicht auf dem Teller.

Während Sandy kicherte, fiel mein Blick auf Chase. Er saß auf dem Boden, direkt neben meiner Mom und Maya. Seine Augen machten den Lichterketten hinter ihm fast Konkurrenz. Er sah richtig glücklich aus.

Sandys Hand kam auf ihrem prallen Bauch zum Ruhen. Seufzend strich sie darüber. »Ich kann kaum erwarten, dieses Strahlen auch in den Augen meines kleinen Wunders zu sehen.«

Ich ergriff ihre Hand und drückte sie. »Wirst du bald.« Der Geburtstermin war nicht mehr fern und bald würde sie Mutter einer kleinen Tochter werden. Dann war ich nicht mehr nur kleiner Bruder und ein Vater – sondern auch Onkel.

»Jetzt genug der Rührseligkeiten«, erklärte Granny und legte die eine Hand an den Rücken meiner Schwester, die andere an meinen. »Ihr müsst jetzt auch eure Geschenke auspacken.«

Das taten wir. Sandy bekam Sachen für das Baby. Windeln, Bodys, Strampler und – *natürlich* – ein Weihnachtselfen-Kostüm.

Ich lächelte, als ich das Papier meines Geschenks löste.

»Ich dachte, das hast du vielleicht noch nicht«, sagte sie neben mir, als ich durch das edle Kochbuch mit der wunderschönen kalligraphischen Schrift und den hochwertigen Illustrationen blätterte.

Vietnamesische Küche.

Nein, das hatte ich tatsächlich noch nicht.

»Danke, Granny.« Ich drückte ihr einen Kuss auf die Wange. »Es ist toll. Ich probier ein paar Rezepte aus und dann laden wir dich ins Apartment ein und bekochen dich.«

»Das will ich doch hoffen.« Wieder wuschelte sie mir durchs Haar. »Was glaubst du denn, warum ich dir sonst diese ganzen Bücher schenke? Etwa, weil du sie magst?«

»Nein, natürlich nicht.« Ich grinste. »Nur, weil ich gut kochen kann.«

»Ganz genau.« Sie zwinkerte. Dann wurde sie ernst. »Ich freu mich immer, mit dir Zeit zu verbringen, ich krieg dich viel zu selten zu Gesicht.«

Maya beugte sich über meine Schulter. »Kommt Cliff eigentlich auch noch, Carol?«

»Nein.« Meine Granny schnaubte verächtlich. »Der sitzt lieber wie der Grinch höchstpersönlich in seinem Arbeitszimmer und verschmäht alles, was irgendwie nett klingt. Er ist wie ein bockiges Kind.«

»Sie kennt *The Grinch*?«, flüsterte Maya an meinem Ohr und Ungläubigkeit schwang in ihrer Stimme mit.

»Oh ja«, erklärte ich. »Sie kennt *alle* Weihnachtsfilme.« Meine Granny war nicht wie andere Großmütter. Sie saß nicht mit ihrem Strickzeug vor einem Fernseher, nein. Sie trainierte dabei auf einem Stepper und sie saß auch nicht einfach nur im Garten: Sie buddelte in der Erde, zupfte Unkraut und baute hinter dem Haus frisches Gemüse an, und wenn sie das mal nicht tat, dann raste sie mit ihrem Cabrio die kalifornische Küste hinauf. Obwohl es gewisse Dinge gab, die ihr wichtig waren, scherte sie sich ansonsten einen feuchten Dreck um Konventionen.

»Aber Trev sollte gleich noch auftauchen«, sagte sie. »Der Junge hat mir versprochen, zu kommen.«

Ich war mir da nicht so sicher, behielt diesen Gedanken jedoch für mich. Selbst nach dem Streit zwischen Cliff und ihm sprachen sie nicht darüber. Niemand wollte sehen, wie stark Trevor litt. Niemand in meiner Familie wollte daran denken, dass er biologisch nicht zu ihnen gehörte, obwohl sie es wussten. Sie waren schließlich dabei gewesen, als Trevor in die Familie aufgenommen worden war. Sie alle hatten es gewusst.

Während Maya mit Carol über alte und neue Weihnachtsfilme plauderte, begab ich mich mit meiner Mom in die Küche und half ihr wie jedes Jahr dabei, das Weihnachtsessen zu kochen.

Zwischen Töpfen und Pfannen hatte ich mich schon immer am wohlsten gefühlt. Ich liebte es, Gerichte auszuprobieren und Lebensmitteln einen bestimmten Geschmack zu verleihen.

Kurz nachdem der Braten fertig war, hörte ich Trevors Stimme im Wohnzimmer, gefolgt von einer anderen. Als ich den Bräter zum gedeckten Esstisch trug, sah ich auch, zu wem sie gehörte. *Ian*.

»Wusstest du, dass er einen Bruder hat?«, fragte

Sandy mich verdutzt, als ich am Tisch ankam. Sie saß da, ein Glas Wasser in der Hand und ihre geschwollenen Knöchel weit von sich gestreckt.

»Ja.«

»Und du hast nichts gesagt?« Ihre Augen weiteten sich ungläubig. »Warum?«

Statt die Wahrheit zu sagen, nämlich dass ich Ian weder über den Weg traute noch ihn leiden konnte, zuckte ich bloß mit den Schultern. »Es sollte Trev sein, der es uns erzählt, meinst du nicht?«

»Ja, schon.« Ich folgte ihrem Blick, sah zu, wie meine Granny Ian auf die Schulter klopfte. Trevors Blick traf meinen. Er nickte mir zu, ehe ein Lächeln seine Mundwinkel umspielte. Diesmal wirkte er nicht ganz so abweisend und desinteressiert und ich wurde den Gedanken nicht los, dass Ians Auftauchen eventuell auch etwas Gutes hatte. Er war die direkte Verbindung zu jenen Wurzeln, die Trevor verloren geglaubt hatte, und das war etwas, was ihm ganz offensichtlich guttat.

ASHLEY

»Da bist du ja endlich!« Zara riss mir den Haustürschlüssel aus der Hand, hing ihn an das Schlüsselboard und drückte die Tür hinter mir ins Schloss. Dann griff sie nach meiner Hand, um mich mit sich durch den Flur bis ins Wohnzimmer zu zerren.

Mein Mund klappte auf, als ich mich umsah. Auf Sesseln und Sofa lagen blaue Decken mit Sternenaufdruck. Der Couchtisch war mit einer silberfarbenen Tischdecke ausgekleidet. Darauf zwei Silberschalen mit Plätzchen. Vanillekipferl. Nusskringel. Cookies. In der Ecke vor dem vollgestopften Bücherregal stand ein künstlicher Tannenbaum. Geschmückt mit blauen, lilafarbenen und silbernen Christbaumkugeln. Darunter lagen Geschenke. Und daneben, direkt unter dem Fensterbrett, hingen drei identische XXL-Weihnachtssocken.

»Wann hast du das denn alles vorbereitet?«, fragte ich. Als ich heute Morgen aufgestanden war, um zum Strand zu fahren, hatte alles wie immer ausgesehen.

»Du warst fast drei Stunden unterwegs«, erklärte sie. »Außerdem hat Keat mir gestern geholfen, die Kisten aus dem Keller zu holen. Wir haben sie in meinem Zimmer versteckt und als du heute Morgen weg warst, da ... habe ich angefangen.«

»Zara ...« Ich wusste überhaupt nicht, was ich sagen sollte. Das alles: die Deko, die Geschenke unterm Baum, die Kekse ... Es war wunderschön.

»Ich weiß, ich habe gesagt, wir lassen das mit dem Weihnachten Feiern, weil Keat und ich heute Abend bei seiner Familie sind, aber ...« Sie strahlte mich an. »... Ich konnte einfach nicht anders. Du sollst doch auch ein Fest haben. Wenigstens ein kleines!«

»Es ist toll.« Ich versuchte, zu lächeln, doch es fiel mir schwer. »Es ist ... wunderschön, wirklich.«

Zaras Gesichtsausdruck veränderte sich. »Was ist los? Ist es wegen Trev? Hat er heute endlich mit dir geredet?«

Ich schüttelte den Kopf. »Nein, er war gar nicht da.« Den halben Strand hatte ich nach ihm abgesucht, doch weder er noch sein Rucksack noch sein Surfbrett waren irgendwo zu finden gewesen. Zwei Stunden hatte ich am Strand ausgeharrt, ehe ich eingesehen hatte, dass er heute nicht kommen würde. »Es ist nicht wegen Trev.« *Zumindest nicht nur.*

»Sondern? Komm, setz dich erst mal.« Zara ließ sich aufs Sofa fallen, rutschte bis zur anderen Ecke.

»Es ist wegen ... Tami. Du hast mich gerade einfach so sehr an sie erinnert, das ist alles.«

»Warum das?«

»Unsere Weihnachtsfeste zu Hause sind immer furchtbar gewesen. Meine Mom hat stundenlang in der Küche gestanden, obwohl sie kochen hasst, und das hat jedes Mal zum Streit geführt. Aber noch blöder waren die Weihnachtsempfänge, zu denen wir jedes Jahr mussten.«

Die Außenwirkung war meinen Eltern immer wichtiger gewesen als Phil oder ich.

»Hört sich fast so nett wie bei Jake und Trev an«, sagte sie. »Bei denen gab's so was auch jedes Jahr. Ich bin echt froh, dass wir immer ein ganz normales Weihnachtsfest gefeiert haben. Besonders nachdem unser Dad gestorben war und wir bei Tante Jillian eingezogen sind, war es ihr wichtig, dass es schön wird.«

»Tami war das auch wichtig«, erzählte ich. »Deshalb haben wir immer unser eigenes kleines Fest gemacht. Wir sind früh aufgestanden, haben in Schlafsachen Kuchen gegessen und unsere eigenen Weihnachtslieder gedichtet, die sie dann auf der Gitarre gespielt hat. Und abends sind wir über das Fenster auf das Verandadach geklettert und haben heißen Kakao getrunken. Das war jedesmal wunderschön.«

»Ach, Süße ...« Zaras Hand legte sich auf meine. »Ich hätte sie so gerne gekannt. Sie muss ein so wundervoller Mensch gewesen sein.«

»Das war sie.« Mein Blick fiel auf die geschmückten Zweige des Tannenbaumes und diesmal lächelte ich. »Danke, dass du das hier gemacht hast. Es ist wirklich wunderschön.«

»Gern geschehen.« Zara drückte meine Hand. »Und jetzt mach ich uns einen Tee, ja?«

Während Zara in der Küche verschwand, zog ich die Beine an und nahm die Atmosphäre des Zimmers in mich auf. Es war wirklich toll und ab heute würde ich Weihnachten nicht nur jedes Mal an Tami denken, sondern auch an Zara.

Etwas später, nachdem wir Tee getrunken und Zara mir von den Weihnachtsritualen ihrer Familie erzählt hatte, hörten wir Keaton hinter der Badezimmertür fluchen. Kurz darauf tauchte er auf, in der Hand eine Rolle Klopapier. »Das ist nicht dein verdammter Ernst, oder?«

»Wieso?« Ein Lächeln umspielte ihre Lippen. »Ich dachte, ich frische deine Erinnerung an letztes Jahr auf, als …« Sie kicherte, als die Rolle in ihrem Schoß landete. »… Kim dich damit reingelegt hat. O Gott, ich kann mich noch so gut an dein Gesicht erinnern!« Sie drückte sich die Hand auf den Bauch und krümmte sich vor Lachen, ehe sie es schaffte, mir eine Erklärung zu liefern. »Letztes Jahr hat Kimmy dieses Zimt-Klopapier gekauft. Und Keat, immer, ich schwöre *immer,* wenn er vom Klo kam, hat er an sich gerochen und gesagt, dass ihm da so ein seltsamer Geruch in der Nase hängt. Es hat wie lange gedauert, bis er endlich rausgefunden hat, was da riecht. Wie lange, Keat? Drei Wochen?«

»Witzig …«, konterte er, als sie erneut anfing zu lachen. Doch dann zuckten auch seine Mundwinkel.

»Tut mir leid, aber ich musste das einfach tun«, sagte sie und sah ihn entschuldigend an. »Ist ein bisschen so, als wäre sie hier, findest du nicht?«

»Ja.« Keaton trat ans Sofa heran, nahm die Klopapierrolle aus ihrer Hand und posierte mit ihr vor dem Weihnachtsbaum. »Na, komm schon«, forderte er sie auf. »Mach ein Foto für sie. Sie wird sich freuen.«

Grinsend holte Zara ihr Smartphone hervor, das in der Sofaritze gesteckt hatte, und richtete es auf Keaton. Es klickte ein paarmal, dann tippte sie auf das Display, während er sich auf der Sofakante neben uns niederließ.

»Warum ist sie eigentlich nicht gekommen?«, fragte ich.

»Sie wollte mit Freunden von der Uni wegfahren. Die Familie ihrer Mitbewohnerin hat eine Skihütte in den Bergen und da wollten sie zusammen die Winterferien verbringen.« Zara legte das Handy auf den Couchtisch und seufzte. »Sie hat bestimmt total viel Spaß und denkt gar nicht an uns.«

»Das kann ich mir erstens kaum vorstellen«, sagte Keaton. »Und zweitens weiß ich, dass es anders ist.«

Zaras Finger bohrte sich in seine Brust. »Und woher willst du das so genau wissen? Bist du neuerdings Hellseher? Du weißt doch, wie sie ist. Wenn sie etwas tut, das sie liebt, vergisst sie alles um sich herum.«

Keaton erhob sich vom Sofa und bedeutete ihr, zu warten. Samt Klopapierrolle verschwand er im Flur, nur um einen Augenblick später mit zwei Paketen aufzutauchen und ihr das obere in den Schoß zu legen. »Ich weiß es, weil sie das hier für dich geschickt hat.«

»O mein Gott, und du sagst mir nichts!?«

»Sollte eine Überraschung sein.« Keaton grinste. »Und das –«, Keaton streckte mir das andere Paket entgegen, »- kam gestern für dich.«

»Für mich?« Irritiert nahm ich das Paket entgegen, sah auf den Absender und lächelte. *Philipp Stone.* »Das ist von meinem Bruder!«

»Na, dann mach es auf.« Keaton zückte sein Taschenmesser und überreichte es mir.

Ich durchtrennte das Klebeband, und nachdem ich den Deckel aufgeklappt und das zerknüllte Zeitungspapier entfernt hatte, legte ich drei Geschenke frei. Zwei davon waren in goldenes Sternenpapier gewickelt und mit einer roten Schleife versehen. Das dritte Geschenk war in blaues Glanzpapier gewickelt und mit einer goldenen Schleife verschnürt. Auch eine Karte war dabei.

Zuerst öffnete ich die Geschenke.

Im ersten fand ich Weihnachtscookies von meiner Granny. Die mit Vanille und Schokolade, die ich so liebte.

Im zweiten Geld. Einhundert Dollar. Ungläubig starrte ich auf den Geldschein, weil Phil mir doch bereits bei meiner Abreise Geld in die Hand gedrückt hatte.

Schließlich widmete ich mich dem dritten Päckchen. Ich löste die goldene Schleife, riss das Papier an einer Stelle auf und hielt einen Augenblick später ein schwarzes Samtsäckchen in der Hand. Als ich den Inhalt in meine Handfläche kippte, wurde mein Mund staubtrocken.

ASHLEY

»Wow, das Medaillon ist ja wunderschön!« Zara beugte sich zu mir rüber, um es besser betrachten zu können. »Hat dein Bruder das für dich gekauft? Das sieht so teuer aus. Und irgendwie auch alt.«

»Nein. Es …« Mit dem Daumen fuhr ich über die feine Maserung auf der Vorderseite. »Es hat Tami gehört.« Ich schluckte. »Es ist von ihrer Mom. Sie hat es getragen. Damals, bei dem Autounfall, bei dem sie ums Leben kam. Darin ist ein Foto von ihrer Mom und ihrem Dad. Sie hat es immer bei sich gehabt.« Ich betätigte den Mechanismus an der Seite, um es aufzuklappen und Zara das Foto zu zeigen. Doch das konnte ich nicht mehr. Denn das Foto darin war ausgetauscht worden. Es zeigte nicht mehr Tamis Eltern. Es zeigte … sie und mich. Wange an Wange. Lächelnd. Glücklich.

Warum …?

»Vielleicht hat dein Bruder das Bild ausgetauscht, damit du etwas von Tami hast?«, überlegte Zara laut, als sie meinen irritierten Blick auffing.

Vielleicht. Aber ich wusste nicht, wieso er das getan

haben sollte. Ich legte das Medaillon vor mir auf den Tisch und griff nach der Karte, die noch immer im Karton steckte. Vielleicht fand ich darin ja eine Antwort.

Hey Sis, ich dachte, die Weihnachtskekse von Granny sind genau richtig, weil du sie als Kind so geliebt hast. Dieses Jahr hat sie viel zu viele gebacken, und als ich vorgeschlagen habe, dir welche zu schicken, hat sie sie eingepackt und mir die einhundert Dollar dazugegeben. Sie meinte, du kannst sie bestimmt gebrauchen. Ich soll dich ganz lieb grüßen und dir sagen, dass du sie anrufen sollst. Sie vermisst dich.

Das dritte Geschenk hat mir Lily in die Hand gedrückt, als ich nach Hause kam. Du weißt schon, das Mädel von gegenüber, das euch so angehimmelt hat. Verrat's mir doch, was drinnen ist, wenn du dich meldest. Bin neugierig.

Hab dich lieb, und denk dran: Ich bin für dich da, wenn du mich brauchst.

Phil.

»Das Medaillon ist nicht von meinem Bruder«, sagte ich und überreichte Zara die Karte, um nach dem Medaillon zu greifen. Ich starrte auf das kleine Foto darin. Spürte, wie die Tränen sich in meinen Augen sammelten. »Tami hat es verpackt und dann Lily gegeben, genauso wie sie es mit ihrem iPod getan hat. Sie muss auch die Bilder ausgetauscht haben.« Zitternd stieß ich den Atem aus. »Sie wollte, dass ich es bekomme.«

Zara und Keaton wechselten einen Blick, während ich das Medaillon gegen meine Brust presste.

»Geht es dir gut, Süße?«

Ich schloss einen Moment die Augen. Spürte in mich hinein. Dann nickte ich langsam. »Ja. Ja, es geht mir gut.«

Vor ein paar Monaten hätte Tamis Geschenk mich umgerissen wie ein Orkan, doch jetzt tat es das nicht mehr. Es tat weh, ja. Aber gleichzeitig machte es mich glücklich, weil dieses Medaillon, das ihr so viel bedeutet hatte, jetzt bei mir war.

»Sie wollte, dass ich weiß, wie wichtig ich ihr bin«, hörte ich mich selbst sagen. »Und das ... fühlt sich gut an.«

Ich löste das Medaillon von meiner Brust, um den kleinen Verschluss an der Kette zu öffnen, doch meine Hände zitterten zu sehr.

»Darf ich?«, fragte Keaton, und als ich nickte, nahm er es mir ab und trat hinter mich. Ich strich das Haar im Nacken zurück und spürte kurz darauf das kühle Metall an meiner Haut. Die Kette reichte mir bis zur Brust, ruhte direkt auf meinem Herzen. Ab jetzt würde ich Tami also nicht nur darin tragen, sondern auch darüber.

»Was haltet ihr davon, wenn ich uns was zu essen mache? Ich kann unmöglich bis heute Abend warten.« Keaton sah zwischen Zara und mir hin und her. »Ich hab Hunger.«

»Wann hast du mal keinen Hunger?« Zara hob eine Augenbraue, als Keaton sich über den Bauch strich. »Keaton Allert, du bist ein Vielfraß.«

»Dass das in meiner Welt ein Kompliment ist, ist dir klar, oder?« Er grinste.

»Schon klar.« Sie verdrehte die Augen. Dann fragte sie: »Machst du uns Blaubeerpancakes? Die, die du für Kim immer gemacht hast?« Sie drehte sich zu mir um. »Oder willst du was andres?«

Ich schüttelte den Kopf und Keaton verschwand in

der Küche. Töpfe klapperten. Eine Schublade wurde aufgezogen.

Während er in der Küche werkelte, zeigte mir Zara die Geschenke ihrer Schwester. Zwei Romane. Schokolade. Glitzernde Haarkugeln. Ein Bandana. Ohrringe mit türkisen Kugeln und ein Halstuch. Alles sah wunderschön aus.

»Deine Schwester kennt dich gut«, sagte ich.

»Ja.« Sie strahlte. »Wir haben denselben Geschmack. Sie weiß einfach immer, was mir gefällt.«

Plötzlich dachte ich an meinen Bruder, hatte das Bedürfnis, seine Stimme zu hören. Deshalb rutschte ich vom Sofa. »Ich werde mich kurz bei meinem Bruder melden und mich für das Paket bedanken.«

»Mach das.« Zara setze einen der Ohrringe ein und ich stand auf, um in mein Zimmer zu gehen.

Dort nahm ich das Handy vom Schreibtisch und schaltete es ein. Einen kurzen Moment später piepte es. Eine neue Nachricht erschien auf dem Display.

Ich öffnete sie.

TREV: Können wir reden? 18 Uhr am Pier?

Mehrere Herzschläge lang starrte ich auf das Display. Dann löste sich meine Erstarrung und ein Freudenschrei bahnte sich den Weg durch meine Kehle.

Trevor wollte sich mit mir treffen!

»Was ist los?« Zara steckte den Kopf durch die offene Tür und musterte mich besorgt.

Statt einer Antwort hielt ich ihr das Handy entgegen.

»O mein Gott«, kreischte sie. »Du hast es geschafft. Du hast es wirklich geschafft!«

»Ja.« Ein Lächeln stahl sich auf mein Gesicht.

Er wollte mit mir reden.

Endlich.

Endlich.

»Und es ist wirklich okay für euch, mich beim Pier abzusetzen?«, fragte ich Keaton, als wir auf die Straße traten. »Ich kann auch den Bus nehmen, damit ihr pünktlich seid. Das ist kein Problem.«

»Unsinn«, erklärte Zara. »Natürlich fahren wir dich. Außerdem liegt es fast auf dem Weg zu Keats Oma.«

»Ganz genau«, stimmte Keaton zu und hielt mir die Tür zur Rückbank auf. »Und jetzt rein mit dir.«

»Aye, Aye, Sir.« Ich salutierte vor ihm, ehe ich auf den Sitz rutschte. Zara kicherte.

Der Wagen startete und eine knappe halbe Stunde später erreichten wir die Kreuzung, die unmittelbar zum Pier hinabführte. Nicht weit von Trevors Haus entfernt.

»Wenn er sich wie ein Idiot verhält, ruf uns an, ja?« Zara drehte sich zu mir um. »Wir brauchen nicht länger als eine Stunde zurück. Ansonsten sind wir morgen gegen Mittag wieder da.«

»Ich komm schon klar«, erklärte ich, als Keaton in zweiter Reihe parkte. »Ich wünsch euch viel Spaß.«

»Dir auch!«

Zum Abschied hupte Keaton zweimal, dann tauchte er in den dichten Verkehr ein und ich machte mich auf den Weg zum Pier. Im Gehen tasteten meine Finger nach dem Medaillon um meinen Hals und ein Lächeln stahl sich auf mein Gesicht. Erst das Geschenk von Tami – dann die Nachricht von Trevor.

Vielleicht war das hier das beste Weihnachten seit langem.

Ich beschleunigte meine Schritte, als der Pier in Sicht kam und ich Trevor entdeckte. In seine Kapuzenjacke gekleidet, dessen Kapuze er sich über den Kopf gestülpt hatte, saß er auf einer der Bänke zwischen den Laternen.

Ich wartete am Fußgängerübergang, bis die Ampel auf Grün sprang, dann legte ich einen kleinen Sprint ein.

»Trev!« Ich winkte ihm zu und erstarrte mitten in der Bewegung, als er aufstand.

Das war gar nicht Trevor.

Das war ...

»Was? Enttäuscht, mich zu sehen?« Direkt vor mir blieb Ian stehen und streifte die Kapuze so weit ab, dass ich sein Gesicht darunter sehen konnte.

»Wo ist Trev?«

»Zu Hause, wo sonst?« Er legte den Kopf schief. »Du hast wirklich geglaubt, dein kleines Geschenk würde ihn weichkochen, was? Hast gedacht, du musst ihm nur lang genug wie ein rolliges Hündchen hinterherlaufen und schon ist alles wieder gut.« Ian verstaute ein Handy in der Jackentasche. Nicht irgendeins. Es war das von Trevor. »Aber das wird nicht passieren, und weißt du auch, warum?« Seine Hand schnellte vor, packte mein Handgelenk. »Weil du die Stadt verlassen wirst. Du wirst verschwinden und diesmal wirst du nicht wiederkommen.« Seine Stimme war leise, doch das nahm ihr nichts von ihrer Bedrohlichkeit. »Mir ist egal, wohin du gehst oder was du dort tust. *Aber du wirst gehen.*«

Im nächsten Moment stieß er mich von sich. Ich verlor das Gleichgewicht. Schmerz schoss mein Steißbein hinauf, als ich hart auf dem Boden aufkam. Mit unbeteiligter Miene sah Ian auf mich herab, und wenn es irgendwann einmal Wärme in seinem Blick gegeben hatte, dann konnte ich mich nicht mehr daran erinnern.

»Auf Nimmerwiedersehen«, sagte er, drehte sich um und lief los, so als hätte er mich nicht unter falschem Vorwand hergelockt und bedroht.

Wut brodelte in mir hoch. Kochte, heiß wie Feuer.

»Du kannst mich nicht davon abhalten, um ihn zu kämpfen!« Ich rappelte mich auf, sah, wie er stehenblieb und sich wieder zu mir umdrehte. »Er ist mein Freund und ich werde ihn nicht aufgeben, nur weil du –«

Weiter kam ich nicht. Denn plötzlich stürmte Ian auf mich zu. Und die Wut in seinem Blick war nichts im Vergleich zu der, die ich noch vor Sekunden in mir selbst gespürt hatte.

»Wenn du kleines Miststück nicht ständig dazwischenfunken müsstest, wäre alles gut. Aber nein –« Seine Hände packten mich. »– Madame braucht immer eine Sonderbehandlung. Es reicht dir nicht, dass sie deinetwegen tot ist, was? Du musst immer weitermachen. Mir auf die Nerven gehen mit deinem verdammten Theater!« Sein Griff um meine Oberarme verstärkte sich, als er begann, mich mit sich zu schleifen. Den Pier entlang, als wäre ich nichts weiter als ein lebloser Sack. »Nicht mal diese verdammten Tabletten konntest du richtig schlucken!«

»Ian, bitte hör auf«, schluchzte ich. »*Bitte* …«

»Ich soll aufhören, ja?« Grob stieß er mich von sich. Erneut landete ich auf dem Boden, schürfte mir die Handinnenflächen auf. Doch der brennende Schmerz war nichts gegen die Angst, die sich in mir festsetzte. Mir die

Luft abschnürte. *Ich musste hier weg.* »Ich habe ja noch nicht mal angefangen.«

Ich robbte über den Boden. Weg von ihm. Von seinen Worten. Der Wut. Vor allem. Doch dann waren seine Hände wieder da, zerrten mich auf die Beine, schleiften mich mit sich.

»Ian, ... *bitte* ...« Das Rauschen des Verkehrs wurde lauter, als die Straße näher kam. Ich verlagerte mein Gewicht, versuchte, mich gegen ihn zu stemmen, doch er war zu stark, schleifte mich mit sich, direkt auf die Kreuzung zu.

»Ian ...«

»Du wirst verschwinden! So oder so.«

Ein Schrei verließ meine Kehle, als er mich auf die Straße stieß.

Ich taumelte vorwärts, verlor den Halt.

Fiel.

Schlitterte über den Asphalt.

Wildes Hupen.

Das Quietschen von Reifen.

Ein Lichtkegel, der mich blendete.

Es war vorbei. Ich würde sterben.

Ich kauerte mich zusammen. Machte mich ganz klein. *Wartete.* Auf das Unweigerliche. Den Aufprall des Metalls auf meinem Körper. Den Moment, an dem es endete.

JAKE

»Schläft er?« Maya lag auf dem Sofa, die Beine überkreuzt, ihre roten Pumps unordentlich daneben.

»Ja. Er ist sofort eingeschlafen.« Ich ging zum Kühlschrank und holte eine Flasche Wasser heraus.

»Kein Wunder, bei den Geschenken und der Aufmerksamkeit deiner Familie. Deine Schwester hat ja überhaupt nicht genug von ihm bekommen.«

»Stimmt.« Ich griff ich in den Küchenschrank an dem Geschirr vorbei nach der Dose mit Schmerzmitteln. Hinter meinen Augen hatte sich ein fieser Kopfschmerz eingenistet. Ich nahm die Tablette, kippte sie mit einem großzügigen Schluck Wasser herunter und ließ mich dann zu Maya auf die Couch fallen. »Früher hat Sandy das mit mir auch gemacht.«

Es war eines der wenigen Vorteile, wenn man eine zehn Jahre ältere Schwester hatte. Man stritt sich weder um Spielzeug noch um den Nachtisch. Als kleiner Junge hatte ich zu ihr aufgesehen wie zu einer Heiligen. Erst als sie als Sozialarbeiterin an meiner Highschool anfing, hatte das etwas von ihrem Ansehen in mir verändert.

Mittlerweile waren wir uns bei weitem nicht mehr so nah wie damals. Manchmal tat das weh.

Mayas nackte Füße schoben sich auf meinen Schoß. »Massierst du mich ein bisschen? In diesen Schuhen war der Tag eine kleine Folter.«

»Vielleicht solltest du das nächste Mal andere Schuhe anziehen«, schlug ich vor, während meine Finger zu ihren Zehen wanderten.

»Aber sie passten einfach zu gut zu dem Outfit«, erklärte sie. Ein tiefer Seufzer verließ ihre Lippen, als meine Finger über die Zehen zu ihrem Fußballen wanderten. »Schade, dass Zara und Keaton heute keine Zeit hatten. Wäre bestimmt toll gewesen, jetzt noch mit deinen Freunden hier Weihnachten zu feiern.«

»Ja …« Ehrlich gesagt war ich verdammt froh, dass Zara und Keaton zu seiner Oma außerhalb von Savanna Springs unterwegs waren.

»Vielleicht klappt es ja Silvester.«

»Ich weiß nicht ob sie darauf Lust haben«, antwortete ich ausweichend. Alleine der Gedanke, Maya und Ashley könnten sich ausgerechnet hier begegnen, bereitete mir Kopfzerbrechen. Natürlich wusste ich, dass ich die beiden nicht für immer voneinander fernhalten konnte. Maya lebte jetzt hier. Sie würde auf derselben Uni studieren wie Zara und ich. Sie kannte meine Freunde – sie mochte sie. Irgendwann würde Maya darauf bestehen, einen von ihnen zu treffen, und dann würde sie auch Ash begegnen. Ich hatte mir noch nicht überlegt, wie das laufen sollte, und wusste nur, dass ich ihre Begegnung so lange wie möglich hinauszögern wollte.

Für sie und für mich.

Maya löste ihre Füße von meinem Schoß und setzte

sich auf, um nach der Fernbedienung zu greifen »Frag sie einfach für mich, ja?«

»Mach ich.«

Ein Kuss landete auf meiner Wange, ehe sie sich an mich schmiegte. Ihren Kopf in meiner Halsbeuge vergraben, schaltete sie den Fernseher ein. Zappte durch die Sender, bis sie einen Film fand, der ihr gefiel.

Statt auf den flirrenden Bildschirm zu sehen, schloss ich die Augen. Es half, die Schwere meiner Augen und das Pochen hinter meinen Lidern zu lindern. Ich rutschte tiefer, lehnte den Kopf gegen die Lehne. Müdigkeit kroch in meine Glieder.

»Jake?«

»Hmm?«

»Wer ist Ash?«

Abrupt öffnete ich die Augen. Starrte auf mein summendes Handy in Mayas Hand. Ashleys Name leuchtete darauf.

»Eine Freundin von Zara«, erklärte ich, nahm ihr das Handy ab. Der Anruf erstarb, nur um einen Moment später erneut aufzuleuchten. Ich schob Maya sanft zur Seite, um aufzustehen.

Dann nahm ich den Anruf an, während sich ihr Blick in meinen Rücken bohrte.

»Jake?« Ein Schluchzen.

»Ja, ich bin dran.« Mir wurde eiskalt. »Was ist los?«

»K-kannst du mich a-abholen?« Ihre Stimme klang erstickt und fremd. Schnürte mir die Kehle zu.

»Wo?« Ich lief zur Garderobe und schlüpfte in meine Schuhe.

»I-ich bin im Krankenhaus.«

Was?

»Welche Station?«

»E.42.«

»Ich bin in einer halben Stunde da«, erklärte ich und legte auf. Ich griff nach meiner Jacke, stopfte das Handy, meine Geldbörse und meinen Schlüssel hinein und riss die Tür auf.

»Jake?«

Mitten in der Bewegung hielt ich inne. Dann drehte ich mich herum. Zu Maya, die direkt hinter mir stand.

Ich hatte sie ganz vergessen.

»Wo willst du hin?«

»Ich muss ins Krankenhaus.«

Mayas Gesicht nahm einen erschrockenen Ausdruck an. »Was? Warum? Was ist –«

»Ich weiß nicht, was passiert ist«, fuhr ich sie an. »Ich muss jetzt los.«

Ohne Maya eines weiteren Blickes zu würdigen, verließ ich die Wohnung. Ich ließ sie einfach stehen. Lief auf das Treppenhaus zu. Hetzte die Stufen hinab, als würde es um mein Leben gehen. Und in gewisser Weise war das auch so.

Denn Ash brauchte mich.

Sie war im Krankenhaus.

Sie hatte geweint.

Während der Fahrt zum Krankenhaus rasten meine Gedanken. Ich zwang mich, mich auf den Verkehr zu konzentrieren, mich nicht von der Sorge um sie lähmen zu lassen.

Dreiunddreißig Minuten später erreichte ich es endlich. Ich stellte meinen Wagen auf dem Parkplatz ab und lief auf den Eingang zu. Hetzte durch die offenen Schiebetüren des Eingangsbereiches. Folgte dem Gewirr aus Gängen, bis ich endlich die richtige Station erreichte.

Station E.42. Notaufnahme.

Ich fand eine Klingel auf der linken Seite. Direkt neben einer schweren Metalltür. Als ich sie betätigte, spuckte sie eine Frau mit grau meliertem Haar aus.

»Meine Freundin wurde eingeliefert. Ich soll –«

»Name?«

»Ashley. Ashley Stone«, sagte ich atemlos. »Kann ich –«

»Einen Moment.« Sie bedeutete mir, zu warten. Die Tür ging hinter ihr zu und ich sackte gegen die Wand. Fuhr mir mit zitternden Fingern über das Gesicht. Meine Gedanken rasten, und obwohl es nur wenige Minuten gewesen sein konnten, bis die Tür sich erneut öffnete, kam es mir wie eine Ewigkeit vor.

Diesmal stand dort eine junge Frau, nicht älter als ich. Ihr Haar war zu einem strammen Pferdeschwanz gebunden. In der Hand hielt sie eine Akte. »Sie wollen zu Ms. Stone?«

»Ja.«

Sie bedeutete mir, einzutreten. Hinter mir fiel surrend die Tür ins Schloss. »Kommen sie, ich bring sie zu ihrer Freundin.«

»Was ist passiert?«, fragte ich, während ich der Schwester über den Gang folgte.

»Das kann sie ihnen gleich selbst sagen, Sir.« Sie klopfte an eine Tür, steckte den Kopf hinein und sagte: »Ihr Freund ist jetzt da.« Dann wandte sie sich an mich. »Gehen sie einfach rein. Ich mache die Papiere fertig.«

JAKE

Ashley lehnte auf einer schmalen Liege an der Wand. Ihre rechte Stirn war mit einem Pflaster bedeckt und die Hose, die sie trug, bis zu den Oberschenkel aufgetrennt worden, die Knie darunter mit einem Verband versorgt.

»Jake ...« Eine Träne rollte über ihre Wange, als ich auf sie zustürzte und sie in meine Arme zog. Sie krallte sich an mir fest und ich vergrub mein Gesicht in ihrem Haar, das so unverwechselbar nach ihr roch, obwohl der Desinfektionsmittelgeruch den ganzen Raum ausfüllte.

Eine ganze Weile hielt ich sie einfach nur fest. Ließ meine Hand über ihren Rücken kreisen, während sie sich an mich schmiegte und mein Herzschlag sich langsam beruhigte.

Als sie sich schließlich von mir löste, legte ich die Hand an ihre Wange. Glitt mit dem Daumen über ihre weiche, warme Haut. Begutachtete jeden Quadratzentimenter ihres Gesichts. »Geht es dir gut?«

Ihre Finger tasteten nach meinen. »Jetzt schon.«

Sie hielt meinen Blick fest, als ich ihre Hand an meine Lippen zog und einen Kuss auf ihren Handrücken hauchte. Selbst dort waren Reste von Blut zu sehen. Kratzer. Schrammen.

Ich öffnete den Mund, um sie zu fragen, was passiert sei, als sie sagte: »Der Fahrer, er … konnte gerade noch bremsen … Zwei Sekunden später und er hätte mich erwischt.« Zitternd stieß sie den Atem aus. »Ich hab das Auto vor mir gesehen und darauf gewartet, dass es passiert. Ich dachte, das war's jetzt. Dass alles vorbei ist.«

Alleine die Vorstellung, dass ich sie für immer hätte verlieren können, genügte, um mir die Kehle zuzuschnüren. Nur ein paar Sekunden hätten gereicht, um sie für immer aus meinem Leben zu katapultieren. Sie sterben zu lassen.

Während ihre Worte in mir nachhallten, öffnete sich hinter uns die Tür und die Schwester von eben trat ein.

»Ms. Stone?«, sagte sie und hielt ihr das Klemmbrett samt Stift entgegen, das sie in der Hand hielt. »Wir bräuchten noch eine Unterschrift, dass sie sich gegen ärztlichen Rat selbst entlassen.«

Ashley nickte und löste sich so weit von mir, um den Stift anzunehmen. Doch bevor sie ihre Unterschrift unter das Formular setzen konnte, stoppte ich sie. »Hältst du das für eine gute Idee?« Dass sie gegen ärztlichen Rat nach Hause wollte, gefiel mir nicht. Ich dachte an meine Mom. Daran, wie oft sie über unnötige Komplikationen geschimpft hatte, weil Patienten unvernünftig gehandelt und gegen den Rat des Arztes irgendetwas Dummes gemacht hatten. Wie oft sie uns erklärt hatte, dass das dumm und verantwortungslos sei, weil Ärzte niemals ohne Grund etwas entschieden, dass sie wussten, was sie taten.

»Mir geht es gut«, erklärte Ash und schob meine Hand weg, um mit zitternden Fingern ihren Namen auf die vorgegebene Linie zu setzen. Dann gab sie der Schwester den Stift zurück, die ihn in ihrer Tasche verstaute.

»Ich wünsche Ihnen alles Gute, Ms. Stone«, sagte sie, nickte uns knapp zu, dann verschwand sie durch die Tür.

»Ash, du …«

»Es. Geht. Mir. Gut«, wiederholte sie. »Sie wollten, dass ich zur Sicherheit eine Nacht bleibe, aber ich, du weißt … ich kann das nicht … ich will einfach nur nach Hause.«

Sie hatte mir erzählt, wie sehr sie Krankenhäuser hasste, seit sie nach Tamis Beerdigung zwei Monate in einem verbringen musste. Das hier war nicht dasselbe, aber scheinbar fühlte es sich genauso an.

»In Ordnung«, sagte ich. »Aber ich werde dich nicht aus den Augen lassen und nicht zögern, dich sofort zurückbringen, wenn irgendwas nicht stimmt.«

Ich half ihr, von der Liege zu rutschen, und legte den Arm um sie, als ich merkte, wie wackelig sie auf den Beinen war. Ich bugsierte sie durch die offene Tür, raus auf den Gang.

Während der Fahrt starrte Ashley die ganze Zeit aus dem Fenster, und selbst als wir zwanzig Minuten später vor Zaras und Keatons Haus hielten, wirkte sie noch immer, als wäre sie viel zu weit weg.

Ich nahm ihr den Schlüssel ab, um die Tür aufzuschließen, und folgte ihr ins Wohnzimmer. In der Ecke vor dem Bücherregal stand ein Weihnachtsbaum mit lila- und silberfarbenen Kugeln. Geschenke lagen auf dem Tisch und überall hingen kleine weihnachtliche Accessoires.

»Ist das Zaras Werk?«

»Ja.« Ashley sackte aufs Sofa und schloss die Augen. »Sie wollte mich überraschen.«

Sofort war ich neben ihr. »Brauchst du was? Wasser? Essen?«

»Ein Schluck Wasser wäre gut.«

Ich ging in die Küche, füllte ein Glas mit Wasser, das ich aus dem Kühlschrank nahm, und brachte es ihr. »Brauchst du sonst noch was?«, fragte ich, während sie trank. »Ich könnte dir was zu essen machen?«

Sie schüttelte den Kopf, stellte das jetzt halbleere Glas auf dem Couchtisch ab. »Ich brauch nichts, aber ... Kannst du dich einfach eine Weile neben mich setzen?«

»Klar.« Ich wartete, bis sie zur Seite gerutscht war, dann nahm ich neben ihr Platz und breitete die Arme aus, damit sie sich an mich lehnen konnte.

»Ich bin froh, dass es dir gutgeht«, sagte ich in die Stille hinein. »Ich weiß nicht, was ich getan hätte, wenn dir was zugestoßen wäre.«

Ich wollte nicht einmal darüber nachdenken, wie ein Leben ohne sie aussehen würde. Wie leer es sich anfühlen würde. Wie falsch.

»Weiß du, woran ich in dem Moment gedacht habe, als das Auto auf mich zugerast ist?«

»An was?«

»An dich«, sagte sie leise. »Ich war so wütend auf dich und so verletzt. Ich habe mich verraten gefühlt und wollte am Anfang nichts lieber, als dich zu vergessen. Weil es ... viel zu weh tat. Aber als dieses Auto auf mich zugerast ist, da konnte ich an nichts anderes denken als an dich.« Sie drehte den Kopf, um zu mir aufzusehen. »Glaubst du, dass Dinge aus einem bestimmten Grund passieren? Dass sie uns vielleicht – keine Ahnung – irgendetwas sagen sollen? Uns Dinge erkennen lassen, die wir sonst einfach nicht verstehen würden?«

»Vielleicht.« Ich räusperte mich. Ash so nah zu sein machte mich nervös. »Was denkst du?«

»Dass ich dich vermisse. Alles an dir, Jake.« Ihre Stimme war nichts weiter als ein Flüstern, aber ihre Worte stellten mein Herz auf den Kopf, und ehe ich mich versah, streckte ich die Hand aus und strich eine lose Haarsträhne aus ihrem Gesicht. Ich ließ sie in ihren Nacken gleiten, um sie dichter an mich heranzuziehen. Millimeter vor ihren Lippen hielt ich inne. *Was zur Hölle tat ich da?* »Ash, wir –«

»Sag es nicht«, bat sie mich. »Lass uns einfach so tun, als gäbe es dieses Aber nicht. Lass uns so tun, als wäre alles möglich. Als wären wir möglich.«

Ihre Worte hingen wie ein schwerer Regen zwischen uns. Und obwohl mein Verstand schrie und tobte, mir erklärte, wie falsch, wie verrückt, wie egoistisch es war, presste ich meine Lippen auf ihre.

Weil ich sie küssen wollte.

Weil ich sie fühlen musste.

Nur noch ein verdammtes Mal.

ASHLEY

Ein kehliger Laut entwich mir, als unsere Lippen sich berührten und Jakes Zungenspitze Sekunden später in meinen Mund eintauchte. Seit dem Moment, als er im Krankenhaus aufgetaucht und mich in seine Arme gezogen und gehalten hatte, wünschte ich mir nichts mehr, als ihm nah zu sein.

Jake war wie ein Sog. Der eine Mensch, den ich mehr wollte als alles andere. Schon seit er in Chicago aufgetaucht war, kämpfte ich gegen die Anziehung an, versuchte, ihn zu vergessen, so zu tun, als hätte es das zwischen uns niemals gegeben – aber mit einem Mal fühlte sich jeder noch so gute Grund, mich von ihm fernzuhalten, bedeutungslos an. Ich wollte nicht mehr dagegen ankämpfen und ich konnte es auch nicht mehr. Nicht, wenn er alles war, was ich brauchte. Alles, was ich jemals gebraucht hatte.

Mit der Hand, die immer noch in meinem Nacken lag, zog Jake mich dichter an sich. Vertiefte den Kuss, der sich so gut und perfekt anfühlte, mir Leben einhauchte und die letzten Stunden auslöschte, die ich so unbedingt vergessen wollte.

Meine Finger gingen auf Wanderschaft. Strichen über den Stoff seines Hemdes, tasteten nach den Knöpfen. Lösten sie, bis ich endlich seine Haut spüren konnte.

Aber es reichte nicht.

»Ash …« Atemlos löste Jake sich ein Stück von mir. Die Lippen rosig, die Augen dunkel vor Verlangen. »Ist das wirklich das, was du willst?«, fragte er, als wären meine Worte von eben noch nicht deutlich genug gewesen.

Ich nickte bloß, doch es genügte, um Jakes Finger erneut in Bewegung zu setzen. Fast andächtig fuhren sie die Konturen meines Gesichtes nach, umkreisten meine Lippen und dann … küsste er mich noch einmal.

Jake schmeckte nach Honig und der Weite des Meeres. Nach der Leichtigkeit des Lebens, der Kostbarkeit eines Moments. Nach all dem, was ich mit ihm verband. Nach allem, was ich vermisst hatte.

Ohne den Kuss zu unterbrechen, hob er mich sanft hoch. Mit den Beinen umschlang ich seine Hüften, während er uns in Richtung meines Zimmers bugsierte.

Mit dem Fuß stieß er die angelehnte Tür auf und einen kurzen Moment später sanken wir in der Dunkelheit des Zimmers auf mein Bett.

Seine Lippen wanderten von meinem Mundwinkel hinab zu meinem Kinn und liebkosten meine Halsbeuge. Ich spürte, wie seine Finger unter den Stoff meines Pullis tauchten. Hauchzart strichen sie den Rippenbogen entlang, glitten höher, bis sie den Verschluss meines BHs fanden und ihn öffneten.

Mit zitternden Fingern versuchte ich, die restlichen Knöpfe seines Hemdes zu öffnen, doch als ich es nicht schaffte, zerrte er es sich einfach über den Kopf.

Ich berührte die Tätowierung auf seiner Haut, fuhr

mit den Fingerspitzen die Konturen nach und drückte schließlich einen Kuss auf jeden einzelnen Buchstaben.

Mein Pulli flog in hohem Bogen auf den Boden.

Sein Duft drang in meine Nase, kurz bevor ich seine Lippen wieder auf meiner Haut spürte. Sie liebkosten die Stelle an meinem Nacken, saugten und streichelten, während ich mich ihm entgegenreckte.

Mein BH fiel zu Boden. Meine kaputte Hose folgte.

Ich stöhnte auf, als seine warmen, weichen Lippen sich meinen Brustwarzen widmeten. Seine Hand glitt tiefer, strich über den Bund meines Slips und glitt hinein.

Ich stieß ein Wimmern aus, als sein Daumen meine empfindlichste Stelle umkreiste.

Er berührte mich.

Und Gott, das fühlte sich so gut an.

Ich versuchte, alles, jeden Moment, jede Sekunde, jede Berührung in mich aufzusaugen. Den salzigen Duft seiner Haut. Das Gefühl seiner Finger. Den honigartigen Geschmack seiner Lippen. Das war er. Unverwechselbar. Ich wollte alles festhalten. Um es zu bewahren – für immer.

Unsere restliche Kleidung verschwand und ich spürte ihn hart und fordernd zwischen meinen Beinen, als …

»Verdammt«, keuchte er an meinen Lippen und hielt inne. »Ich brauche …«

»Im Bad.«

Ich sah zu, wie er das Bett verließ und durch die offene Tür eilte. Ich hörte die Tür des Badezimmerschranks zuschlagen und kurz danach war er wieder bei mir.

»Bist du wirklich sicher?«, fragte er, das Kondompäckchen in seiner Hand. »Ich will nicht, dass du es später bereust.«

Statt einer Antwort drückte ich meine Lippen auf

seine, zog ihn wieder zu mir herab. Ich wollte nicht, dass etwas den Moment zwischen uns zerstörte. Ich wollte nicht darüber nachdenken, dass ich gerade etwas tat, von dem ich mir geschworen hatte, es niemals zu tun. Ich wollte es genießen. Ich wollte egoistisch sein. Ich wollte mein Herz in Gefahr bringen.

Für das hier.

Für ihn.

Für diesen einen Moment, in dem ich ihm nah sein konnte. Weil ich ihn brauchte. Weil ich mich nach Ians Angriff wieder sicher und gut fühlen musste.

Und Jake verstand. Sein abgehackter Atem streifte meine Brust, als er das Kondom überrollte, ich ihm signalisierte, sich auf den Rücken zu legen, und mich auf ihn setzte.

Einen Moment hielten wir inne, ehe ich das Becken absenkte und ihn vollständig in mir aufnahm.

Stöhnend versenkte er seine Lippen in meiner Halsbeuge, saugte und liebkoste meine Haut, während ich begann, mich auf ihm zu bewegen.

Immer wieder senkte ich mich herab und Jake drängte sich mir entgegen. Unablässig. Immer weiter.

Er küsste mich. Leidenschaftlich und stürmisch. Und da war nichts als unser abgehackter Atem und das Aufeinanderprallen nackter Haut, während er meine Hüften umfasste, mich antrieb. Weiter. Immer weiter. Schneller. Immer schneller.

Wie ein Schraubstock presste er mein Becken auf sich, übernahm die Führung und schließlich verlor ich mich auf ihm.

Meine Beine zitterten, als ich mich um ihn zusammenzog und seinen Namen stöhnte. Ich konnte gar nicht mehr aufhören, ihn zu sagen. Denn in diesem Moment klang er wie das Schönste, was meine Lippen je verlassen hatte.

Mehrere harte, feste Stöße später erbebte Jake unter mir. Ich sackte auf ihn und er küsste meine schweißnasse Stirn, meine Lider, meine Lippen.

Der Kuss, der folgte, war langsam und behutsam, hatte nichts Drängendes mehr an sich, nur noch den Ausdruck tiefer Verbundenheit.

Ich spürte, wie er noch immer in mir pulsierte, als er uns auf die Seite drehte und sich schließlich aus mir zurückzog.

Aber ich wollte nicht, dass er verschwand.

Wollte nicht, dass der Moment endete.

Also presste ich mich an ihn. Küsste ihn. Hauchte Küsse auf seinen Mundwinkel, seine Wange. Vergrub mein Gesicht in seiner Halsbeuge und klammerte mich an ihm fest.

Er durfte mich nicht loslassen.

Nicht jetzt.

Noch nicht.

Ich war nicht bereit dazu.

Und ich würde nie bereit dazu sein.

»Ash ... hey« Jakes Stimme drang nur undeutlich an mein Ohr, als mein Körper von einem wilden Schluchzen erfasst wurde.

»Schon gut ... sssch ... ich bin hier«, sagte er immer wieder. »Ich bin hier.«

Jake strich über mein Haar, meine Schultern, meinen Rücken. Und ich krallte mich an ihm fest, so fest, wie ich konnte.

JAKE

Was zur Hölle hatte ich getan? Ashleys Kopf ruhte auf meiner nackten Brust, genau auf meiner Tätowierung. Ihr rechtes Bein umschlang meine Hüfte, ihre Hand lag locker daneben, während ihr Atem in ruhigen, gleichmäßigen Zügen über meine Haut strich.

Noch immer konnte ich nicht fassen, dass sie hier bei mir lag. Ich konnte nicht fassen, dass ich sie in meinen Armen hielt. Und ich konnte nicht fassen, dass ich das hier zugelassen hatte. Dass ich mit ihr geschlafen hatte, obwohl ich wusste, dass es unsere Herzen zerschmettern würde.

Ein weiteres verdammtes Mal.

Sobald ich die ersten Tränen auf ihren Lippen geschmeckt hatte, hatte ich gewusst, dass ich einen Fehler gemacht hatte. Nach dem Unfall heute war sie verletzlich und durcheinander – und statt ihr ein Freund zu sein, so wie ich es mir geschworen und ihr versprochen hatte; jemand, auf den sie sich wirklich verlassen konnte – hatte ich das genaue Gegenteil getan. Ich hatte der Versuchung nachgegeben, ohne darüber nachzudenken, wie schwer es werden würde, sie danach wieder gehen zu lassen. Ohne zu realisieren, wie weh es ihr tun würde, wenn es vorbei war.

Ein Teil in mir hasste mich dafür, dass ich es so weit hatte kommen lassen – doch der andere Teil, der, der in diesem Moment neben ihr lag, wünschte sich nur, die Zeit anzuhalten. Sie so lange auszudehnen, bis ich wusste, wie zur Hölle ich es je schaffen sollte, sie nach dieser Nacht gehen zu lassen und so zu tun, als wären wir nichts weiter als Freunde.

Ich zog die Decke ein Stück weiter über ihren Körper und presste mich dichter an sie heran. Für einen Moment vergrub ich meine Nase in ihrem Haar und nahm ihren Duft in mich auf. Ich wollte ihn festhalten, genauso wie sie. Ich war nicht fähig, sie loszulassen. Denn sie zu riechen, sie so dicht an mir zu spüren, bekämpfte nicht nur die immerwährende Sehnsucht in mir.

Sie schenkte mir Frieden.

Als ich die Augen das nächste Mal öffnete, war es Tag – und das Bett neben mir leer. Ich spürte es, noch ehe ich es sah, denn die Wärme ihres Körper, den ich die halbe Nacht neben mir gespürt hatte, war verschwunden. Ich drehte den Kopf. Starrte zu der Stelle, an der sie neben mir gelegen hatte, und das Gefühl, das sich augenblicklich in meinem Herzen ausbreitete, war schwer und dunkel. Es presste mich tiefer in die Laken und ließ mich eine ganze Weile reglos daliegen, ehe ich es schaffte, mich hochzuhieven.

Ich klaubte meine Kleidung vom Boden, schlüpfte in Boxershorts und meine Jeans. Dann streifte ich das Hemd über und bei jedem Knopf, den ich schloss, dachte ich an Ashleys Finger. Daran, wie sie versucht hatte, einen nach dem anderen aufzuknöpfen; wie ihre Lippen sich auf meiner Haut angefühlt hatten; wie sie sich auf mir angefühlt hatte.

Einen Moment schloss ich die Augen. Versuchte, mich für das zu wappnen, was unweigerlich folgen würde. Denn wir mussten darüber reden. Über diese Nacht und das, was sie für uns verändern würde. Darüber, ob wir weiterhin Freunde sein konnten.

Als ich es endlich schaffte, die Tür zu öffnen, empfing mich der Duft von frisch gebrühtem Kaffee, dicht gefolgt von Geschirrklappern und ... Keaton.

Mit vor der Brust verschränkten Armen stand er in der offenen Badezimmertür. »Guten Morgen.«

»Hey.«

»Warum genau kommst du gerade aus Ashs Zimmer?« Er deutete auf meine Füße. »Ohne Schuhe?«

»Ich ...«

»Du?« Keatons Augenbraue wanderte in die Höhe, während er mir bedeutete, weiterzureden.

»Ich hab hier geschlafen«, erklärte ich unnötigerweise.

»Das seh ich.« Sein Blick wanderte von meinen nackten Füßen zurück zu meinem Gesicht.

»Jake?« Mit einer Tasse dampfendem Kaffee tauchte Zara von der anderen Seite auf. »Was machst du denn hier? Ist Ash doch schon wach?«

»Er hat hier geschlafen«, erklärte Keaton in genau dem Moment, in dem ich fragte: »Sie ist nicht drüben bei euch?«

»Nein.« Zara runzelte die Stirn. »Warum sollte sie ...«

Ohne sie ausreden zu lassen, drehte ich mich um,

stürzte zurück in Ashleys Zimmer und riss den Kleiderschrank auf.

Ihr Rucksack, er war weg.

Fluchend klopfte ich die Taschen meiner Jeans ab, doch als ich mein Handy nicht fand, suchte ich auf dem Boden.

»Jake, was ist los? Wo ist Ash?«

Ich fand mein Handy ein Stück von der Stelle entfernt, an der meine Sachen gelegen hatten.

»Ich weiß es nicht.« Mit dem Daumen strich ich über das Display. Ein Dutzend Anrufe von Maya ploppten auf, die ich alle ignorierte, genau wie das schlechte Gewissen.

»Was soll das heißen, du weißt es nicht?« Zara, die mittlerweile vor dem Bett stand, starrte mich an.

Ich drückte das Handy an mein Ohr. Ein Klingeln – dann sprang die Mailbox an.

»Scheiße!«

»Jake«, knurrte Keaton. »Mach endlich den Mund auf. Warum bist du hier und sie nicht? Und warum zur Hölle –«

»Ich habe mit ihr geschlafen«, platzte es aus mir heraus.

»Du hast *was*?«

»Ich habe mit ihr geschlafen«, wiederholte ich und ließ mich auf das Bett fallen. Das Handy rutschte aus meinen Fingern, kurz bevor ich die Hände vor mein Gesicht presste. »Ich habe mit ihr geschlafen und jetzt ist sie weg.«

Sie war in meinen Armen zusammengebrochen, hatte sich an mich geschmiegt und in den Schlaf geweint und jetzt war sie nicht mehr hier. Sie war einfach *nicht mehr da.*

»Sie ist auf dem Weg nach Chicago«, drang Zaras

Stimme durch Keatons Flüche. Mein Kopf ruckte in die Höhe. Hin zu Zara, die neben dem Schreibtisch stand und einen Zettel in unsere Richtung hielt.

Ich kämpfte mich hoch und riss ihn ihr aus der Hand.

Ich muss nach Chicago. Ich melde mich, sobald ich kann, und erklär euch alles. Macht euch keine Sorgen.

PS: Bitte kein Wort an Trev oder irgendwen sonst!

PPS: Jake, danke, dass du gestern da warst, als ich dich brauchte. Ich weiß, in was für eine Situation ich dich damit gebracht habe, und es tut mir leid.

Ash

»Jake?« Zara löste den Zettel aus meinen Fingern und suchte meinen Blick. »Warum warst du gestern hier bei ihr?«

»Ich habe sie aus dem Krankenhaus abgeholt. Sie ist vor ein Auto gelaufen. Bis auf ein paar Wunden und eine Platzwunde an der Stirn ist ihr nichts passiert, aber nur ein paar Sekunden später und das Auto hätte sie einfach umgenietet.«

Wenn ich daran dachte, dass nur ein paar Sekunden gereicht hätten, um sie für immer aus meinem Leben zu katapultieren, kehrte der Druck auf mein Herz zurück.

»Hat sie was von dem Treffen erzählt?«

Ich sah sie an. »Was für ein Treffen?«

»Sie hat dir nichts erzählt?«, fragte sie, und als ich den Kopf schüttelte, erklärte sie: »Trev hat sich gestern bei ihr gemeldet. Er wollte sich mit ihr treffen. Es klang so, als würde er sich mit ihr aussprechen wollen, als wäre sie mit dem Geschenk endlich zu ihm durchgedrungen.«

Keaton und sie wechselten einen kurzen Blick. »Wir haben sie in der Nähe vom Pier rausgelassen, als wir auf dem Weg zu Keats Oma waren.«

Nein – nein davon hatte ich nichts gewusst. Mit keinem Wort hatte sie erwähnt, dass sie vor dem Unfall mit Trevor geredet hatte. Nur ... warum?

»Wahrscheinlich hat er sich wieder wie ein Vollidiot verhalten. Und deshalb ist sie vor ein Auto gelaufen.« Keatons Kiefer malmte.

»Das weißt du nicht«, warf Zara ein.

»Warum sonst will sie nicht, dass er irgendwas weiß?«

»Ich weiß es nicht, aber Mutmaßungen bringen uns nicht weiter.« Zara seufzte. »So schwer es ist: Wir sollten warten, bis Ash sich meldet und uns alles erklärt. Sie hat geschrieben, dass sie das tun wird.«

Zara hatte recht und trotzdem ... Ich machte mir Sorgen.

»Hoffen wir, dass sie es bald tut.« Keaton rieb sich über die Stirn. Dann sagte er: »Ich mach mir einen Kaffee, will noch jemand einen?«

»Gern.« Nach dem Schock am Morgen machte sich eine bleischwere Müdigkeit in mir breit.

»Ich auch.«

Keaton schnappte sich Zaras leere Tasse, die sie auf dem Schreibtisch abgestellt hatte, und verschwand.

Zara ließ sich im Schneidersitz auf dem Boden vor dem Bett nieder. »Erzähl mir, was passiert ist.« Sie klopfte neben sich. »Du siehst aus, als müsstest du dringend darüber reden.«

»Bist du sicher, dass du das hören willst?«, fragte ich, kurz bevor ich mich neben sie sinken ließ.

Sie nickte und nach einem kurzen Zögern entschied ich mich dafür, Zara tatsächlich alles zu erzählen. Ich begann bei dem Moment, als ich Ashs Anruf bekam, und endete an dem Punkt, als sie nach dem Sex in meinen Armen zusammengebrochen war. Ich ließ weder meine Angst aus noch das, was sie nach dem Unfall zu mir gesagt hatte. Ich erzählte alles, hielt nichts zurück. Nicht meine egoistischen Gedanken, nicht die Gefühle.

»Willst du wissen, was ich denke?«, fragte Zara, nachdem meine Erzählung schließlich endete und wir eine ganze Weile stumm nebeneinandergesessen hatten.

Sie wartete, bis ich nickte. »Ihr könnt niemals nur Freunde sein, Jake. Weil du sie liebst und sie empfindet dasselbe für dich.«

Mir dämmerte, wie richtig Zara mit ihrer Mutmaßung lag. Ich empfand viel mehr für Ashley, als ich mir selbst eingestand. Mehr, als ich mir erlaubte. Mehr, als gut für mich war.

Ich liebe sie.

»Ich weiß, du willst es nicht hören, aber ... Du solltest darüber nachdenken, ob es wirklich richtig ist, mit Maya zusammen zu sein, wenn du eine Andere liebst. Ganz ehrlich: Ist es fair? Fair, dass du niemals das für Maya empfinden wirst, was sie für dich empfindet?«

Nein. Nein, das war es nicht. Es war nicht fair und es war nicht richtig, aber ... »Was soll ich denn tun?« Ich vergrub das Gesicht in beiden Händen. Ich wusste einfach nicht, wie ich die Situation lösen sollte.

»Auf dein Herz hören.«

Ich lachte leise auf. Als wenn das so einfach wäre. Es ging in dieser Sache eben nicht nur um mich und mein verfluchtes Herz. Es ging auch um Chase. Um Maya. Um die Verantwortung, die ich trug.

»Jake, du musst aufhören damit«, sagte sie und legte ihre Hand auf mein Knie. »Ja, du hast ein Mädchen geschwängert, und ja, das war beschissen für dich und für sie. Du hast Verantwortung übernommen und du willst für deinen Sohn da sein, das versteh ich. Ich glaube, das würde jeder verstehen. Aber willst du wirklich dein ganzes Leben auf dein eigenes Glück verzichten, dich selbst aufopfern, und das alles nur aus einem übertriebenen Verantwortungsgefühl heraus?« Sie seufzte. »Weißt du, Keat und ich, wir sehen uns jetzt seit zwei Jahren an, wie du alles, was dich ausmacht, hintanstellst und dich selbst vergisst, nur damit das irgendwie funktioniert. Wenn es dich glücklich machen würde, okay. Aber das tut es nicht, Jake. Du bist nicht glücklich, niemand wäre das.« Sie sah mich an. »Du kannst für Maya und Chase da sein, auch ohne eine Beziehung mit ihr zu haben, und du kannst ein Vater sein und gleichzeitig mit der Frau zusammen sein, die du wirklich liebst. Denk zumindest darüber nach, ja?«

ASHLEY

8 Monate zuvor

Die Stimme meine Mutter drang nur undeutlich durch das Rauschen in meinem Kopf, das lauter wurde, je näher wir kamen. Ich spürte ihre Hand an meinem Rücken. Eine Hand, die mich vorwärtsschob. Weiter. Einfach immer weiter.

Asphalt wurde zu Kies; wurde zu Gras; wurde zu einem Loch mitten in der Erde.

Ich starrte auf den Stein aus Granit. Las ihren Namen. Immer wieder. Tamila Corey. *Fein geschwungene Buchstaben, in Stein gemeißelt, festgehalten für die Ewigkeit.*

Die Rose in meiner Hand fiel. Cremefarbene Rosenblätter bedeckten das polierte Holz in der Tiefe. Holz, zwischen dem sie lag. Mit toten, leeren Augen.

Kalte Finger schlossen sich um mein Herz, kurz bevor der Schmerz über mich schwappte wie kaltes, brackiges Wasser.

Ich konnte nicht mehr atmen.

Grashalme kitzelten an meiner Haut, als ich mich zusam-

menkauerte. Mich kleinmachte. Wartete. Darauf, dass der Schmerz mich verzehrte wie ein Raubtier seine besiegte Beute. Dass er mich verschlang, ganz und gar.

»Gavin, tu doch was!« Meine Mom.

»Ashley, verdammt noch mal, steh auf!« Mein Dad.

»Ich bring sie nach Hause.« Ian.

Hände streckten sich nach mir aus, hoben mich hoch.

Der Geruch nach altem Leder empfing mich, als ich mich auf der Rückbank zusammenzog.

Ich presste das tränenfeuchte Gesicht gegen die Scheibe. Die Vibration des fahrenden Autos drang bis in meine Zehenspitzen, doch sie war nichts gegen das Beben in meinem Inneren. Gegen das Geröll, das sich aus meinem Kopf löste und mein Herz überrollte.

»Steig aus.« Die Tür wurde aufgerissen. Der Gurt wurde gelöst. Doch ich konnte mich nicht regen. Meine Füße taten nicht, was sie sollten. Ich funktionierte nicht mehr. Nichts funktionierte mehr.

Ein Schnauben. »Na schön, dann trag ich dich halt noch mal.«

Wieder Hände. Das Drehen eines Schlüssels. Das Knarren von Stufen. Eine quietschende Tür. Blau-weiß gekachelte Fliesen in meinem Rücken. Kalt. Viel zu kalt.

»Du solltest dich erst mal sauber machen.«

Durch den Schleier meiner Augen sah ich auf meine Hände. Gras und Erde und … Blut. Graubrauner Matsch auf weißer Haut.

Ian trat an den Medizinschrank heran. Ein beißender Geruch drang in meine Nase, als er ein mit Desinfektion getränktes Tuch in meine Handfläche legte. »Wasch das einfach ab.«

Ich reagierte nicht, starrte bloß auf die Stelle, an der der Dorn der Rose sich in meine Haut gebohrt haben musste.

Ian nahm das Tuch aus meiner Hand, umfasste sie und begann, sie abzureiben. »Du kannst dich nicht mal auf ihrer Beerdigung zusammenreißen, was?«

Statt ihm zu antworten, schloss ich die Augen.

Müde. Ich war so verflucht müde.

»Gott, du tust, als wärst du die Einzige, die sie verloren hat.«

Ich presste meine Augen fester zusammen, um die Tränen zurückzuhalten. Doch sie stemmten sich gegen die geschlossenen Lider, quollen hervor, rollten hinaus wie Wasser aus einer defekten Leitung.

»Du bist so armselig.« Das Reiben auf meinen Händen hörte auf. »Wahrscheinlich konnte sie das genauso wenig ertragen wie ich.«

Ich presste die schmerzenden Hände gegen die Ohren.

Mein Mund formte Worte.

Hör auf, *wollte ich schreien.* Hör auf.

Doch nichts als ein Schluchzen drang aus meiner Kehle, während Ian weitere Sätze sagte, die sich in mein Herz bohrten.

Irgendwann riss er den Medizinschrank erneut auf. Tablettendöschen fielen zu Boden. Rollten vor meine Füße.

Er griff nach einem der Döschen, dann zog er die Hände von meinen Ohren und leerte den Inhalt in meine Hand aus.

»Tu uns doch allen einen Gefallen ...«, sagte er und stellte den Zahnputzbecher voll Wasser vor mir ab, »... und nimm was davon.«

Die Badezimmertür fiel ins Schloss.

Ich hörte Schritte auf der Treppe.

Das Schlagen der Haustür.

Einen Motor, der ansprang.

Ich starrte auf die Pillen in meiner Hand. Ians Worte hallten in meinem Kopf.

Nimm was davon.

Ich öffnete den Mund und legte die Tabletten hinein. Eine nach der anderen. Meine Finger zitterten, als ich nach dem Zahnputzbecher griff, sie hinunterspülte.

Eine weitere Tablette. Bitterer Geschmack gemischt mit salzigen Tränen.

Ich kroch vorwärts, griff nach den Döschen, drehte sie auf. Weiße Pillen. Rosa Pillen. Groß. Klein. Länglich. Rund. Ich führte sie an die Lippen, stopfte sie in meinen Mund.

Schluckte.

Schluckte immer wieder.

Das Wasser war alle, also robbte ich vorwärts, rutschte weiter,auf den Wasserhahn zu.

Nebel.

Milchig trüber Nebel hüllte mich ein, umschloss mich wie ein Mantel.

Warm.

Vertraut.

Gut.

Auf dem Badvorleger rollte ich mich zusammen. Tamis Gesicht tauchte vor mir auf und ihr Lächeln vertrieb den Schmerz. Sie kam und zog mich mit sich.

Weiter.

Immer weiter.

Hinein in die Stille.

ASHLEY

»Scheiße, was ist denn mit dir passiert?« Dylan umfasste mein Kinn, drückte es hoch und begutachtete die genähte Platzwunde an meinem Kopf.

»Das würde ich gerne woanders erzählen«, sagte ich und deutete auf das emsige Treiben des Flughafens um uns herum. Ich war wirklich nicht scharf darauf, dieses Gespräch vor Zuschauern zu führen. Schon in Savanna Springs und während des Fluges hatten mir die Menschen eine ganze Bandbreite von Blicken zugeworfen. Mitleidige. Neugierige. Abschätzige.

»Natürlich.« Dylan nahm seine Hand zurück und griff stattdessen nach meinem Rucksack, um ihn von meiner Schulter zu lösen.

»Dann lass uns fahren.«

Wir verließen den Chicagoer Flughafen durch einen Nebeneingang, der ins Parkdeck führte. Im Fahrstuhl sackte ich erschöpft gegen die Wand und schloss einen Moment die Augen. Ich fühlte mich, als hätte mich ein Auto überrollt – was in Anbetracht der Tatsache, dass ich fast wirklich unter einem gelegen hätte, irgendwie noch beklemmender wirkte.

»Ash?« Als ich die Augen öffnete, stand Dylan in der offenen Fahrstuhltür, die Augenbrauen sorgenvoll zusammengezogen.

Wann verdammt war der Fahrstuhl stehen geblieben?

Ich atmete einmal tief aus, dann zwang ich meinen Körper, sich erneut in Bewegung zu setzen. Vorbei an parkenden Autos durch das Gewirr des Parkdecks bis zu Dylans altem Volvo.

Während ich einstieg, verstaute er meinen Rucksack im Kofferraum. Ein Ruckeln ging durch den stehenden Wagen, dann saß er neben mir.

Als wir die Tiefgarage verließen, wich das leise Rauschen des Radios einem Song der Beatles, der jedes Jahr zur Weihnachtszeit gespielt wurde.

»Danke, dass du mich abgeholt hast. Hast du Phil …?«

»Ja, ich hab ihn angerufen. Er kommt zu mir, so wie du es wolltest.« Er warf einen kurzen Blick auf die Uhr am Armaturenbrett. »Vermutlich ist er schon da.«

»Hast du ihm gesagt, dass du mich abholst?«

»Bist du verrückt?« Ich sah, wie seine Mundwinkel zuckten, ehe er wieder ernst wurde. »Wenn er dich so am Flughafen gesehen hätte, wäre er auf der Stelle ausgerastet. Du siehst … scheiße aus, Ash.«

»Danke …«

»Du weißt, wie ich das mein.« Er warf mir einen kurzen Blick zu, ehe er sich wieder auf den Verkehr vor sich konzentrierte. »Dir geht's nicht gut. Ganz und gar nicht.«

Nein, das tat es nicht.

Ich drehte den Kopf und starrte aus dem Fenster. Schneeberge türmten sich an den Straßenrändern, verschwammen vor meinen Augen.

Heute Morgen, als ich neben Jake aufgewacht war,

hatte ich mir geschworen, stark zu sein, mich nicht unterkriegen zu lassen – und trotzdem fühlte ich mich wie ein Blatt im Wind, kurz davor, mich selbst zu verlieren.

Es war nicht nur wegen Jake. Denn als ich heute Morgen neben ihm aufgewacht war und die Blase zerplatzte, kehrten auch all jene hässlichen Einzelheiten zurück, die ich durch Jake so erfolgreich in den hintersten Winkel meines Bewusstseins hatte schieben können. Sie waren wie Rauch, drangen in meine Lunge und lösten dasselbe grauenvolle Gefühl aus wie in jener Sekunde, kurz bevor Ian mich auf die Straße gestoßen hatte. Die Nachricht von Trev – die nicht von ihm gewesen war. Ian in Trevors blauem Kapuzenpulli. Die Wut in seinem Blick. Die Worte, die sich wie Schlangen um meinen Hals wanden. Seine Hände. Hände, die jegliche Sanftheit verloren hatten, die sie einmal besessen hatten.

Ich hatte ihn noch nie so erlebt. Aufgebracht und wütend, ja. Unbeherrscht und gewalttätig, nein. Es war, als wäre es nicht Ian, sondern irgendein Fremder, der Besitz von ihm ergriffen hatte. Und seine Worte ... das, was er gesagt hatte, rauschte noch immer durch meinen Kopf.

Ich wusste, dass ich mit Jake, mit Zara, mit Keaton darüber reden musste. Aber zuerst – *zuerst* – musste ich mit meinem Bruder reden. Weil er Ian kannte. Weil auch er mit ihm aufgewachsen war.

Und weil ich wissen musste, ob es wirklich Ian gewesen war, der mir die Tabletten gegeben hatte ... ob er mich loswerden wollte. Nicht nur gestern.

Ich brauchte Antworten. Antworten, die ich nur hier in Chicago finden konnte.

Während der Winterferien hatte sich Dylan mit seinem Mitbewohner Mike eine spärlich eingerichtete Dreizimmerwohnung gemietet, um nicht wie Phil oder viele andere zurück zu seinen Eltern zu müssen. Sie lag im achten Stock eines heruntergekommenen Apartmentkomplexes direkt an einer Hauptverkehrsstraße.

Zusammen quetschten wir uns in den kleinen Fahrstuhl, der nach Erbrochenem, alten Urin und verschüttetem Alkohol stank, und liefen über einen nur spärlich beleuchteten Gang bis zu einer Tür.

»Nach dir«, erklärte Dylan und drückte die Wohnungstür auf.

Ich betrat einen langgezogenen Flur mit altem Fliesenboden, von dem vier Türen abgingen. Zwei rechts, zwei links.

Dylan stellte meinen Rucksack in die Ecke auf den Boden, schälte sich aus Jacke und Schuhen und wartete, bis ich mich ebenfalls ausgezogen hatte, ehe er alles in dem vollgestopften Wandschrank verstaute, der sich direkt neben der Wohnungstür befand.

In dem Moment, in dem der Wandschrank quietschend zuschlug, tauchte der Kopf meines Bruders in der Tür links außen auf.

»Was machst du denn hier?« Sein Gesichtsausdruck wechselte in dem Moment von überrascht zu besorgt, als er die Wunde an meinem Kopf bemerkte. Er brauchte nicht mehr als drei riesige Schritte, ehe er sich vor mir aufbaute und seine Augen in meine bohrte. »War er das?«, fragte er mit zusammengebissenen Zähnen. »Hat Jake dir das angetan?«

»Was? Nein! Es ... Ich hatte ... ich bin ...« Ich holte Luft. »Ich bin vor ein Auto gelaufen.«

Die Erinnerung an das wilde Hupen, das Reifenquietschen und daran, wie die Zeit still gestanden hatte, quetschte auch jetzt noch meine Brust zusammen. Zwei Sekunden. Nur zwei läppische Sekunden später und der

Wagen hätte mich frontal erwischt. Mich einfach umgenietet.

»Ash?« Philipps Hände lagen an meinen Schultern und erst jetzt, wo ich seinen fragenden Blick auffing, bemerkte ich, dass er noch etwas gesagt haben musste.

Ich leckte mir über die Lippen. »Mir geht es gut, aber … ich muss ganz dringend mit dir reden.«

»Okay.« Er ließ meine Schultern los, wischte sich über das Gesicht und griff nach meiner Hand. »Komm.«

Zusammen mit Dylan traten wir in eines der Zimmer. Es war kahl, mit nicht mehr als einem ausgeklappten Schlafsofa, einem Fernseher samt Spielekonsole und ein paar Regalen ausgestattet.

»Soll ich euch alleine lassen?«, fragte Dylan und sah zwischen meinem Bruder und mir hin und her.

Ich setzte mich auf die Kante des Schlafsofas und schüttelte den Kopf. »Nein, bitte bleib.«

Während er die Tür schloss, versuchte ich, meine Gedanken zu sortieren. Es gab so viel, das Phil nicht wusste, so viel, was ich ihm erklären musste, ehe ich zu dem kam, warum ich hier war. Ich hatte ihm nichts erzählt. Weder von dem wahren Grund, nach Kalifornien zu gehen, noch von all dem, was dort passiert war.

»Tami wollte, dass ich nach Kalifornien gehe«, begann ich und ignorierte Phil, der sofort den Mund öffnete. »Ein paar Monate, bevor sie gestorben ist, hat sie ihre Akte aus Dads Schrank geklaut und herausgefunden, dass sie noch einen Bruder hat. Er heißt Trevor. Ich … Ich sollte ihn für sie finden, das stand in der Nachricht, die Lily mir nach ihrem Tod gegeben hat. Deshalb bin ich nach Kalifornien gegangen.«

Ich erzählte Phil alles. Von dem Zettel und dem iPod, von Trevor und unserer ersten Begegnung. Davon, wie

Jake mich aufgenommen und seine Freunde mir geholfen hatten, Trevor von Tami zu erzählen. Wie wir Freunde geworden waren und … wie Ian dort aufgetaucht war und ich zu ihm geflüchtet war.

»Warum hast du mir das damals nicht erzählt?«, fragte Philipp, viel mehr irritiert als wütend.

»Weil ich dir dann auch etwas anderes hätte erzählen müssen, von dem ich nie wollte, dass du es weißt.«

Seine Augenbrauen wanderten in die Höhe.

»Ich war mal in ihn verliebt«, sagte ich leise.

»Tut mir leid, Sis, aber das ist doch nichts Neues«, erklärte er, ohne mit der Wimper zu zucken, doch seine Fassung bröckelte, als ich weiterredete. Ihm davon erzählte, dass Ian mir Hoffnungen gemacht, mich geküsst, mit mir geschlafen hatte. Und verwandelte sich in rasende Wut, als ich die Ärmel meines Pullovers hochkrempelte. Die blaulila Blessur an der Innenseite meines rechten Oberarms berührte.

Auch ohne in den Spiegel zu sehen, wusste ich, dass man genau erkennen konnte, an welchen Stellen sich Ians Finger in meine Haut gebohrt hatten. Es waren jene, die dunkler und schmerzempfindlicher waren als der Rest.

»Ich bring ihn um«, zischte Philipp durch zusammengebissene Zähne. »Ich bring ihn um.«

»Das tust du nicht«, sagte Dylan, der seinen Arm zu fassen bekam und meinen Bruder zurück auf das Sofa drückte. »Niemand bringt hier irgendwen um.«

Phil deutete auf mich. »Ian hat sie angegriffen. Er hat sie verflucht noch mal angegriffen, wie ein Wahnsinniger. Sie vor ein Auto gestoßen!«

»Selbstjustiz bringt niemanden weiter. Das sagst du doch selbst ständig«, erinnerte Dylan ihn. »Also lass das die Polizei regeln. Dafür sind die da.« Er wandte sich an mich. »Du hast ihn doch angezeigt, richtig?«

Langsam schüttelte ich den Kopf.

Nein, das hatte ich nicht getan. Ich hatte ja noch nicht einmal irgendwem erzählt, wie ich auf der Straße vor dem Auto gelandet war.

»Und warum nicht?« Philipp und Dylan starrten mich an. Entgeistert. Fassungslos.

»Weil ich erst herausfinden muss, warum er mich loswerden will.«

JAKE

Zaras Worte hatten sich wie Widerhaken in meine Gedanken gekrallt. Sie ließen mich nicht los, nicht einmal, als ich mich atemlos über die letzte Kante auf das alte Dach rollte.

Normalerweise schaffte es das Klettern, alles aus meinem Kopf zu manövrieren. Es blieb kein Platz für irgendetwas anderes als das Adrenalin, das durch meine Adern rauschte. Doch diesmal war es anders. Die Energie, die meinen Körper flutete, konnte meine Gedanken nicht zum Stillstand bringen. Im Gegenteil, es fühlte sich an, als hätte die Nacht mit Ash mich vollständig in Brand gesteckt. Ich brannte lichterloh, nicht mehr fähig, die Gefühle, die Gedanken an sie, die Sehnsucht, auf irgendeine Weise zurückzudrängen.

Schon seit dem Tag, als sie in Trevors Strandhaus aufgetaucht war, bekam ich sie nicht mehr aus dem Kopf. Sie war es, an die ich dachte. Die ich berühren und küssen und in meinen Armen halten wollte.

Sie war es, die mein Herz ausfüllte. Und ich wusste nicht, wie ich nach dieser Nacht überhaupt weitermachen sollte – ohne sie – und ob ich es wollte.

Konnte ich wirklich zurück zu Maya gehen und so tun, als wäre die gestrige Nacht nie geschehen? Als würde es die Gefühle für Ash nicht geben? Konnte ich so tun, als wäre alles zwischen Maya und mir in Ordnung, obwohl das überhaupt nicht stimmte?

All die Jahre hatte ich mich für die Vernunft entschieden. Hatte getan, was mein Dad, meine Mom, meine ganze Familie für *das Richtige* hielten, und mir nicht einmal erlaubt, auch nur darüber nachzudenken, was ich selbst eigentlich wollte. Doch jetzt, während ich hinauf in den Himmel starrte und Zaras Worte durch meinen Kopf rauschten, spürte ich, dass ich die Antwort eigentlich schon lange kannte, aber zu feige gewesen war, sie mir einzugestehen, weil sie alles verändern würde.

Ich wollte mit Ash zusammensein. Nur mit ihr.

Doch dieser Schritt hätte nicht nur für Maya Konsequenzen, sondern auch für Chase. Und deshalb musste ich erst einen Weg finden, auch ihm gerecht zu werden.

Eine Stunde später verließ ich das Dach, um zu meinem Apartment zu fahren. Ich wusste, dass ich zurückmusste, weil Maya auf mich wartete und ich mich bereits viel zu lange davor drückte, zurückzukehren. Ich hatte zwar noch immer keine Ahnung, wie genau meine Lösung aussehen würde, aber mir war jetzt klar, dass ich nicht so weitermachen konnte wie bisher. Ich brauchte Zeit. Zeit, um herauszufinden, wie es einen Weg mit Ash und ohne Maya geben konnte. Und so lange, bis ich diese Möglichkeit gefunden haben würde, musste ich bei ihr bleiben und versuchen, sie körperlich auf Abstand zu halten, um unsere Familie nicht zu gefährden.

»Schön, dass du auch mal wieder auftauchst«, sagte Maya, sobald ich durch die Tür ins Apartment trat, und pfefferte den Spüllappen mit voller Wucht ins Becken. »Ich habe dich angerufen.«

»Ich weiß.« Ich ließ meinen Schlüssel in meine Jackentasche gleiten, drückte die Tür ins Schloss und sah mich um. »Wo ist Chase?«

Sie griff nach dem Handtuch und wischte sich die Hände trocken. »Im Bett, wo sonst?«

Natürlich. Es war zwei Uhr nachmittags, die Zeit, in der er seinen Mittagschlaf machte. Noch mindestens eine Stunde lang.

»Maya ...«, setzte ich an, um mich für mein gestriges Verschwinden zu entschuldigen, denn es war weder in Ordnung gewesen, einfach zu gehen, noch, mich so lange nicht bei ihr zu melden.

»Spar's dir«, fauchte sie und verschränkte die Arme vor der Brust. »Du bist einfach abgehauen, Jake. Du lässt Chase und mich hier alleine, für *irgendeine* Fremde, die deine Hilfe braucht. Achtzehn Stunden lang!«

»Es tut mir leid.«

»Sollte es auch.« Maya sah mich an. »Es ist ja heldenhaft, dass du dich um Menschen kümmerst, aber du hättest dich wenigstens melden können. Eine Nachricht, Jake. Eine verdammte Nachricht hätte gereicht.« Sie seufzte. »Ich will mich nicht mit dir streiten, verstehst du? Ich hasse das, Jake. Ich hasse es einfach.«

»Ich weiß und es tut mir leid.«

Ihr Blick wurde weicher. »Entschuldigung angenommen«, erklärte sie und kam auf mich zu. Doch in dem Moment, in dem sie sich auf die Zehenspitzen stellte, um mich zu küssen, und ich den Kopf wegdrehte, ehe sich unsere Lippen berühren konnten, kam mir mein Vorhaben, sie körperlich auf Abstand halten zu können, mit einem Mal völlig irrsinnig vor.

Sie wird das doch niemals akzeptieren.

»Jake, was ...?« Sie streckte die Hand nach mir aus, als ich einen Schritt zur Seite trat, um Abstand zwischen uns zu bringen. »Warum bist du so komisch?«

Ich zwang mich, sie anzusehen und es auszusprechen, obwohl ich wusste, dass jedes meiner Worte ihr mitten ins Herz schneiden würde. Aber ich spürte, dass es nicht anders ging. Dass es keinen Sinn mehr hatte, sie zu belügen. Denn auch wenn ich bis vor wenigen Minuten geglaubt hatte, ich könnte noch so lange mit ihr unter einem Dach wohnen, bis ich einen Plan hatte, wie ich mich zwar von ihr trennen, aber gleichzeitig unsere Familie damit nicht in Gefahr bringen würde, ging mir nun schlagartig auf, dass sie das niemals hinnehmen würde. Für Maya gab es nur alles oder nichts. Sie würde diesen emotionalen und körperlichen Abstand, den ich wollte, niemals akzeptieren. Und ich konnte keine Minute länger an ihrer Seite verbringen und uns beiden damit etwas vormachen.

Das musste aufhören. Es ging schon viel zu lange so.

»Ich habe es versucht«, hörte ich mich selbst sagen. »Ich habe es wirklich versucht, das musst du mir glauben, aber ...«

»Aber was?«

»Ich kann das nicht. Das mit uns, ich kann das nicht, Maya. Ich habe es versucht, aber es funktioniert einfach nicht.«

Einen tiefen Atemzug lang sagte Maya gar nichts. Alles, was sie tat, war, mich anzustarren. »Ist das ein Test?«, fragte sie mit heiserer Stimme. »Willst du austesten, wie ich auf so was reagieren würde? Wie ich –«

»Nein. Nein, das ist kein Test. Meine Gefühle, sie haben sich verändert ...«

»Du verarschst mich doch!« Sie machte einen Schritt rückwärts, den Finger auf mich gerichtet. »Du kannst das nicht ernst meinen, Jake. Das kannst du nicht! Weil gestern ... *Gestern* war doch noch alles in Ordnung. Wir haben Weihnachten gefeiert, und verdammt, wir .... wir sind verlobt ... *Wir wollten heiraten, Jake*!«

»Ich weiß ...«

»Ach ja? Und wie kann es dann sein, dass das heute keine Rolle mehr spielt?« Ihre Stimme nahm einen schrillen Ton an. »Los, sag schon! Erklär mir, wie es sein kann, dass du mich gestern noch heiraten wolltest und heute alles infrage stellst? Das macht doch gar keinen Sinn.«

»Ich habe mich in eine Andere verliebt.«

»Du hast ...« Mayas Augen füllten sich mit Tränen. »Diese Ash, Zaras Freundin, ist sie es?«

»Ja.«

»Wann?«, fragte sie. »Wann hat das mit euch beiden angefangen? Und sag jetzt bloß nicht, das wäre erst gestern gewesen, denn ich schwöre, dann drehe ich dir den Hals um!«

»Schon vor ein paar Monaten, aber ich habe dagegen angekämpft, das musst du mir glauben.«

»Monate …« Maya lachte auf, doch das Lachen verwandelte sich augenblicklich in ein Schluchzen. »Ich bin wegen dir hergezogen!«

»Maya …« Ich machte einen Schritt auf sie zu, doch sie wich zurück. Sie drehte sich um und marschierte in unser Schlafzimmer. Ich hörte das Schlagen einer Schranktür, dann das Schließen eines Reißverschlusses, ehe sie einen kurzen Moment später mit einer Reisetasche ins Wohnzimmer zurückkam.

»Hier, nimm dein Zeug und verschwinde einfach.« Sie drückte mir die Tasche in die Hand, aus der eines meiner Hemden halb heraushing. Dann schob sie mich Richtung Wohnungstür. »Verschwinde und komm nicht auf die Idee, hier wieder aufzukreuzen.« Sie riss die Wohnungstür auf und stieß mit solcher Wucht gegen mich, dass ich aus der Wohnung stolperte und das Gleichgewicht verlor.

In dem Moment, in dem ich auf dem Boden aufkam, knallte die Tür ins Schloss.

Ich hörte, wie sie den Schlüssel drehte und dann … wie sie hinter der Tür zusammenbrach.

Ihr gedämpftes Schluchzen drang durch das Holz, während ich mich auf die Beine kämpfte. Den Flur verließ. Das Haus. Sie.

»Hier.« Keaton öffnete eine Bierflasche und reichte sie mir, ehe er sich mit seiner in den Sessel neben dem Weihnachtsbaum warf.

»Es ist klar, dass es sich scheiße anfühlt«, meinte er zwischen zwei Schlucken. »Eine Trennung ist nie leicht und ehrlich gesagt … Du hast es verdient, Jake. Das war die beschissenste Aktion, die du jemals gebracht hast.«

»Danke für dein Mitgefühl«, schnaubte ich und setzte die Bierflasche an die Lippen. Ich wusste ja, wie recht Keaton mit dem hatte, was er sagte. Ich *hatte* Scheiße gebaut. Meine Freundin betrogen, meine eigenen Gefühle verleugnet und damit gleich drei Herzen gebrochen. Großer Jackpot.

»Immer wieder gerne.« Keaton wischte sich über den Mund. »Für Arschtritte bin ich immer zu haben.«

»Ja, das weiß ich.« Keaton war nicht der Typ für Gehässigkeiten. Er sagte das nicht, um mich zu verletzen oder bloßzustellen, sondern schlicht und ergreifend, weil es der Wahrheit entsprach. Seiner Meinung nach brauchten Freunde nicht nur Honig, den sie sich gegenseitig ums Maul schmieren konnten, sondern ab und an eben einen Tritt in den Allerwertesten. Und ja, das war nicht immer schön. Trotzdem hatte ich ihn verdient.

»Und es ist okay, dass ich eine Weile bleibe?« Ich schielte zu der Reisetasche, die ich neben dem Sofa abgestellt hatte. Viel war nicht drinnen, aber es würde reichen müssen, bis Maya sich soweit beruhigt hatte, dass ich mir Ersatzsachen holen konnte.

»Du kannst so lange bleiben, bis Ash wieder da ist. Dann sehen wir weiter.«

»Danke.« Ich hätte mir ein Hotelzimmer nehmen können, doch stattdessen war ich zu Keaton und Zara gefahren, weil ich nicht mit meinen Gedanken alleine sein wollte. Ich hatte meine Welt zum Einsturz gebracht und hatte nicht den blassesten Schimmer, wie es nun weitergehen sollte.

»Hat sie sich schon gemeldet?«, wechselte ich das Thema. Im Moment wollte ich nicht länger über Maya sprechen oder über sie nachdenken. Es würde nichts ändern. Nichts daran, dass ich sie mehr verletzt hatte, als ich es je vorgehabt hatte. Und nicht daran, dass ich nichts tun konnte, um das Ganze für sie erträglicher zu machen. Außerdem machte ich mir Sorgen um Ashley. Keiner von uns wusste, warum sie nach Chicago aufgebrochen war und was sie glaubte, dort zu finden. Wir wussten ja noch nicht einmal, was gestern zwischen ihr und Trevor vorgefallen war oder ob sie wirklich wegen ihm vor das Auto gelaufen war.

»Nope.« Keaton schüttelte den Kopf.

Verdammt.

Ich nahm einen tiefen Schluck von meinem Bier und sackte gegen die Lehne des Sofas, die freie Hand gegen meine Schläfe gepresst. Wieso nur meldete sie sich nicht? Seit ich ohne sie aufgewacht war, waren mehr als zwölf Stunden vergangen.

»Sie wird sich schon melden«, hörte ich Keaton sagen. Doch seine Worte beruhigten mich nicht und mit jeder weiteren Minute, die verstrich, wuchs die Unruhe in mir nur noch weiter. Sie war wie Unkraut, das alles andere in mir zurückdrängte.

Gegen einundzwanzig Uhr, als auf Zaras Handy endlich Ashleys Name aufleuchtete, hätte ich am liebsten vor Erleichterung aufgeschrien.

»Hey, Süße«, begrüßte Zara sie. »Kann ich dich laut

stellen?« Sie klemmte das Handy zwischen Ohr und Schulter und schob die Teetasse in ihrer Hand auf den Couchtisch. »Ja, der ist auch hier.« Zara warf mir einen Seitenblick zu. »Okay, warte.« Sie nahm das Handy vom Ohr, tippte aufs Display und legte es auf ihren Oberschenkeln ab. »Jetzt bist du laut.«

»Danke«, hörte ich Ashley sagen. »Es tut mir leid, dass ich einfach abgehauen bin, aber ich musste unbedingt mit Phil reden und ... Hat Jake euch von dem Unfall erzählt?«

»Ja, hat er.« Zara schluckte. »Süße ... bist du wegen Trev vor das Auto gelaufen? Habt ihr euch gestritten?«

»Nein.« Einen Moment war es still in der Leitung, dann sagte sie: »Trev war nicht da, Zara. Und die Nachricht, die war auch nicht von ihm.«

»Wie meinst du das?«

»Ian hat die Nachricht geschrieben. Er ... hat am Pier auf mich gewartet. In Trevs blauer Kapuzenjacke und mit seinem Handy.«

Mir wurde eiskalt, während ihre restlichen Worte durch die Leitung hallten. Ian hatte sie bedroht. Er hatte sie angegriffen. Er hatte sie vor ein Auto gestoßen.

»Warum erzählst du das erst jetzt?«, mischte ich mich ein. »Wir hätten sofort zur Polizei gehen müssen. Ihn anzeigen. Ihn –«

»Weil ich erst darüber nachdenken musste und –« Ihre Stimme klang erstickt. Sie weinte. Verdammt, sie weinte, und das Tausende von Kilometern weit weg. »– weil ich mich an etwas erinnert habe. Bei der Beerdigung von Tami, nachdem ich zusammengebrochen war, da ... Es könnte sein, dass Ian, ... dass er mir die Tabletten ganz bewusst gegeben hat. Möglicherweise wollte er, dass ich sie nehme. Ian hat zu Phil gesagt, er hätte mich ins Bett gebracht und ich wäre sofort eingeschlafen, deshalb wäre er zurück zur Trauerfeier gefahren, aber er hat mich nicht in mein Zimmer gebracht, sondern ins Bad. Und er hat mir die Tabletten hingeworfen, bevor er gegangen ist.«

»Du meinst, er wollte, dass du dich auch umbringst?« Zaras Stimme zitterte. »Süße, das …«

»Ich weiß es nicht, Zara. Ich weiß nur, dass ich herausfinden muss, warum er mich loswerden will.«

»Und wie? Wie willst du das rausfinden?«

Ich hatte da eine Idee. »Du willst in eurem Haus nach Beweisen suchen, oder?«

»Ja«, bestätigte sie. »Phil wohnt gerade bei unseren Eltern. Er meint, mein Dad müsse morgen zum Gericht und Mom sei auch unterwegs. Er lässt mich rein.«

»Können wir dir irgendwie helfen, Süße?«

»Ja«, sagte sie. »Ja, das könntet ihr tatsächlich. Ich glaube, es wäre gut, wenn einer von euch zu Trev fahren und ihm erzählen könnte, dass ich weg bin. Damit Ian glaubt, er hätte mich vertrieben.«

»Ich mach das«, erklärte Keaton sofort. »Kein Problem.«

»Danke, Keat.« Sie atmete erleichtert auf. Selbst durch den Telefonhörer waren Anspannung und Traurigkeit in ihrer Stimme unüberhörbar. Das gefiel mir nicht und damit war ich wohl nicht der Einzige, denn Zara schien denselben Gedanken zu haben.

»Wo bist du jetzt?«, fragte sie. »In einem Hotel?«

»Nein, bei Dylan, Phils bestem Freund.«

Dylan … Der Kerl, der beschützend den Arm um sie gelegt hatte. Der Kerl, der auf sie stand …

»Das ist gut. Dann bist du nicht alleine.« Zara atmete

erleichtert auf. »Warte kurz, ich stell dich leise und dann reden wir noch eine Weile in meinem Zimmer, ja?« Sie nahm das Handy hoch und beendete die Freisprechfunktion, ehe sie sich an mir vorbei in Richtung ihres Zimmers schob.

ASHLEY

Das Haus meiner Eltern sah noch genauso aus wie an dem Tag, als ich es verlassen hatte. Roter Klinkerbau mit Tulpen hinter jedem Fenster.

»Bereit?«, fragte Dylan.

Am liebsten hätte ich den Kopf geschüttelt, mich umgedreht und wäre davongerannt. Denn in das Haus zu treten, in dem sie gestorben war, ließ all die Erinnerungen wieder aufleben. Nicht nur von Tami, auch von Ian, meinen Eltern, meinem gesamten Leben.

Ich hatte einmal gehört, dass Menschen sich für immer mit dem Ort verbunden fühlten, an dem sie aufgewachsen waren. Doch bei mir stimmte das nicht. Alles, was ich fühlte, wenn ich das Haus meiner Familie ansah, war der Wunsch, sofort wieder zu verschwinden.

Statt einer Antwort brachte ich nur ein schwaches Nicken zustande.

Nebeneinander liefen wir die schmale Einfahrt hinauf und warteten, bis Phil uns die Tür öffnete. Zweimal atmete ich tief ein, dann trat ich in das Haus, das ich niemals wieder hatte betreten wollen.

»Wie lange sind sie weg?«

»Ich weiß nicht.« Phil sah auf die Uhr seines Handys. »Eine Stunde, vielleicht zwei. Wir sollten anfangen, ehe sie wiederkommen. Aber ehrlich gesagt glaub ich nicht, dass wir was finden, Sis. Sein Zimmer ist wie ein verdammter OP-Saal.«

Schon gestern Abend, als Phil zurück zu unseren Eltern gefahren war, hatte er versprochen, sich Ians Zimmer vorzunehmen.

»Hast du die Kisten aus dem Wohnheim angesehen, die er mitgebracht hat?«

»Nein. Das hätte Mom mitbekommen. Die sind in dem Wandschrank im Flur, direkt neben ihrem Schlafzimmer.«

»In Ordnung, dann guckst du dir die zuerst an, während ich noch mal in Ians Zimmer nachschaue.« Ich streifte meine Schuhe von den Füßen, stellte sie ordentlich ins Schuhregal und deutete Richtung Treppe. »Nach dir.«

Mit jeder Stufe, die ich erklomm, wurden meine Beine schwerer. Auch nach Monaten erinnerte ich mich zu gut an den Tag, an dem ich die Stufen hinaufgeeilt und Tami in ihrem begehbaren Kleiderschrank gefunden hatte.

Tot. Mit leeren Augen.

Plötzlich spürte ich Dylans Hand auf meiner Schulter. »Phil und ich können das auch allein machen, Ash. Du musst nicht –«

»Doch, das muss ich«, schnitt ich ihm das Wort ab und straffte die Schultern. Dann überwand ich die letzten beiden Stufen.

Phil war bereits dabei, die Kisten durchzusehen, während ich an Tamis und meinem Zimmer vorbei bis zu Ians Zimmer weiterlief. Es lag am hinteren Ende.

Es war klein und noch genauso eingerichtet wie damals, als ich das letzte Mal hier gewesen war. Ein Schreibtisch in der rechten Ecke, daneben ein Regal voller Bücher. Ordentlich angereiht, nach Größe sortiert. Ein Sideboard, die Schubfächer geschlossen, mehrere silberglänzende Fotorahmen darauf. Aufgereiht, alle in derselben Größe und Farbe. Auf dem Boden ein roter Teppich und in der Mitte des Zimmers ein breites Bett.

Dasselbe Bett.

Es war dasselbe Bett, in dem er mit mir geschlafen hatte.

Ich durchquerte das Zimmer, trat an den Schreibtisch heran und begann, mich durch die Schubladen zu wühlen.

Ich fand Unterlagen. Briefe von der Uni. Rechnungen. Fotos. Jede Menge Fotos. Von mir. Von Tami. Von unserer Familie. Und Kugelschreiber in allen möglichen Formen und Farben.

Die Schubfächer des Sideboards waren so gut wie leer. Alles, was darin aufbewahrt wurde, waren Socken und Unterwäsche.

Ich arbeitete mich systematisch durch das Zimmer, tastete den Bereich unter der Matratze ab und sah in den leeren Wandschrank. Selbst die Buchrücken nahm ich mir vor – doch auch dort: nichts.

Ein Klopfen am Türrahmen, dann Phils Stimme. »In den Kartons ist nichts weiter als Klamotten, noch mehr Klamotten und Uniunterlagen.« Er warf mir einen mitleidigen Blick zu. »Wenn es irgendeinen Beweis dafür gibt, dass er dich wirklich loswerden wollte, dann ist er zumindest nicht so dumm, ihn hier liegen zu lassen.«

Wahrscheinlich hatte mein Bruder recht. Ich sah mich noch einmal im Zimmer um, kontrollierte, ob alles so war, wie ich es vorgefunden hatte, dann folgte ich ihm zurück auf den Flur.

Ich wusste nicht einmal, wonach ich gesucht hatte. Hatte keine Ahnung, was es für Beweise geben könnte, die meine These untermauern konnten, dass Ian mich bewusst hatte loswerden wollen. Es war nichts weiter als ein Gefühl, das mich antrieb.

Als ich Tamis Zimmertür erreichte, blieb ich stehen. Ich starrte auf die geschlossene Tür, während die Bilder sich wie selbstverständlich vor mein Gesichtsfeld schoben.

Sie hatte sich getötet.

Hinter dieser Tür war sie verzweifelt genug gewesen, um ihr Leben zu beenden. Auf eine grausame, einsame Weise. Sie hatte sich einen Strick umgebunden. Sich einen Stuhl genommen. Sich die Pulsadern aufgeschnitten und sich erhängt.

Ich streckte die Hand nach der Türklinke aus, spürte das kühle Metall an meinen Fingerspitzen.

»Was machst du denn?« Phil legte seine Hand auf meine. Stoppte mich.

»Ich muss kurz …« Meine Kehle war staubtrocken. Ich schluckte.

»Ash, ich halte das für keine gute Idee.«

War es auch nicht. Es war keine gute Idee – aber gleichzeitig zog mich alles in ihr Zimmer. »Ich muss, Phil. Ich muss nur einmal da rein.« Unsere Blicke trafen sich. »Bitte.«

Seufzend nickte er. »Zehn Minuten, wenn du dann nicht wieder draußen bist, hol ich dich.«

Das Gewicht seiner Hand verschwand, ehe ich mit

zitternden Fingern die Tür zu ihrem Zimmer öffnete. Mich durch den Spalt schob. Die Tür hinter mir zuzog.

Durch das geöffnete Fenster drang Kälte ins Zimmer, doch ich war mir sicher, dass mir auch im Hochsommer kalt gewesen wäre.

Die Tür zum Wandschrank war geschlossen, so wie an dem Tag, als ich sie gefunden hatte. Und auch ansonsten sah alles so aus, wie Tami es verlassen hatte. Es war, als wäre sie nur kurz weg, würde jeden Moment durch die Tür hineinrennen und sich auf ihr Bett werfen.

Langsam durchquerte ich das Zimmer, streckte die Finger nach ihrer Gitarre aus, die verlassen in der Ecke auf dem Ständer stand. Darauf wartend, dass sie zurückkam.

Doch sie würde nicht zurückkommen.

Sie würde nie wieder zurückkommen.

Mein verschwommener Blick schweifte weiter durch das Zimmer. Weg von der Gitarre, hin zu dem roten Sessel, in dem sie so oft gesessen hatte, mit überkreuzten Beinen und ihrem Notizbuch auf dem Schoß. Um die Passagen aufzuschreiben, die zu Songtexten wurden. Ich drehte mich, starrte auf ihre Lieblingsstiefel neben der Tür und schließlich auf ihren Schreibtisch. Bücher, ordentlich aufeinandergestapelt, daneben Stifte und ein Globus.

Ich trat heran, öffnete die erste Schublade und fand das, was ich suchte. *Das blaue Notizbuch.* Kleine Klebezettel ragten aus den Seiten. Grün, rot, blau – Grün für fertige Songs, rot für Passagen, blau für reine Noten. Ich nahm es hoch und drückte es an die Brust.

Darin war jeder Song, jede Melodie. Einfach alles.

»Ash?« Die Tür ging hinter mir auf und Phil steckte seinen Kopf hinein. »Die zehn Minuten sind um.«

»Okay.« Meine Stimme klang fremd. Mit dem Handrücken wischte ich mir über die Augen, doch es brachte nichts, weil die Tränen einfach weiterliefen.

»Komm.« Phil umfasste meine Schultern. Bugsierte mich aus dem Zimmer, den Flur entlang, die Treppe hinunter. Weg von den Erinnerungen.

Raus aus dem Haus.

Doch selbst als ich auf dem Rücksitz von Dylans Wagen saß, das Notizbuch noch immer fest an meine Brust gepresst, ließ der Schmerz nicht nach. Er war wie ein Messer in meinem Brustkorb, das sich mit jedem Atemzug tiefer in meine Lungen bohrte.

ASHLEY

1 Jahr zuvor

»Gib mir das Handy«, forderte Tami mich auf. »Komm schon, du Huhn, es ist nicht fair, wenn du dich dahinter versteckst. Ich will, dass du dabei bist.« Tami streckte den Arm nach dem Handy in meiner Hand aus. Bunte Armbänder baumelten um ihr Handgelenk.

»Du wirst dieses Video niemals jemandem zeigen«, forderte ich. »Ich trage einen Pyjama, bin ungeschminkt und trage eine Weihnachtsmütze.«

»Du siehst toll aus, aber wenn es unbedingt sein muss: Ich versprech es. Und jetzt los. Lass uns anfangen, bevor diese nervige Familienfeier losgeht.«

Zögernd löste ich die Hände von meinem Handy und überreichte es ihr.

Tami schaltete die Kamerafunktion ein und richtete die Linse in meine Richtung, ehe sie sich neben mich aufs Bett warf. Dort griff sie nach der Weihnachtsmütze auf meinem

Kopf, positionierte den Zipfel auf der rechten Seite und zog sich ihre über, den Zipfel auf der linken.

»So, das hätten wir«, erklärte sie grinsend.

»Nur fürs Protokoll«, sagte ich, während sie die Gitarre auf den Schoß hob und dichter an die Wand rutschte. »Ich hasse dich dafür!«

»Tust du nicht. Du könntest mich nie hassen. Immerhin bin ich deine beste Freundin.« Sie deutete auf das blaue Notizbuch und wartete, bis ich danach griff, zur letzten beschriebenen Seite blätterte und das Buch zwischen uns auf die Bettdecke legte.

»Du bist der wichtigste Mensch in meinem Leben, Ash«, sagte sie und sah mich an. »Vergiss das nie.«

»Werde ich nicht«, versprach ich.

»Niemals im Leben?«

»Niemals im Leben«, stimmte ich zu.

»Gut!« Sie begann, an den Saiten der Gitarre zu zupfen. »Denk dran, wenn ich diesen Song in den Straßen der Welt spiele und erzähle, dass Ashley Stone ihn geschrieben hat.«

»Das tust du nicht«, sagte ich und versuchte, Tami das Buch wegzuziehen. Doch sie hob es hoch und schüttelte den Kopf.

»Doch, das werde ich. Ich werde es allen erzählen, die es hören wollen, und weißt du warum? Weil dieser Song nicht nur wunderschön und perfekt ist, sondern weil er zeigt, dass Jura überhaupt nicht zu dir passt.« Mit dem Zeigefinger tippte sie auf die Seite. »Das ist es, *was du tun solltest! Scheiß auf diese blöde Familientradition.«*

JAKE

»Ich mach das nicht für dich«, stellte Philipp klar, sobald er mir die Tür öffnete. »Für mich bist du immer noch ein Arschloch.«

»Schon klar.« Ich trat an ihm vorbei in den schmalen, langgezogenen Flur. »Danke, dass du mich trotzdem zu ihr lässt.«

»Als wenn ich eine Wahl hätte«, sagte er mehr zu sich selbst als zu mir, kurz bevor er die Tür zudrückte und mir zeigte, wo ich Jacke, Schuhe und Tasche verstauen konnte: im Wandschrank neben der Tür.

Während ich mich auszog, ließen seine Worte das mulmige Gefühl wachsen, das schon seit ihrem Anruf gestern in mir keimte und schlimmer geworden war, als Phil vorhin an ihr Handy gegangen war. Die halbe Nacht hatte ich wach auf Keatons Sofa verbracht, über das Telefonat gegrübelt, über Ash und mich, über das, was Ian ihr angetan hatte. Darüber, wie es ihr gehen musste nach dem, was passiert war, und darüber, dass sie ausgerechnet in das Haus zurückwollte, in dem Tami gestorben war, um etwas herauszufinden – anstatt zur Polizei zu gehen.

»Wo ist sie?«

»In Dylans Zimmer.« Er seufzte. »Seit wir zurück sind, sitzt sie in seinem Bett und macht dieses gruselige Ding, das sie schon als Kind ständig gemacht hat.«

Ich runzelte die Stirn. »Was für ein gruseliges Ding?«

»Sich die Decke über den Kopf ziehen und vor sich hin summen«, erklärte er. »Als sie klein war, hat sie das ständig gemacht. Mom ist deshalb regelmäßig ausgerastet, und ehrlich … gerade versteh ich sie sogar. Es ist, als wäre Ash irgendwo anders und es macht überhaupt keinen Sinn, mit ihr zu reden.«

»Ist sie euren Eltern begegnet?«

»Nein.« Ich folgte ihm zur letzten Tür im Flur. »Aber sie war in Tamis Zimmer.«

Das erklärte einiges.

Philipp klopfte an der Tür. Als er sie öffnete, wusste ich, was er meinte: Ashley lag auf dem Bett, zusammengerollt, die Decke bis übers Gesicht gezogen.

Während er im Türrahmen stehen blieb und sie mit sorgenvoller Miene musterte, bewegte ich mich durch das karg eingerichtete Zimmer und setzte mich neben sie auf die Bettkante.

»Lass mich in Ruhe, Phil«, sagte sie leise, die Stimme schwach und kraftlos. »Ich will alleine sein.«

»Ich bin nicht Phil«, erklärte ich und das Grinsen, das sich in mein Gesicht stahl, als sie nur eine Sekunde später die Decke zurückschlug und sich aufsetzte, verschwand augenblicklich wieder. Denn sie sah furchtbar aus. Die Augen geweitet, das Gesicht blass und fleckig.

»Ich dachte, du könntest hier Unterstützung brauchen«, erklärte ich, obwohl es nur der Bruchteil der Wahrheit war. Doch hier und jetzt war nicht der richtige Zeitpunkt, um über meine Gefühle, unsere Nacht und sie und mich zu sprechen. Besonders nicht vor ihrem Bruder.

»Aber –«

Ich drückte meinen Zeigefinger auf ihre Lippen. »Nichts aber. Ich bin hier, weil ich es will, okay?«

»Okay«, flüsterte sie und schloss die Augen.

Die Art, wie sie dasaß, in sich zusammengesunken, kraftlos, ließ meine Alarmglocken nur noch lauter schrillen. Sie musste dringend auf andere Gedanken kommen – wenigstens für eine Weile.

Ich tastete nach ihren Fingern, die sich unter der Bettdecke um ein blaues Buch geschlungen hatten. Die Enden waren abgegriffen und kleine bunte Klebezettel ragten über den Buchrücken hinaus. Ich löste es aus ihren Fingern.

»Was ist das?«, fragte ich und strich behutsam über den blauen Einband. »Gehörte das Tami?«

»Ja.« Eine Träne löste sich aus ihren Augen, rann die Wange hinab, tropfte von ihrem Kinn.

»Phil?«, fragte ich Richtung Tür. »Kann ich die Küche benutzen?«

»Äh … ja«, antwortete er gedehnt. »Ich denke schon.«

»Gut.« Ich legte das Buch neben uns auf dem Bett ab und griff nach Ashleys Hand, um sie hochzuziehen. »Mitkommen.«

Kurze Zeit später standen wir nebeneinander in der spärlich ausgestatteten Küche. Sie war klein, der Kühlschrank nahezu leer – aber immerhin gab es Nudeln, ein paar Möhren und Zwiebeln, jede Menge Tomatenzeug und glücklicherweise rote Linsen.

Ashley saß auf einem der vier Stühle am Küchentisch und beobachtete, wie ich nacheinander Schneidebrett, Töpfe und ein eher stumpfes Messer zu Tage förderte.

Dylan und Phil saßen im angrenzenden Wohnzimmer und starrten uns ungeniert an, während ich Ash auf die Beine zog, ihr das Messer und zwei Zwiebeln in die Hand drückte.

»Wie soll ich die schneiden?«

»Würfeln.«

Mit langsamen Bewegungen begann sie, die Schale zu lösen, während ich den großen Topf mit Wasser für die Nudeln füllte.

»Und jetzt?«

»Jetzt«, sagte ich und legte drei Möhren vor ihr aufs Brett, »widmen wir uns diesen hier. Du kannst sie in kleine Würfel schneiden, etwa so.« Ich trat hinter sie, legte die Hand auf ihre und führte das Messer. Zerteilte die Möhre und zerschnitt sie zusammen mit ihr. »Es ist wichtig, dass sie genau die richtige Größe haben, damit sie genau so schmecken, wie es sein soll.« Ihr Atem wurde flacher und ich spürte, wie sie die Luft anhielt, als mein Daumen über ihren Handrücken kreiste, ehe ich sie losließ. »Die meisten Leute denken, dass es völlig egal ist, wie die Zutaten geschnitten sind, aber das ist es nicht. Kochen ist wie Musik. Jeder Bestandteil hat seinen Platz und je nachdem, was man ändert, beeinflusst es den Geschmack.«

Ich sah zu, wie sie die Möhren genau so schnitt, wie ich es ihr gezeigt hatte. Dann nahm ich sie zusammen mit den Zwiebeln und briet sie in heißem Fett, ehe ich die Linsen zusammen mit dem Tomatenmark anröstete und einen Moment später alles mit Wasser ablöschte.

Schließlich stellte ich auch die Herdplatte für das Nudelwasser an, damit beides etwa zeitgleich fertig war. Ashley räumte unterdessen die benutzten Utensilien in die Spüle und begann, abzuspülen.

Eine halbe Stunde später saßen wir zusammen mit Dylan, und Phil an dem schmalen Tisch.

Anders als Phils schien Dylans Abneigung gegen mich sich langsam aufzulösen, denn er fragte: »Wo hast du kochen gelernt? Machst du das beruflich?«

Ich schüttelte den Kopf. »Leider nein. Ich arbeite in einer Immobilienfirma in Kalifornien. Aber früher wollte ich immer mein eigenes Restaurant eröffnen.«

»Und wie kommt es, dass du dann was völlig andres machst?«

»Warum wohl«, schnaubte Phil und warf mir einen düsteren Blick zu. »Er hat –«

»Ich hab ein Kind, ja. Und für das bin ich von Anfang an aufgekommen.« Ich hatte nicht vor, mich von ihm provozieren zu lassen. Nicht hier, nicht ausgerechnet heute. »Deshalb habe ich in der Immobilienfirma meines Onkels angefangen, obwohl es nie das war, was ich machen wollte.«

Während Phil sich den Teller erneut vollschaufelte, schweifte mein Blick zu Ash, die die Nudeln auf ihrem Teller von einer auf die andere Seite schob. Bis auf zwei oder drei Bissen hatte sie nichts angerührt, doch damit hatte ich gerechnet. Ihr fehlender Appetit war ein eindeutiges Zeichen dafür, dass es ihr alles andere als gutging.

»Wir sollten morgen früh gleich zur Polizei gehen«, warf Philipp wie nebenbei zwischen zwei Bissen ein. »Wenn wir zu lange warten, kommt er davon.«

Ich sah, wie Ashley sich augenblicklich verkrampfte. Ihre Finger umfassten die Gabel fester. Er sah sie an, schien jedoch nichts von ihrem Stimmungswechsel oder dem Graben mitzubekommen, der sich plötzlich vor ihr auftat.

»Ich werde nicht zur Polizei gehen, wenn ich keine Beweise habe. Das habe ich dir gesagt.«

Ihr Bruder funkelte. »Willst du jetzt jeden Tag zurückgehen und das ganze Haus auf den Kopf stellen?«

»Phil …« Dylan warf seinem Freund einen warnenden Blick zu, doch er ignorierte ihn.

»Vielleicht hat er dir die Tabletten gegeben, vielleicht erinnerst du dich aber auch falsch. Aber das ist auch völlig egal, Ash: Er hat dich angegriffen und dafür muss er bestraft werden.«

Ashleys Stuhl knallte zurück, als sie aufsprang. »Vergiss es einfach.«

»Was soll das jetzt wieder heißen?« Auch Phil sprang auf. »Ash, verdammt!« Eine Tür knallte, kurz nachdem sie aus der Küche gestürmt war.

»Du bist ein Idiot.« Dylan gab seinem Freund einen Schlag auf den Hinterkopf. »Du weißt doch genau, dass es nie was bringt, wenn du so mit ihr redest.«

»Was soll ich sonst tun?«

Für sie da sein, lag mir auf der Zunge, doch ich sprach es nicht laut aus.

»Aufhören, dich wie eure Mom aufzuführen – wäre zumindest ein Anfang.« Dylan sah ihn an. »Im Ernst, du machst dir Sorgen, aber es ist trotzdem ihr Leben.«

»Aber sie …« Er biss sich auf die Lippe. »Er hat sie angegriffen und sie!« Er fluchte. »Statt zur Polizei zu gehen wie jeder normal denkende Mensch, fliegt sie her und sucht nach irgendwelchen Beweisen, die es vermutlich gar nicht gibt. Nachdem Tami gestorben war, ist sie völlig durchgedreht. Sie hat den ganzen Tag nur dagesessen, nicht gegessen, nicht geredet, nichts. Sie war wie ein Zombie und vielleicht hat Ian sie doch in ihr Zimmer gebracht und sie weiß es einfach nicht mehr, weil ihr Kopf sich das ausdenkt. Weißt du, wie viele Tabletten sie geschluckt hat an diesem Tag?« Phil warf den Kopf zurück und presste die Hände vor die Augen. »Scheiße, wozu braucht sie noch andere Beweise als die, die es gibt? Sie hat Blutergüsse an ihren Armen, weil er sie so fest gepackt hat. Allein dafür gehört er in den Knast!«

»Sie hat *was*?«

Phil sah mich eine Weile an, ehe er an eine Stelle an seinem eigenen Oberarm deutete. »Man sieht die Abdrücke seiner Hände genau hier. Drei Finger. Er muss eine wahnsinnige Kraft aufgewendet haben, um das zu tun.«

ASHLEY

Bis zu meinem neunten Geburtstag gab es nur eine Sache, die mir half, mit Schmerz umzugehen. Ich verkroch mich in meinem Zimmer und kletterte unter mein Hochbett. Dort quetschte ich mich in die Ecke an der Wand und zog die Decke wie einen Kokon um meinen Körper. Stellte mir vor, ich wäre Sandy Montgomery – das Mädchen mit dem zotteligen Haar vom Haus gegenüber, das für ein paar Monate meine Freundin gewesen war. In meiner Vorstellung verwandelte sich die Ecke zu jener in Sandys Spielzimmer, in dem ihre Mom sie jedes Mal tröstete, wenn sie weinte, und die Decke um meinen Körper zu jenen Armen, die sie hielten. Jedes Mal saugte ich die abgestandene, warme Luft in meine Lungen und stellte mir vor, ich würde stattdessen den blumigen Duft von Mrs. Montgomery einatmen, so wie Sandy, wenn sie in den Armen ihrer Mom lag. Nacht für Nacht hatte ich in meinem Bett gelegen, die Hände in die Decke gekrallt und mir gewünscht, jemand würde kommen, der mich ebenso lieben würde. Mich nur einmal in den Arm nehmen – voller Liebe, fähig, den Schmerz in mir zu verwandeln.

Als die Matratze zum zweiten Mal an diesem Tag neben mir einsackte und Jakes Körper mich in den Arm zog, spürte ich genau jenes Gefühl, nach dem ich mich mein ganzes Leben gesehnt hatte. Im Schutz seines Körpers wurde mir klar, dass er die Fähigkeit hatte, den Schmerz in mir zu etwas zu verwandeln, was sich weniger grausam und weniger hoffnungslos anfühlte.

»Er hört mir nicht mal richtig zu«, sagte ich und wischte mir über die Wange. Diese verfluchten Tränen! »Und er glaubt mir nicht.«

Jakes Finger legten sich an meine Wange. Sein Daumen glitt über meine tränenfeuchte Haut, fing die Tränen auf. »Trotzdem liebt er dich.« Das tat er. Ich wusste, dass er das tat. Genauso wie ich wusste, dass er sich Sorgen machte und dass das eben seine verquere Art war, mir genau das zu zeigen. Es war nicht das erste Mal, dass wir deswegen aneinandergerieten. Aber diesmal machte es mich wütender. *Weil er mir nicht zuhörte.*

»Wenn ich jetzt zur Polizei gehe, dann wird nichts passieren.« Ich hatte darüber nachgedacht. Nicht nur nachdem es passiert war, sondern die ganze Zeit. »Sie werden mir nicht glauben und der Kerl, der angerannt kam, um mir zu helfen, hat ihn nicht erkannt und selbst die Nachricht ... Er wird es einfach anders darstellen. Er ist so gut darin, Leute um den Finger zu wickeln. Ich mache mich nur lächerlich.«

Und Phil wusste das auch. Er wusste, wie Ian war. Er kannte ihn – er war doch selbst mit ihm aufgewachsen. Hatte erlebt, wie Ian unsere Mom, unseren Dad, die ganze Welt bezirzte, und so bekam, was nicht mal ihre eigenen Kinder bekamen.

»Und selbst wenn sie mir glauben sollten«, redete ich weiter, »dann wird er es eben als unglücklichen Streit und einen Unfall hinstellen. Etwas, was er nicht wollte. Aber –« Ich sah Jake an. »– er wollte mir wehtun. Er wollte mir Angst machen. Und er wollte, dass ich diese Tabletten nehme.«

Mittlerweile war ich mir sicher. Ich erinnerte mich an Ians Worte; an alles. Ich *wusste*, dass er mich ins Badezimmer gebracht hatte und nicht in mein Zimmer. Ich *wusste*, dass er mich dazu aufgefordert hatte, die Tabletten zu nehmen, und dass er gegangen war, damit er nicht dabei zusehen musste. Ich *wusste*, dass er gehofft hatte, dass ich sterbe. Was ich nicht wusste, war, warum. Genauso wenig, wie ich meine These beweisen konnte.

»Du musst nicht versuchen, mich zu überzeugen, ich glaube dir.« Sein Daumen verharrte einen Augenblick an meiner Wange, ehe er sich kreisend weiterbewegte. Ich spürte das Kribbeln wie kleine Stromschläge in meinem ganzen Körper. »Die Frage ist, wie finden wir die Antworten, die du suchst.«

»Ich weiß es nicht. Ich dachte ... ich dachte, wenn ich herkomme, wenn ich in unser Haus gehe, dann finde ich irgendwas, dann erinnere ich mich an noch mehr, aber ...« Aber da war nichts als noch mehr Fragen, noch mehr Unwissenheit, noch mehr Sehnsucht nach Antworten.

Ich griff nach Tamis Buch, das neben mir auf dem Bett lag. Glitt behutsam mit meinem Finger über den Einband. »Ich war in ihrem Zimmer. Es war, als wäre sie noch da, als würde sie jede Sekunde durch die Tür kommen, als würde ein Teil von ihr noch immer dort leben.« Jake rutschte näher an mich heran, sodass ich meinen Kopf gegen seine Brust sinken lassen konnte, während ich weitersprach. »Das Buch hat ihr fast so viel bedeutet wie ihre Gitarre. Darin sind alle Songs, die sie je geschrieben und gesungen hat. Alle, die wir zusammen geschrieben haben.«

»Ihr habt Songs geschrieben?«

»Ja.« Ich spürte, wie meine Mundwinkel für einen kurzen Augenblick nach oben wanderten. »Am Anfang haben wir Songs, die wir mochten, gecovert und abgeändert, aber irgendwann hat sie Melodien ausprobiert und ich habe was dazu geschrieben.« Wir hatten so oft zusammengesessen, vertieft in die Musik, hatten Zeile um Zeile ausprobiert, immer wieder. Stundenlang. Tagelang. Wochenlang – so lange, bis es perfekt war. »Tami hat geglaubt, das sei meine Bestimmung. Irgendwas mit Musik zu machen, Songwriterin zu werden, Backgroundsängerin, irgendwas. Hauptsache keine Anwältin wie mein Dad.« Sie hat den Gedanken gehasst, dass ich wirklich auf die Uni gehen und alles wegwerfen könnte. Jura studieren, tun, was meine Eltern von mir erwarten, statt das, wofür mein Herz schlägt.

»Und was glaubst du?«

»Dass sie recht hat. Ich liebe Musik. Ich habe sie schon immer geliebt, aber mit ihr zusammen ist es etwas Besonderes geworden.« Es war, als hätte es einen Abdruck in meinem Inneren hinterlassen, der niemals verschwinden würde. Etwas, das mich prägte, über ihren Tod hinaus.

»Darf ich es mir mal ansehen?« Er deutete auf das Buch.

»Klar.« Ich rutschte zur Seite und übergab es ihm.

»Wofür stehen die Zettelchen?«

»Fertige Songtexte, Textfragmente und Noten.«

Ich sah zu, wie er die erste Seite aufschlug. Tamis Schrift war krakelig, ohne viele Schnörkel und Verzierungen, dafür jedoch gut lesbar.

Jakes Augen huschten über die Texte.

»Habt ihr die alle zusammen geschrieben?«

»Die meisten. Aber ein paar sind nur von mir.«

»Zeigst du sie mir?«

Ich nickte und rutschte neben ihn, um bis zu einer der Seiten zu blättern, auf der sich der erste von ihnen befand.

»Hier.« Mein Finger landete auf dem Song, den ich *Yesterday* genannt hatte. Darin hatte ich meine kurze Beziehung zu Ian verarbeitet. Meine Augen glitten über den Text und verharrten an der dritten Strophe. An dem Wort, das überhaupt nicht zum Text gehörte.

Das war seltsam.

»Was ist los?« Jake sah mich an, als ich ihm das Buch aus der Hand nahm und zum nächsten Song blätterte. Und auch hier: ein Wort, das nicht dazugehörte. Wieder in der dritten Strophe.

»Der Text stimmt nicht.« Ich deutete auf die Passage. »Hier.« Und blätterte um. »Und hier auch nicht.«

»Was soll da denn stehen?«

»*If I am*, nicht *If I am tomorrow.*«

»Und hier?« Jake blätterte weiter zur nächsten Seite.

»*I feel*, nicht *I feel you.*«

»Was ist mit dem Song? Ist hier auch etwas falsch?« Er blätterte weiter und meine Augen flogen über den Text. Ich nickte.

»*My heart*, nicht *My heart will find.*« Plötzlich war mein Mund staubtrocken. »Das ist kein Zufall, oder?«

»Lass es uns rausfinden.« Er holte sein Handy hervor, öffnete eine Schreib-App und blätterte zurück zur ersten Seite.

Ich las die Strophen und Passagen, fand immer wieder Ungereimtheiten. Hier ein falsches Wort, dort ein fehlplatziertes. Immer in der dritten oder vierten Strophe.

»Die Wörter ergeben einen zusammenhängenden Text«, sagte Jake, als wir auf der letzten Seite angekommen waren und ich das Buch zuklappte.

Er hielt mir das Handy entgegen und die Worte, die eben zusammenhanglos und seltsam gewirkt hatten, ergaben plötzlich einen Sinn.

ALL I KNOW IS
THAT
NO ONE WILL
SEE
THE FUCKIN TRAGEDY
BUT
TOMORROW
YOU WILL FIND
THE TRUTH BEHIND
THE LIGHT
AND ALL THE UGLY LIES
THAT FIGHT
INSIDE MY MIND.

Ich presste die Hand vor meinen Mund, als sich die Bedeutung dieser Worte tief in mein Bewusstsein brannte.

Tami hatte diesen Text geschrieben. Sie hatte ihn geschrieben, bevor sie sich selbst getötet hatte.

Und sie musste gewusst haben, dass nur ich fähig sein würde, ihn zu entschlüsseln.

JAKE

Ashley war still geworden. Sie saß da, ihr Gesicht aschfahl, die Hand vor den Mund gepresst, und starrte auf das Display meines Handys.

»Es ist ihr Abschiedsbrief, oder?« Ihre Stimme war brüchig und nicht lauter als ein Flüstern.

»Sieht so aus.«

Mit jedem Wort, das beim Durchlesen der Songs dazugekommen war, war ich mir sicherer geworden. Dies hier war kein falscher Text, es waren keine Flüchtigkeitsfehler – es war bewusst dazugeschrieben worden. Immer in der dritten oder vierten Strophe. Immer nur ein oder zwei beliebig wirkende Worte.

Doch sie waren nicht beliebig.

Ganz und gar nicht.

»But tomorrow you will find the truth behind the light«, murmelte sie. *»and all the ugly lies that fight inside my mind.«*

Morgen wirst du die Wahrheit hinter dem Licht finden und dazu all die furchtbaren Lügen, die in meinem Kopf kämpfen.

»Hast du eine Idee, was sie dir damit sagen wollte?«

»Nein.« Tränen sammelten sich in ihren Augen. Sie ließ das Handy in ihren Schoß sinken und tastete stattdessen nach dem Anhänger um ihren Hals. Eine Weile fuhren ihre Finger über die filigranen Schnörkel und sie wirkte weit weg.

»Ash?«

»Das hat Tami gehört«, sagte sie, ehe sie auf einmal entschlossen die Kette um ihren Hals löste.

Es war gar kein Anhänger. Es war ein Medaillon.

»Phil hat es mir zu Weihnachten geschickt«, erklärte sie leise und wirkte dabei weit weg. »Lily hat es ihm gegeben.«

So wie ich auch den iPod von ihr bekommen hatte.

Ich nahm ihr das Medaillon ab und drehte es zwischen den Fingern. Altsilber, mit filigranen Verzierungen auf Vorder- und Rückseite. Hinten gab es eine Gravur, die nicht mehr zu entziffern war.

»Sie hat dieses Medaillon ständig getragen. Darin war ein Foto ihrer Mom, aber jetzt nicht mehr.«

Ich betätigte den kleinen Knopf an der Seite und sah, was sie meinte. Das Foto im Inneren zeigte Ashley und Tami. Wange an Wange. Lachend. Glücklich.

»Warum all diese Sachen?«, fragte sie in die entstandene Stille hinein. »Erst der iPod mit dem Zettel, dann das Medaillon, jetzt dieser versteckte Text in ihrem Buch ... Ich versteh das nicht. Wieso hat sie das getan, Jake? Wieso hat sie dafür gesorgt, dass ich diese Sachen bekomme und sich dann umgebracht?« Ich sah, wie sie blinzelte und ihre Augen sich mit Tränen füllten.

Ich hätte so gerne etwas gesagt oder getan, was ihr eine Antwort darauf gab oder die Tatsache ungeschehen machte – doch das konnte ich nicht. Tami war tot – und sie würde nie wieder zurückkommen, ganz gleich, wie sehr sie es sich auch wünschte.

»Ich weiß es nicht«, antwortete ich und rutschte näher. Ich öffnete die Arme und Ash schmiegte sich hinein, vergrub ihr tränenfeuchtes Gesicht an meiner Schulter. Ich legte die Arme um sie. Hielt sie einfach nur fest.

Erst das Klopfen an der Tür, gefolgt von einer Stimme, ließ uns auseinanderschnellen.

»Ash?«

Phil.

»Können wir reden?«

Hastig wischte sie sich über die geröteten Augen. »Komm rein.«.

Als Phil ins Zimmer trat, sah er von mir zu Ash und wieder zurück. Einen Moment verharrte sein Blick auf meiner Hand, die ich auf ihr Knie gelegt hatte, doch er sagte nichts.

Gut, es ging ihn nämlich nichts an.

»Worüber willst du reden?«, durchbrach sie das Schweigen.

»Über die Sache mit der Polizei.« Philipp durchquerte den Raum und ließ sich auf dem Schreibtischstuhl gegenüber dem Bett sinken. »Ich will nicht, dass Ian davonkommt, verstehst du das?«

»Glaubst du etwa, ich will das?« Ihr Kopf schoss in die Höhe.

»Keine Ahnung. Im Moment –«, sein Blick durchbohrte mich, »– habe ich das Gefühl, dich nicht mehr zu kennen.«

»Weil du mich ja früher so gut gekannt hast, oder was?« Sie verschränkte die Arme vor der Brust.

»Fang doch nicht schon wieder damit an.«

»Wieso?«, fragte sie. »Du behandelst mich doch ständig wie ein kleines Kind und traust mir nicht zu, dass ich meine eigenen Entscheidungen treffe.«

»Natürlich trau ich dir das zu …« Er seufzte. »Aber du musst doch zugeben, dass es nicht immer die klügsten Entscheidungen sind.« Sein Blick traf erneut mich. »Was ist, wenn Ian dich noch mal angreift und wenn du beim nächsten Mal nicht so glimpflich davonkommst? Ich will dich nicht verlieren, nur weil du dich in die Idee verrennst, dass mehr hinter seinem Verhalten steckt.«

»Er hat mir diese Tabletten gegeben!«

»Ja, vielleicht hat er das getan«, stimmt er zu. »Aber das spielt keine Rolle: Er hat dich angegriffen und vor ein Auto gestoßen! Ist es nicht völlig egal, wann er sich in die Idee verrannt hat, dass du schuld an ihrem Tod bist? Er glaubt es jetzt, also muss ihn jemand stoppen und zur Besinnung bringen. Und zwar, bevor dir was passiert. Dafür ist die Polizei da, Sis.«

»Die wird mir nicht glauben.«

»Du glaubst, dass sie es nicht tun werden, das ist ein Unterschied.« Er sah sie an. »Aber wenn du nicht zur Polizei willst, dann bleibt nur eine andere Möglichkeit. Wir beide reden mit Dad.«

»Was? Nein! Auf keinen Fall!« Ihr Körper verkrampfte sich und ihr Gesichtsausdruck wandelte sich zu Panik.

»Warum euer Dad?«, fragte ich. Ich wusste nicht viel von Ashleys Eltern, aber das, was sie erzählt hatte, genügte, um zu wissen, warum sie ihre Eltern nicht um Hilfe bitten wollte.

»Ian liebt unseren Dad. Er sieht zu ihm auf, und wenn es einer schafft, zu ihm durchzudringen, dann er. Außerdem ist er Anwalt. Er wird wissen, wie man ihn zur Verantwortung zieht.«

Das klang zumindest nicht abwegig.

Philipp stand auf und setzte sich neben sie aufs Bett. Seine Hände legten sich auf ihre Schulterblätter. »Ich weiß, dass du nicht scharf darauf bist, dich mit Mom und Dad auseinanderzusetzen, und ich will auch auf keinen Fall, dass du das alleine machst, aber irgendwas müssen wir tun.«

»Ich weiß.«

»Gut. Dann denk drüber nach und wir reden morgen noch mal.« Er ließ sie los und warf einen Blick auf seine Armbanduhr. »Ich muss jetzt los. Bea wartet auf mich.«

Er trat an die Tür heran und öffnete sie.

»Phil?«

»Ja?«

»Was hat Lily gesagt, als sie dir das Geschenk gegeben hat?«

»Sie hat gefragt, ob du bald nach Hause kommst. Ich habe ihr gesagt, dass du jetzt in Kalifornien lebst und Weihnachten nicht nach Hause kommen wirst.« Er lehnte sich gegen den offenen Türrahmen. »Ich habe gefragt, ob ich dir was ausrichten soll, und da hat sie gefragt, ob ich dir was geben kann. Als ich Ja gesagt habe, ist sie zurück ins Haus und hat mir das Päckchen in die Hand gedrückt.«

»Sonst nichts?«

»Nein.« Er runzelte die Stirn. »Warum ist das so wichtig?«

»Ich wollte es einfach nur wissen«, sagte sie, doch die gezwungene Unbekümmertheit ihrer Stimme ließ mich aufhorchen. Aber anscheinend hatte sie nicht vor, ihrem

Bruder das, was durch ihren Kopf ging, mitzuteilen. »Grüß Bea von mir, ja?«

»Mach ich.«

»Und Phil?«

»Ja?«

»Ich hab dich lieb.«

Er lächelte. »Ich hab dich auch lieb, Sis.«

ASHLEY

Sobald Phils Schritte im Flur verklangen, griff ich nach dem Medaillon neben dem Bett. Ich betätigte den Mechanismus und begutachtete den Metallrahmen, der das Foto einrahmte.

»Wie hat sie das Foto ausgewechselt?« Mit dem Zeigefinger fuhr ich über das glatte Metall, doch nirgends fand ich eine Öffnung. Aber irgendwie musste sie es ausgewechselt haben.

»Lass mich mal.« Jake nahm mir das Medaillon ab, drehte es zwischen den Fingern und hebelte einen Moment später den Rahmen an der unteren Kante heraus. »Soll ich?«

Ich nickte und sah zu, wie er erst den kleinen Metallrahmen löste und dann das Foto herausnahm.

Darunter befand sich nichts, doch auf der Rückseite des Fotos ...

»Such die Antwort«, las Jake. Die Nachricht war in kleinen, schmalen Buchstaben auf das Foto gekritzelt worden. Er runzelte die Stirn. »Was soll das denn heißen?«

»Das heißt, dass ich mit Lily reden muss.«

Lily hatte mir den iPod gegeben mit der Botschaft, Trevor zu finden. Sie war es gewesen, die Phil das Medaillon überreicht hatte. »Was ist, wenn sie noch etwas für mich hat? Wenn sie die Antwort hat?« Ich drehte mich zu Jake um, der aufrecht auf meinem Bett saß und mich musterte. »Überleg doch mal: Sie war die Letzte, mit der Tami vor ihrem Tod überhaupt gesprochen hat. Ich muss mir ihr reden. Jetzt.«

Es war bereits einundzwanzig Uhr und von hier aus brauchten wir bei guter Verkehrslage gut eine Stunde, aber ich konnte nicht bis morgen warten. Ich konnte nicht.

»Okay, dann lass uns ein Taxi nehmen.«

Das Haus von Lilys Familie lag direkt neben dem, in dem ich aufgewachsen war. Als wir aus dem Taxi stiegen, fiel mein Blick sofort auf Phils Wagen in der Einfahrt. Er stand genau neben dem meiner Mom.

Hinter einigen der Fenster brannte Licht, doch meins lag still und dunkel da.

»Und jetzt?« Jake verstaute sein Portemonnaie in seiner Tasche und sah zwischen den identisch aussehenden Häusern am Gehweg hin und her. »Es ist nach zweiundzwanzig Uhr. Meinst du, ihre Eltern lassen uns einfach so zu ihr?«

»Nein.« Ich sah von meinem in völliger Dunkelheit liegenden Fenster hinüber zu dem des Nachbarhauses. »Aber wir müssen auch nicht klingeln.« Ich ergriff seine Hand. »Komm.«

Der Pfad zwischen den Häusern lag im Halbdunkeln und war voller Schnee. Mit dem Fuß schob ich etwas davon zur Seite, dann bückte ich mich und tastete nach den Kieselsteinen.

Hinter Lilys Zimmerfenster flackerte fahles Licht, vermutlich von einem Fernseher. Ich warf den ersten Stein. Er knallte gegen die Fensterscheibe. Einen Moment später den zweiten. Dieser war größer und der Aufprall etwas lauter.

Das Fenster öffnete sich und einen Augenblick später erschien der vertraute Haarschopf darin.

»Hey, Lil«, begrüßte ich sie mit gedämpfter Stimme. »Ich bin hier unten.«

»Komm zur Hintertür, ja?«, sagte sie und verschwand sofort wieder hinter dem Fenster.

»Meine Eltern sind hinten im Wohnzimmer«, erklärte sie mit gedämpfter Stimme und winkte uns in die Küche, die so ganz anders aussah als die meiner Familie im Haus gegenüber. Die Möbel waren alt und benutzt, überall standen Töpfe und es duftete himmlisch nach Zimt und anderen Gewürzen.

Der leicht chaotische Touch setzte sich auch auf der Treppe und dem Flur fort, verlieh dem Haus jedoch eine Heimeligkeit, die unseres niemals besessen hatte.

Das Obergeschoss hatte eine andere Aufteilung als in unserem Haus, obwohl es derselbe Schnitt war. Es gab weniger Zimmer und auch das Bad lag nicht am Anfang des Flurs, sondern am Ende.

Lily öffnete die Tür zu ihrem Zimmer und wartete, bis Jake und ich eingetreten waren, ehe sie sie leise ins Schloss drückte.

Der Raum war klein und gemütlich, ein Traum in Weiß und Lila. Alle Möbel – der Schreibtisch, die Regale, die Vitrine, das Bett – waren weiß, die Türen und Schubladen in Lila oder Violett gestrichen. Die Wand war mit einer fliederfarbenen Stucktapete beklebt, die von der Tür bis zum Wandschrank neben dem Bett reichte. Es war derselbe Farbton wie der Stoff des Himmelbettes.

»Tut mir leid, dass wir so spät hier auftauchen«, begann ich, doch Lily unterbrach mich.

»Sie hat gesagt, dass du kommen würdest.«

»Sie hat dir das gesagt?«, fragte Jake.

»Ja ... also nein.« Sie trat von einem Fuß auf den anderen und errötete unter seinem Blick. »Sie hat es geschrieben.«

»Kannst du es uns zeigen?«

Sie nickte und trat an den Wandschrank heran. Die Angeln der Tür quietschten, als sie ihn öffnete. Sie griff ins Innere und holte einen schmalen Schuhkarton heraus, den sie auf dem Bett abstellte. Dann winkte sie uns heran und löste den Brief, der darauf klebte. »Hier.«

Liebe Lily,

Erinnerst du dich noch an den Moment, als du mich vor ein paar Wochen im Bus getroffen hast und mich gefragt hast, warum ich weine? Ich habe es dir erzählt und du hast versprochen, es niemandem zu erzählen. Ich weiß, dass du dich an das Versprechen gehalten hast.

Das hier darfst du auch niemandem sagen, das ist ganz wichtig. In dem Karton sind Sachen, die Ash bekommen muss. Auf jedem Päckchen steht, wann du es ihr geben sollst. Insgesamt sind es drei, aber das letzte muss sie selbst abholen, das ist sehr, sehr wichtig. Gib es niemand anderem, nur ihr! Du musst es wirklich so lange verstecken, bis sie es holen kommt. Ich weiß nicht, wie lange das dauert, aber ich weiß, dass sie irgendwann bei dir vorbeikommt. Lass sie rein, zeig ihr den Brief und gib ihr das letzte Geschenk.

Ich hab dich lieb, vergiss das nie.

Tami

»Ich habe versucht, alles so zu machen, wie sie es wollte«, erklärte Lily schließlich, als ich Jake den Brief überreichte. »Aber das erste Päckchen, konnte ich dir nicht am Ende der Woche geben, sondern erst, als du wiedergekommen bist.« Sie löste den Deckel des Kartons. Holte ein kleines, längliches Päckchen hervor. Eingepackt in blaues Glanzpapier – genauso wie die anderen beiden Geschenke.

Meine Hände zitterten, als ich es entgegennahm. Es war leicht und dünn und doch fühlte es sich schwerer an als alles, was ich je in den Händen gehalten hatte.

Ich löste das Papier von den Ecken. Entpackte den Inhalt:

Einen gefalteten Brief. Einen silbernen USB-Stick.

Liebe Ash,

ich weiß nicht, wie viel Zeit vergehen wird, bis du diese Zeilen liest, und ein Teil in mir hofft, dass du sie niemals lesen wirst, weil es bedeuten würde, dass du glücklich bist und mich vergessen hast. Das wäre gut. Das wäre das Beste, ... Aber falls du es doch liest, dann will ich, dass du weißt, dass du die beste Freundin bist, die man sich vorstellen kann, und ich möchte, dass du das niemals vergisst. Bitte vergiss nie, wie lieb ich dich habe und wie wichtig du mir bist. Denn das bist du. Du bist das Beste, was mir in meinem Leben je passiert ist, und dafür danke ich dir. Ich danke dir für die Stunden, in denen du mir das Licht gezeigt hast. Stunden, in denen wir gelacht und geträumt und gelebt haben. Stunden, in denen ich die Schatten für eine Weile vergessen konnte, die dabei waren, mich zu vernichten.

Ich weiß, wir hatten so viele Pläne und Träume und es ist so furchtbar egoistisch von mir, zu gehen und dich alleine zu lassen. Ich wünschte, ich wäre stärker, dass ich weitermachen und ich die sein könnte, die du in mir siehst, – aber das kann ich nicht. Die Schatten sind zu groß geworden, Ash.

Ich weiß, das du dich nach Antworten sehnst und ich möchte, dass du sie bekommst. Sie sind auf dem USB-Stick. Er ist passwortgeschützt und die Daten sind auch noch zusätzlich in meinem E-Mail-Postfach gespeichert. Zur Sicherheit. Das Passwort findest du in unserem Songbuch. Ich habe ein paar Zeilen verändert und wenn du die Worte zusammenfügst, ergeben sie einen Text. Der letzte Teil des ersten Abschnittes ist das Passwort. Es passt sowohl für den Stick als auch für mein Postfach.

Bitte versprich mir, nicht zuzulassen, dass deine Schatten größer werden als du selbst. Geh raus ins Licht und leb dein Leben, denn wenn du wartest, dann überrollt es dich.

In Liebe

Tami

JAKE

»Was, glaubst du, ist auf diesem Stick?« Ashley löste ihren Kopf von der Fensterscheibe und sah mich an. Es war das Erste, das sie zu mir sagte, seit wir vor einer Viertelstunde Lilys Haus verlassen hatten und in das wartende Taxi gestiegen waren.

In dem wenigen Licht, das durch die Fenster in den fahrenden Wagen drang, konnte ich ihr Gesicht kaum erkennen, doch es genügte, um die Angst zu sehen, die sich in ihren Augen festgesetzt hatte.

»Ich weiß es nicht«, antwortete ich ehrlich und tastete nach ihren Fingern, die den Stick noch immer fest umklammert hielten.

Ihr Kopf fiel erneut gegen die Scheibe und das Schweigen zwischen uns fraß an meinem Verstand. Ich hatte nicht damit gerechnet, dass wir wirklich eine Antwort finden würden, wenn wir dieses Mädchen besuchten.

Doch jetzt waren wir kurz davor, die Gründe für Tamis Selbstmord zu erfahren – wie auch immer die aussehen mochten.

Ich wusste nicht einmal, was schlimmer war: in Unwissenheit zu tappen – oder zu wissen, dass Tami ihren Tod bewusst geplant hatte. Es war kein Akt der Verzweiflung, keine Übersprunghandlung, nein. Sie wollte sterben. Und die Antwort auf das Warum befand sich auf diesem USB-Stick.

Als wir das Apartment endlich erreichten, nahm ich Ash den Schlüssel aus den zitternden Fingern und schloss die Tür auf.

Im Inneren empfing uns die Geräuschkulisse eines Autorennspiels, gemischt mit Stimmen.

Ich folgte Ashley ins Wohnzimmer, wo Dylan zusammen mit seinem Mitbewohner Mike – der doppelt so breit und hoch wie er war – vor einer Konsole saßen, in jeder Hand einen Controller, und ein Autorennen fuhren. Neben ihnen: Bierflaschen und Chips.

»Ihr seid zurück«, begrüßte uns Dylan, ohne aufzusehen. »Setzt euch ruhig, wir sind gleich fertig.« Im nächsten Moment knallte eines der Autos – scheinbar Mikes – gegen eine Mauer und das andere fuhr durchs Ziel.

»Yes!« Er lachte. »Ich hab dir doch gesagt, dass du keine Chance hast!«

»Ich will 'ne Revanche!«, grummelte Mike, griff nach seiner Bierflasche und nahm einen Schluck. Sein Blick traf mich. »Lust, mitzuspielen?«

»Gerade nicht, danke.«

Mike zuckte mit den Schultern.

»Dyl?«

»Ja?« Der erheiterte Ausdruck auf seinem Gesicht wich Sorge, sobald er sich zu ihr umdrehte. Er ließ den Controller sinken.

»Kann ich mir deinen Laptop ausleihen?«

»Klar.« Er begutachtete den Stick zwischen ihren Fingern. »Er liegt da drüben im Regal.« Seine Stirn runzelte sich. »Stimmt irgendwas nicht?«

»Wir müssen uns was ansehen«, erklärte ich ausweichend und hob den Laptop vom oberen Regalfach. »Wo ist das Ladekabel?«

»Steckdose.«

Ich zog es heraus, wickelte es auf und trug es zusammen mit dem Laptop in Dylans Zimmer. Ich stellte ihn auf seinen Schreibtisch und drückte den Startknopf. Nur ein paar Minuten später erschien bereits der Startbildschirm.

»Der Laptop wäre so weit.« Ich drehte mich zu Ash um, die noch immer neben der geschlossenen Tür stand.

Sie nickte, doch es dauerte, bis ihre Füße sich endlich in Bewegung setzten.

»Willst du es dir alleine ansehen?«, fragte ich, obwohl mir der Gedanke, sie damit alleine zu lassen absolut nicht gefiel. Am allerliebsten wäre mir sogar, jemand anderes würde es sich zuerst ansehen, nur nicht sie. Denn ich hatte keinen Schimmer, was da auf sie zukommen würde.

»Nein. Ich möchte, dass du dabei bist.« Sie schluckte. »Kannst du ...«

»Klar.« Ich nahm den Stick und schob ihn in den USB-Slot. Eine Sekunde später erschien das Feld für die Passworteingabe.

»Der letzte Teil des ersten Abschnittes«, sagte sie. »*The truth behind the light*.«

Ich tippte. »Passwort falsch.«

»Dann: *Behind the light*.«

Ich gab die drei Worte ein. Diesmal verschwand das Passwortfeld. Ein Ordner öffnete sich.

Drei .flac-Dateien. Benannt mit A, B und C.

Videos.

»Vielleicht sollten wir uns besser setzen«, schlug ich vor, weil mein Gefühl mir sagte, dass das, was wir jetzt zu sehen bekommen würden, nicht dazu geeignet war, stehen zu bleiben.

Ich wartete, bis Ash sich auf das Bett setzte, ehe ich den Bildschirm so drehte, dass wir ihn von dort aus sehen konnten.

»Bereit?«

»Nein.« Angst flackerte in ihren Augen. »Aber ich will es trotzdem ansehen.«

Mit dem Zeigefinger fuhr ich über das Touchpad. Klickte auf die erste Datei.

Video A.

VIDEO A – 03. Juli – 22:32 Uhr

Bis auf das orangefarbene Licht der Nachttischlampe hinter Tami war das Zimmer dunkel. Es spiegelte sich in ihren Augen, die stumpfer und müder wirkten als sonst.

Das Rütteln an der Zimmertür ließ sie zusammenzucken und sie atmete einmal tief ein, ehe sie den Blick der Kamera losließ und sich in Bewegung setzte.

In ihrem beigen Nachthemd trat sie an die Tür. Sie drehte den Schlüssel, öffnete sie.

»Warum schließt du ab?« Ians Körper schob sich an ihr vorbei. Er zog die Tür zu und griff nach ihrem Kinn. Drückte es hoch. »Wolltest du mich etwa mal wieder aussperren?«

»Nein.« Sie schüttelte den Kopf.

»Das Spiel solltest du auch gar nicht wieder anfangen«,

drohte er. »Du weißt ja, was ich sonst tun werde.« Seine Finger strichen über ihre Wange.

»Du wirst sie nicht nochmal anfassen«, sagte sie, die Stimme brüchig.

Er grinste. »Das liegt ganz bei dir, Schwesterchen.« Seine Lippen drückten sich auf ihre. Hart. Fordernd. Seine Hand glitt an ihren Hintern. »Außerdem fühlt sie sich nicht halb so gut an wie du.«

Er ließ sie los und griff hinter sich, um den Schlüssel umzudrehen. Dann setzte er sich aufs Bett.

»Worauf wartest du?«

Tränen schimmerten in ihren Augen, als ihr Blick die Kamera ein letztes Mal traf. Ihre Lippen formten lautlose Worte, ehe sie den Kopf drehte und Richtung Bett ging.

»Zieh das aus. Langsam. GANZ LANGSAM.«

Sie griff an den Saum ihres knielangen Nachthemdes. In Zeitlupe streifte sie es ab, während seine Finger in seiner offenen Hose verschwanden.

»Jetzt das Höschen.«

Sie hakte den Zeigefinger unter den Slip, schob ihn bedächtig über ihre Hüften. Erst die eine, dann die andere Seite. Er rutschte die nackten Beine hinab bis zu ihren Füßen. Sie hob sie an und schleuderte ihn zur Seite.

Ians Augen glänzten. »Komm her«, forderte er und griff nach ihrer Hand, als sie sich nicht bewegte. »Und hör auf, so zu gucken, du weißt genau, wie sehr ich es hasse, wenn du so aussiehst.«

Sie krabbelte neben ihn aufs Bett, legte sich flach auf den Rücken. Ihr Brustkorb hob und senkte sich, während sein lüsterner Blick über ihren Körper wanderte. Mit einer Hand legte er seinen erigierten Penis frei, dann rutschte er zwischen ihre Beine. Ihr Gesichtsausdruck erstarrte, als er sich auf sie senkte.

»Lächle«, sagte er und begann, sich zu bewegen. »Ich will sehen, wie sehr es dir gefällt.«

VIDEO B – 03. Juli – 23:56 Uhr

Sie trug nichts außer dem zerknitterten Nachthemd, das sie wieder über ihren Körper gestreift hatte. Ihr Blick war leer, während sie mit zitternden Fingern die Kamera löste und sie mit sich zu dem Sessel am anderen Ende des Raumes trug.

»Weißt du noch, was ich dir aus der Zeit erzählt habe, als wir bei Familie Morrey gewohnt haben? Wie furchtbar es dort war?« Mit dem Handrücken wischte sie sich die Tränen aus dem Gesicht. »Hale, unser Pflegevater, hat ständig geschrien, man konnte ihm nie etwas recht machen. Einmal ist er betrunken in mein Zimmer gekommen. Er ist neben mir aufs Bett gekippt und einfach nur eingeschlafen, aber ... Ich hatte trotzdem solche Angst. Also bin ich über den Flur gerannt und zu Ian ins Bett gekrochen, so wie ich es schon immer getan habe, weil er eben mein großer Bruder war und ich ihn lieb hatte. Ich hab geweint und er hat mich in den Arm genommen und versprochen, dass er mich beschützen würde. Immer und vor allem. Also habe ich von da an in seinem Bett geschlafen.« Sie blinzelte. »Ein paar Wochen später bin ich nachts aufgewacht und habe etwas Hartes in meinem Rücken gespürt. Ich wusste erst nicht, was es war, nur dass es nach einiger Zeit immer wieder verschwand. Und dann, in einer Nacht, da hat Ian mir erklärt, dass das was Schönes sei, etwas, das zeigen würde, wie sehr er mich lieb habe, und dann hat er meine Hand genommen und sie um seinen Penis gelegt. Und in den Nächten danach ... da musste ich ihn streicheln. Er hat meine Hand festgehalten und sie so lange auf und ab geschoben, bis er diese komischen Geräusche machte und alles ganz glitschig

war, und dann, dann hat er mir einen Kuss gegeben und gesagt, dass er mich liebt, dass er mich so sehr liebt, und erst danach durfte ich wieder schlafen.« Ihre Finger zerrten an ihrem zerzausten Haar, zogen es tiefer in ihr Gesicht. »Als wir endlich aus der Familie raus waren, dachte ich, dass es aufhört. Aber es hat nicht aufgehört.« Ihre leeren, tränenfeuchten Augen sahen in die Kamera. »Irgendwann in der Nacht öffnete sich immer die Tür und er war da. Erst hat er mich nur angefasst oder wollte, dass ich ihn anfasse. Aber dann wurde ich zwölf …« Sie drückte die zitternde Hand gegen die Lippen, um das Schluchzen zu dämpfen. »… Und so was wie auf dem anderen Video passierte immer wieder.«

VIDEO C – 09. Juli – 23:42 Uhr

»Weißt du, was das Schlimmste ist?«, fragte sie, die Stimme leise, nichts weiter als ein Flüstern. »Am Anfang, da dachte ich, da dachte ich wirklich, dass Ian mich liebt. Dass er mich doch lieben muss, weil ich seine Schwester bin und weil er der Einzige ist, den ich habe. Er war doch mein Bruder, meine Familie. Er hat mich von der Schule abgeholt und mich vor den Kindern beschützt, die blöde Sachen über mich gesagt haben, weil ich keine Eltern habe, und er hat mir Geschichten vorgelesen, wenn ich nicht einschlafen konnte. So wie das andere große Brüder machten. Und er hat immer gesagt, wie lieb er mich hat und wie wichtig ich ihm bin, und ich dachte, ich dachte, vielleicht muss das alles so sein. Ich dachte, vielleicht ist das bei allen Kindern so, nur dass das keiner sagt.« Die Hand, in der sie die Kamera hielt, zitterte. »Aber dann habe ich verstanden, dass es nicht normal ist. Dass den anderen Mädchen in meiner Schule das nicht passiert. Dass ihre Brüder nicht nachts in ihr Zimmer kommen. Dass sie einfach nur große Brüder sind, die

mit ihnen durch Pfützen springen oder mit denen sie sich um den letzten Schokopudding streiten. Aber nie – nie *– sind sie nachts gekommen, um ihnen wehzutun.« Tränen rollten von ihrer Wange. Erst nur einzelne, dann immer mehr. Doch sie wischte sie nicht weg. Sie saß einfach nur da, reglos, und starrte in die Kamera. »Ich weiß, dass du dich fragst, warum ich es nicht erzählt habe. Warum ich es nicht einfach irgendwem gesagt habe. Aber ich konnte nicht, Ash. Ich konnte niemandem sagen, was er mir antut, nicht mal dir ... Glaub mir, ich habe es versucht. Ich habe so oft darüber nachgedacht, wenn ich danach zu dir ins Bett gekrochen bin, wenn wir über Jungs gesprochen haben, wenn du davon geredet hast, wie toll er ist und wie doll du ihn magst, aber ... ich konnte es nicht. Ich konnte es nicht, weil ich Angst hatte, sie würden mich von dir wegschicken, mir nicht glauben und ich würde dann auch das Gute verlieren. Und ich habe mich geschämt, weil ich ihn nicht dazu gebracht habe, einfach damit aufzuhören. Weil ich mich nicht gewehrt habe. Und dann ... dann, als ich es getan habe, als ich angefangen habe, mein Zimmer abzuschließen, damit er nachts nicht reinkommen kann, damit er aufhört und einfach wieder mein Bruder ist, da hat das mit dir angefangen.« Sie schluchzte auf. »Ich war zu feige, verstehst du? Ich wollte so sehr, dass er aufhört, mir das anzutun, dass ich sogar zugelassen habe, dass er dir Hoffnungen macht, obwohl er das nur getan hat, um meinen Willen zu brechen, also damit ich aufhöre, mich gegen ihn zu wehren. Du warst so glücklich, verdammt, du warst so glücklich, und dabei wollte er dich nur kaputtmachen, dich Stück für Stück zerbrechen, um mir zu beweisen, dass er stärker ist als ich. Ich habe mich so geschämt, das zugelassen zu haben, und deshalb konnte ich es dir nicht erzählen. Ich hatte Angst, du würdest mich dafür hassen. Es tut mir leid, Ash. Es tut mir so leid.« Sie schloss die Augen, kaute auf ihrer zitternden Unterlippe, und als sie den Mund* *wieder öffnete, hob sie einen Gegenstand in ihrer Hand hoch in die Kamera. Einen länglichen weißen Plastikstab. »Wusstest du, dass man gar nicht auf diese Dinger pinkeln muss, um es zu wissen? Dass man es spürt?« Ihre Hand zitterte, als sie den Stab dichter an die Kamera hielt. Zwei rosa Striche auf einem Haufen Weiß. »Er hat immer aufgepasst, dass das nicht passiert. Er hat jedes Mal dafür gesorgt, dass diese Sache nicht geschieht. Aber sie ist passiert und jetzt, jetzt ist es nicht mehr da. Vorhin war ich beim Arzt und sie haben ... sie haben es aus mir herausgeschabt, als wäre es einfach nur ein kleines Häufchen Dreck, dabei ... Es hatte ein Herz und es hat geschlagen.« Sie drückte den Stab gegen ihre Wange und schloss die Augen. »Ian meinte, wenn ich es wegmache, wenn es einfach nicht mehr da ist, dann würde alles so werden wie vorher. Aber ich weiß jetzt, dass es nie so sein wird wie vorher. Weil man das, was er mir angetan hat, niemals aus mir rausschaben könnte. Es ist wie ein Geschwür, es wird niemals weggehen. Und ich will einfach nur, dass es aufhört. Ich will, dass es aufhört, verstehst du?«*

ASHLEY

»Nein, wir waren heute Morgen gleich bei der Polizei«, drang Jakes Stimme durch den Nebel in meinen Kopf. Die letzten achtzehn Stunden hatte ich wie in Watte erlebt. Jedes Mal, wenn ich die Augen geschlossen hatte, hatten sich die Sequenzen der Videos zurück in mein Bewusstsein gedrängt. Sich mit Tamis Wimmern, ihren Tränen und Ians Worten gemischt.

Zehn Jahre.

Zehn Jahre hatte sie das ertragen müssen. Ian hatte sie angefasst, sie gezwungen, sie missbraucht – so lange, bis sie kaputt und verzweifelt genug war, um lieber sterben zu wollen, als am Leben zu bleiben.

Und er hatte ihr ein Baby gemacht. Das sie getötet hatte, so wie sie sich selbst danach getötet hatte.

»Wir erklären euch alles, Keat. Aber nicht am Telefon.« Jake klemmte das Handy zwischen Ohr und Schulter und warf mir einen Seitenblick zu. »Wir steigen jetzt in meinen Wagen und fahren zu euch …« Er kramte nach dem Schlüssel in seiner Hosentasche. »Okay, bis gleich.«

Jake beendete das Telefonat, verstaute sein Handy in der Jackentasche und schloss den Kofferraum auf, um meinen Rucksack und seine Reisetasche darin zu verstauen.

Der Kofferraum schloss sich. »Keat und Zara sind zu Hause und warten auf uns.«

Ich nickte und war froh, im nächsten Moment seine Hand fest um meine zu spüren. Sie war wie der Anker in einer Welt, die völlig aus den Fugen geraten war. Sobald er sie wieder losließ, um selbst einzusteigen, fühlte ich dasselbe überwältigende Gefühl, das wie Sirup meine Gedanken durchtränkte.

Die Lichter des Flughafengeländes wichen der vertrauten Dunkelheit der Stadt, als der Wagen in den Verkehr eintauchte. Ich lehnte meinen Kopf gegen die vibrierende Fensterscheibe und beobachtete, wie Straßenlaterne um Straßenlaterne an mir vorbeizog. Die geschmückten Weihnachtsfenster wirkten hier in Kalifornien deplatziert, aber vielleicht lag das weniger an dem fehlenden Schnee und der Wärme als an dem Chaos, das meinen Kopf dominierte.

»Jake?«

»Ja?«

»Ich will zuerst mit Trev reden.«

»Ich halte das für keine gute Idee.« Er warf mir einen kurzen Seitenblick zu. »Wir sollten warten, bis die Polizei sich um Ian gekümmert hat.«

Ich wollte nicht warten. »Vielleicht war sie ja schon da«, sagte ich. Es waren zwölf Stunden vergangen, seit wir den USB-Stick mitsamt dem Passwort und den anderen Gegenständen in dem Chicagoer Polizei-Department abgegeben hatten. Zwölf Stunden, in denen irgendein verdammter Polizeiwagen zu Trevors Strandhaus gefahren und Ian einkassiert haben musste. Wir hatten ihnen alles gesagt, was wir wussten.

Angefangen von den Videos und dem, was darauf zu sehen war, über Ians Angriff auf mich bis hin zu Trevors Adresse, wo Ian sich aktuell aufhielt. Und sie hatten versprochen, sofort in Kontakt mit der kalifornischen Polizei zu treten und eine Verhaftung einzuleiten. Das sei eine reine Formalität, hatte der Beamte erklärt.

»Ash …« Seine Stimme hatte denselben panischen Klang wie die meines Bruders, als ich ihm erklärt hatte, dass ich mit Jake nach Savanna Springs zurückfliegen würde.

Er war dagegen gewesen, so lange der *psychopathische Irre* nicht mit Handschellen ins nächste Loch geworfen worden war. Aber genauso wenig, wie ich in Chicago ausharren wollte, wollte ich jetzt damit warten, Trevor alles zu erzählen.

»*Bitte.*« Ich musste es sein, die Trevor alles erklärte. Die ihm die Videos zeigte. Nicht Jake oder Keaton oder irgendwer sonst. »Ich will ja nicht dort mit ihm reden, aber kannst du ihn nicht irgendwie dazu bringen, in deinen Wagen zu steigen und mit zu Keaton und Zara zu kommen?«

Der Wagen stoppte. Das Rot der Ampelanlage spiegelte sich auf Jakes Gesicht, als er sich zu mir umdrehte. »Ich will nicht, dass du auch nur in die Nähe von diesem Haus kommst, solange auch nur die Möglichkeit besteht, dass er noch da ist.« Seine Hand, die das Lenkrad umklammerte, legte sich auf meinen Oberschenkel. »Das wäre einfach Wahnsinn.«

»Ich warte im Wagen«, versprach ich. »Und ich lege mich flach auf den Rücksitz und verhalte mich still, während du zu ihm reingehst. Außerdem kannst du mich einschließen.«

Jake klang noch immer nicht wirklich überzeugt, als der Wagen sich wieder in Bewegung setzte. »Denken wir das mal weiter ... *Falls* ich hinfahren würde und *falls* ich den Wagen ein Stück entfernt parken und dich einschließen würde: Wie sollte ich Trev dazu kriegen, mit mir mitzukommen?«

»Zeig ihm die Kopie von Tamis Brief.« Bevor wir zur Polizei gefahren waren, hatten wir alle Daten – die Videos auf dem Stick und die Briefe an Lily und mich – gesichert. Ich wollte sie haben, um Trevor alles zu zeigen. »Sag ihm, dass ich weiß, warum sie tot ist, und dass ich es ihm erzählen muss. Alleine.«

»Ash, ich weiß nicht ...« Er schluckte. »Mir wäre es lieber, dich erst bei Keat und Zara abzusetzen und dann zu ihm zu fahren. Oder ihn anzurufen.«

»*Bitte*.« Ich wusste, dass ich mich wie ein kleines Kind anhören musste und dass mein Wunsch weder rational noch vernünftig war, aber die ganzen letzten Wochen, die seit Ians Auftauchen vergangen waren, sehnte ich mich danach, Trevor wieder zurück in meinem Leben zu haben. Und jetzt, wo sich die grässlichen Wahrheiten zusammengefügt hatten, wollte ich, dass er sie kannte. Er hatte so lange in Unwissenheit gelebt über sein Leben und seine Herkunft, er verdiente Wahrheiten. Alle Wahrheiten, die er bekommen konnte.

Jake brauchte so lange, um zu reagieren, dass ich schon glaubte, er würde mir gar nicht mehr antworten. »In Ordnung«, sagte er schließlich und gab ein tiefes Seufzen von sich. »Aber du wartest im Wagen und ich parke ihn weiter oben auf der Straße. Außerdem hast du dein Handy in der Hand und rufst mich an, sobald irgendwas Verdächtiges passiert.«

»Danke.«

»Dank mir nicht zu früh.« Er setzte den Blinker und warf einen Blick über die Schulter, ehe er die Spur wechselte. »Nur fürs Protokoll: Mir gefällt das nicht.«

»Ich weiß.«

»Gut.« Er schluckte und es wirkte, als würde er noch etwas zufügen wollen. Doch statt etwas zu sagen, beugte er sich vor und schaltete die Musik lauter.

Viereinhalb Songs später bogen wir in die Straße zum Strandhaus. Jake parkte ein Stück entfernt vom Haus an der Straße. Stille senkte sich über uns, als sowohl der Motor als auch die Musik erstarb.

»Wo ist der Brief?«

»In meinem Rucksack. Im Seitenfach.«

Er löste den Gurt und drückte die Tür auf. Ich hörte, wie der Kofferraum sich öffnete und schloss, ehe er neben mir an der Beifahrertür erschien.

Mit zitternden Fingern löste ich meinen Gurt und stieg aus, um mich wie versprochen auf den Rücksitz zu legen.

Jake öffnete die hintere Tür, doch ehe er mich einsteigen ließ, zog er mich für einen Kuss an sich.

Seine weichen Lippen berührten so plötzlich meine, dass ich aufkeuchte, und verschwanden so schnell, dass ich mir wünschte, er würde mich noch einmal küssen.

»Wenn das hier alles vorbei ist«, sagte er leise und legte seine Stirn an meine, »dann muss ich dir etwas Wichtiges sagen und deshalb will ich, dass du auf dich aufpasst, okay?«

JAKE

Mit jedem Meter Abstand, den ich zwischen den Wagen und mich brachte, fühlte sich das, was ich tat, falscher an. Ich zählte die Schritte, die ich über den Gehweg hastete, weg von Ashley hin zu Trevors Haus, in der Hoffnung, mich so von dem unguten Gefühl in meinem Bauch abzulenken.

Doch ohne Erfolg.

Als ich das Tor des Grundstücks erreichte, ließ mich der Piepton meines Handys zusammenzucken.

ASHLEY: Mir geht es gut, Jake.

Ich wünschte, ich wäre auch nur halb so zuversichtlich wie sie. Denn zu sehen, welches Grauen Ian Tami angetan hatte, zu wissen, dass er Ash mehr als einmal versucht hatte loszuwerden, machte diesen Gang nicht einfacher. Alles, was ich wollte, war, sie in Keatons Apartment zu bringen und die Tür hinter uns zu verriegeln, bis wir sicher waren, dass Ian für immer von der Bildfläche verschwunden war und ihr niemals wieder zu nah kommen würde.

Ich drückte das Tor auf und schlüpfte hindurch, den Blick auf den dunklen Pfad vor mir gerichtet. Ich nahm die Stufen, betätigte die Klingel.

Doch erst als Schritte hinter der Tür erklangen, wurde mir klar, dass ich keine Ahnung hatte, was ich tun sollte, wenn es nicht Trevor war, der mir öffnete – sondern Ian.

Meine Hände ballten sich zu Fäusten, doch ich zwang mich, den Druck zu lösen. Erinnerte mich daran, dass es Sache der Polizei war, ihn zu bestrafen. Nicht meine.

Doch meine Sorge war umsonst: Es war nicht Ian, der mir die Tür öffnete.

»Widmann.« Jackson entblößte eine Reihe makelloser Zähne, von denen ich mir auch nach Jahren nicht sicher war, ob sie überhaupt echt waren. Er lehnte sich gegen den offenen Türrahmen und grinste. »Du siehst echt scheiße aus, Mann.«

Nicht provozieren lassen.

»Ist Trev da?«

»Jep.« Ohne den Blick von mir abzuwenden, rief er »Falscher Alarm« in Richtung des Hauses. »Is nur dein ehrenwerter Cousin.«

Trevor erschien im Flur hinter Jackson, die Hände in den Hosentaschen vergraben. »Jackson, kümmer dich um unsere zwei Gäste, ja?«

»Aber gerne doch.« Jackson zwinkerte mir zu, ehe er sich vom Türrahmen abstieß und langsam und gemächlich den Flur entlangschlenderte.

Die Tür fiel zu.

»Du bist wegen ihm hier …« Es war keine Frage, sondern eine Feststellung. »Weiß Ash es schon?«

»Ja.« Ich zog den Brief aus der Jackentasche und drückte ihn Trevor in die Hand. »Ich soll dir das von ihr geben.«

»Was ist das?«

»Ein Brief von Tami, aber nur die Kopie.« Trevor faltete den Zettel auseinander. Seine Augen huschten über die Zeilen, die alles verändert hatten. »Sie möchte mit dir darüber sprechen und dir zeigen, was auf dem USB-Stick ist.«

Er nickte. »Wo ist sie jetzt?«

»In meinem Auto.«

»Du hast sie da draußen alleine gelassen?« Er drückte mir den Brief gegen die Brust, packte den Ärmel meiner Jacke und riss mich mit sich, raus aus dem Haus. »Du bist ein Idiot, weißt du das? Du hättest überhaupt nicht mit ihr herkommen sollen.« *Wem sagte er das.* »Wo steht dein Wagen?«

Ich deutete nach links. »Die Straße hoch.«

Ohne mich eines weiteren Blickes zu würdigen, ließ er mich los und marschierte mit schnellen Schritten den Gehweg hinauf. Obwohl ich seit Stunden nicht geschlafen hatte, bündelte ich meine letzten Kraftreserven und schloss zu ihm auf.

Trevors Faust knallte gegen die Scheibe der Beifahrertür. »Sie sitzt nicht in deinem Wagen!«

»Sie liegt auf dem Rücksitz«, erklärte ich und deutete auf das Fenster hinter ihm, wo Ashleys Kopf gerade unter der Jacke hervorlugte.

Die Erleichterung, die mich bei ihrem Anblick überrollte, ließ mich laut aufatmen.

Ash entriegelte die Tür und drückte sie auf, doch ehe sie aus dem Wagen steigen konnte, hielt Trevor sie zurück. »Bleib im Wagen«, knurrte er, den Kiefer angespannt. »Rutsch rüber, wir fahren.« Er wandte sich an mich. »Jake?«

»Klar.« Ich holte den Schlüssel hervor, umrundete den Wagen und fiel schließlich auf den Fahrersitz.

»Anschnallen, Prinzessin.« Trevor lehnte sich zur Seite, zog den Gurt über ihren Körper und drehte sich zu mir. »Los geht's.«

»Trev ...«, begann Ash, sobald der Wagen sich in Bewegung setzte.

»Ich weiß, was er getan hat. Dass er dich bedroht und angegriffen hat und dass er sie ... Die Polizei ist vor zwei Stunden aufgetaucht und hat mir den Haftbefehl unter die Nase gehalten. Zwei von denen nehmen gerade mein Haus auseinander. Sie haben eine Kamera bei seinen Sachen gefunden. Mit einem Video, in dem er Tami ... vergewaltigt.« Durch den Rückspiegel sah ich, wie seine Hände sich zu Fäusten ballten. »Es tut mir leid, Ash. *Alles*.«

Bei seinen Worten schluchzte Ashley auf. Ich hasste es, sie weinen zu sehen. Die letzten Stunden war sie so oft in Tränen ausgebrochen. Tränen der Wut, der Verzweiflung, der Ohnmacht.

Ich hörte, wie Trevors Gurt zurücksurrte, und als ich an der nächsten Ampel hielt und den Kopf drehte, sah ich, dass er sie im Arm hielt.

Das restliche Stück bis zu Keatons Apartment brachten wir schweigend hinter uns. Vermutlich, weil keiner von uns mehr etwas zu sagen wusste, nach alldem, was passiert war.

Als ich zehn Minuten später in eine Parklücke vor dem Apartmentkomplex einbog und der Motor erstarb, fühlte es sich an, als würde sich die Anspannung der letzten vierundzwanzig Stunden auf einen Schlag zu lösen.

Meine Beine fühlten sich wie Gummi an, als ich an den Kofferraum trat, um unser Gepäck zu holen. In dem Moment, in dem ich Ashleys Rucksack schulterte, ertönte ein Schrei.

Ich wirbelte herum. Starrte auf den Revolver – und auf Ian, der ihn gegen ihre Stirn presste.

ASHLEY

Manche Menschen behaupten, dass das ganze Leben wie ein Film vor einem abläuft, kurz bevor man stirbt. Doch in dem Moment, als Ian die Mündung des Revolvers an meinen Kopf drückte, waren da keine Bilder. Keine Erinnerungen, die sich filmartig vor meinem inneren Auge entblätterten.

Da war nur Stille.

Wie in Zeitlupe sah ich, dass Trevors Lippen sich bewegten. Wie er vortrat und im nächsten Augenblick doch wieder zurückwich. Ich sah Jake. Sah, wie mein Rucksack auf den Boden fiel und sein Mund sich öffnete.

Doch nichts – kein Wort – durchdrang das Rauschen in meinem Kopf.

Ians Finger bohrten sich genauso in meine Schulter, wie das kalte Metall sich gegen meine Stirn presste.

Erst Jakes Stimme brachte die Stille wie eine Seifenblase zum Platzen. »Ian ... bitte ...«

»Sie ist nichts weiter als ein kleines Miststück«, zischte er. »Mit ihren Lügen hat sie alles kaputtgemacht, seht ihr das denn nicht?«

»Doch ...« Trevors Stimme war ruhig. »Doch, das verstehe ich und du bist mein Bruder, deshalb ... Nimm die Pistole von ihrem Kopf, damit du nicht alles kaputtmachst.«

»Willst du mich verarschen?« Die Mündung zitterte an meiner Stirn. »Glaubst du, ich weiß nicht, dass die Polizei nach mir sucht? Dass sie allen erzählt hat, ich hätte Tami umgebracht? Dass sie allen ihre Lügengeschichten aufgetischt hat?«

Ich bekam keine Luft mehr.

»Sie wollen doch nur mit dir sprechen.« Trevor machte einen Schritt auf uns zu. »Du kannst ihnen erklären, was wirklich passiert ist.« Noch ein Schritt. »Dafür sind sie da, oder? Um die Wahrheit herauszufinden.«

»Ich habe sie geliebt, das ist die Wahrheit!« Ein erstickter Laut kämpfte sich meine Kehle hinauf, gefolgt von einem Schluchzen. »Ich habe sie geliebt und es war alles gut, bis sie sich eingemischt hat! Hast du gehört?«, ertönte seine Stimme dicht an meinem Ohr. »Du hast alles kaputtgemacht. Erst durch dich ist sie auf die Idee gekommen, diese Spielchen mit mir zu spielen. Ständig hat sie sich eingeschlossen, mir gesagt, dass sie mich nicht mehr will, aber ich wusste ... ich *wusste*, dass es eine Lüge ist. Sie wollte mich. Sie hat mich immer gewollt.« Taubheit kroch wie Kälte in meine Glieder, ließ meine Beine einknicken. Doch Ians Arm umklammerte mich weiter und auch die Pistole verschwand nicht. »Ich musste dich erst ficken, bis sie es endlich verstanden hat. Bis sie kapiert hat, dass wir für immer verbunden sind. Dass unsere Beziehung was Besonderes ist ... aber du –« Er ließ die Mündung der Waffe ein Stück tiefer rutschen. »– Du hast es einfach nicht verstanden. Du konntest nicht aufhören, ihr Lügen über mich zu erzählen. Du hast sie mir weggenommen und jetzt ... jetzt willst du auch noch ihn. Aber ich habe dir gesagt, dass ich das nicht zulasse.«

Er entriegelte die Waffe.

Es war ein lautes, hohles Klacken direkt an meiner Haut.

»Ich kann verstehen, dass du wütend auf sie bist. Weißt du, das bin ich auch. Sie hat mich angelogen und du hast recht –« Trevor deutete auf mich. »– Sie sollte dafür bestraft werden.«

Oh Gott …

»Aber wenn du sie erschießt«, redete Trevor weiter. »Wenn du ihr jetzt diese Kugel in den Kopf jagst, dann hat sie gewonnen. Weil sie dich dann mitnehmen werden und ich nichts dagegen tun kann.« Trevor kam näher. »Überleg doch mal, wenn du sie selbst bestrafst, hat sie erreicht, was sie wollte. Dann hat sie dich und mich auseinandergebracht und das will ich nicht.« Er sah ihm direkt in die Augen. »Du bist doch mein Bruder. Ich will dich nicht auch noch verlieren.«

»Und was ist mir ihr?« Er drückte die Mündung gegen meine Stirn. »Sie wird nicht aufhören. Sie wird die Lügen allen erzählen.«

»Soll sie doch«, erwiderte Trevor kühl. »Die Leute werden wissen, dass sie lügt. Jeder wird wissen, dass sie lügt.«

Der Druck der Waffe nahm ab.

»Aber das werden sie nur verstehen, wenn du sie jetzt loslässt, okay?« Trevor blieb direkt vor uns stehen. »Du musst die Waffe von ihrem Kopf nehmen und sie loslassen und dann –«, Trevor deutete auf meinen Kopf, »– sorgen wir dafür, dass sie bestraft wird.«

»Ich habe sie geliebt«, sagte Ian, als die Waffe von meinem Kopf verschwand. Trevors Hand schoss vor. Er zerrte mich von Ian weg, schob mich hinter seinen Körper. »Ich habe sie einfach nur geliebt.«

»Ich weiß ...«

Ich presste meinen zitternden Körper gegen Trevors Rücken, während er unsere Körper rückwärtsschob. Weg von Ian. Weg von der Waffe, die noch immer in seiner Hand lag.

»Ich wollte ihr nie wehtun«, redete Ian weiter. »Ich habe sie geliebt. Ich wollte doch nicht, dass sie stirbt.«

»Ich weiß.« Trevors ruhige Stimme vibrierte an meiner Brust. Ich hatte keine Ahnung, wie er es schaffte, so ruhig zu bleiben. Wie er es schaffte, überhaupt mit Ian zu reden. Jedes Wort in meinem Kopf steckte fest.

Ian redete weiter. Immer wieder sagte er dieselben Worte. Beteuerte seine Liebe, seine Schuldlosigkeit, seine Reue und Trevor stimmte in diesen Singsang ein. Er redete ihm gut zu, sagte immer wieder dasselbe, während Jake meine Taille umfasste und mich wegzog.

Weg von Ian, der Waffe, raus aus der Gefahr.

»Du musst mir jetzt die Waffe geben«, hörte ich Trevor immer wieder sagen, bis ich schließlich einen Treppenabsatz an meiner Schuhspitze spürte und Jake mich Stufe um Stufe hochzog und Trevors Stimme und Ians Worte nichts mehr waren als der Widerhall in meinem Kopf.

Ich sah weder, wie Jake die Klingel drückte, noch, wie die Tür aufging. Doch er musste es getan haben, denn plötzlich rannte Keaton an mir vorbei und Jake schob mich in die enge, vertraute Wohnung, hin zu Zara und ihren Armen.

Ich wusste nicht, wie lange es dauerte; ob es Stunden oder nur Minuten waren – die ich auf dem Sofa hockte, mich zusammengekauerte und wartete – doch plötzlich ertönte der schrille Klang von Sirenen. Und als ich den Kopf hob, sah ich das Blaulicht, das sich im Wohnzimmerfenster spiegelte.

Von draußen; irgendwo dort, wo Ian mit einer Waffe gewartet und sie an meinen Kopf gedrückt hatte.

Wenn ich meine Finger an die Stirn legte, spürte ich das kalte Metall noch immer. Spürte, wie es gegen meine Schläfe drängte, nur Zentimeter entfernt von der Hand, die die Waffe hielt.

Zara sprach mit mir, doch erst als Jakes Körper sich neben mich senkte und ich die Arme um seinen Hals schlang, mich an ihn presste, seinen Duft einatmete, gewann die Welt um mich ihre gewohnte Schärfe zurück.

»Sie haben ihn«, drang Jakes warme Stimme an mein Ohr. »Sie haben ihn, Ash. Es ist vorbei.«

JAKE

»Was passiert jetzt mit ihm?«, fragte Zara, die neben Keaton auf dem Boden saß. Ihr Blick huschte von mir zu Ash, die noch immer ihren Kopf an meiner Schulter vergraben hatte, bis rüber zu Trevor, der neben uns auf und ab tigerte.

»Er wird dieselbe gequirlte Scheiße von sich geben wie eben auf der Straße.« Trevor ließ seinen Unterkiefer knacken. »Er wird behaupten, er hätte Tami geliebt. Gott, dieser Wichser glaubt das wirklich. Er glaubt, er hätte sie wirklich ... *geliebt*.«

Von der Ruhe und der Gefasstheit, die er ausgestrahlt hatte, während Ian Ashley den Revolver an den Kopf gepresst hatte, war kaum noch etwas übrig. Kalte Wut flackerte in seinen Augen. »Am liebsten hätte ich diese Knarre genommen und ihm den Kopf weggepustet. Ich war kurz davor, sie ihm an den Kopf zu drücken, nachdem er sie mir endlich gegeben hatte.«

»Ich bin froh, dass du es nicht getan hast.« Ashley löste sich von meiner Schulter. Es war das Erste, das sie überhaupt sagte, seit Ian verhaftet worden war. »Denn wenn du es getan hättest, dann wäre er jetzt tot und du würdest an seiner Stelle im Gefängnis sitzen.«

»Ich weiß …« Trevor fuhr sich mit der Hand durch sein Haar. »Ich weiß, okay?« Vor dem Sofa blieb er stehen und sah sie an. »Aber als ich gesehen habe, wie er so dastand und dir diese Waffe an den Kopf hielt, da dachte ich … ich dachte, was für eine Scheißwelt ist das, in der ein krankes Arschloch wie er über das Leben eines Menschen richten will, der niemandem je etwas getan hat. Er wollte dich dafür bestrafen, dass er schuld an ihrem Tod ist, Ash. Er wollte dir diese gottverdammte Kugel in den Kopf jagen. Er wusste, wie wichtig du mir geworden bist, er wusste, dass ich kurz davor war, dir zu verzeihen, dass du mich belogen hast, und trotzdem – oder schlimmer noch: gerade deswegen – stand er da und hat dir diese Waffe an den Kopf gehalten.« Er beugte sich zu ihr hinunter, nahm ihr Gesicht in beide Hände und strich über die Stelle an ihrer Stirn, an der die Mündung des Revolvers einen Abdruck hinterlassen hatte. »Ich dachte, er würde dich vor meinen Augen erschießen und ich würde dich verlieren, und dabei habe ich es so satt, Menschen zu verlieren, die ich liebe.«

Tränen liefen über seine Wangen, doch Trevor war nicht der Einzige, der weinte. Auch Ash weinte, bevor sie sich aufrappelte und über die Sofakante rutschte, direkt in seine Arme.

»Ich bin so froh, dass dir nichts passiert ist, Ash. Und es tut mir leid, dass ich mich schon wieder wie ein Arschloch verhalten habe. Wenn ich dir zugehört hätte, wenn ich dir nur einmal zugehört hätte, vielleicht wäre das alles nicht passiert.«

»Ich glaube, er wäre nur viel eher ausgerastet«, warf Keaton ein. »Ehrlich, überleg doch mal: Er kam her, um

Ash zu vertreiben, also hätte er mit Sicherheit genau dasselbe getan. Vorwürfe helfen uns nicht weiter, Trev. Du solltest gar nicht erst damit anfangen, dir welche zu machen.«

Es stimmte. Keiner von uns konnte mit Sicherheit sagen, was Ian sonst noch getan hätte, um Ash loszuwerden, und wenn ich ehrlich war, wollte ich nicht einmal darüber nachdenken.

Wenn Trevor nicht da gewesen wäre, hätte Ian sie getötet.

Der Gedanke schlitterte wie ein Wurfgeschoss in meinen Kopf. Wenn Ash mich nicht überredet hätte, mit Trevor zu reden; wenn ich ihn nicht abgeholt hätte; wenn er nicht mitgekommen wär ... dann hätten Ash und ich Ian alleine gegenübergestanden und ich war mir sicher, dass ich es nicht geschafft hätte, so überzeugend und ruhig auf seine kranke Sicht einzugehen, wie Trevor es getan hatte.

Auch zwei Stunden später, als Ashley neben mir auf dem Sofa eingeschlafen war, konnte ich nicht aufhören, darüber nachzudenken.

Dass ich sie fast verloren hätte, weil ich sie nicht hätte beschützen können.

Das erste Sonnenlicht des Tages glitt über Ashleys schlafenden Körper, der so dicht an mir lag, dass ich ihren warmen Atem auf meiner Haut spüren konnte.

Ich drehte mich auf die Seite und rutschte tiefer, so weit, bis sich unsere Gesichter auf Augenhöhe befanden. Dann streckte ich die Hand aus, strich das zerzauste Haar aus ihrer Stirn. Betrachtete ihr Gesicht, das selbst im Schlaf noch immer angespannt wirkte. Doch obwohl ihre

Haut blass war und dunkle Schatten ihre Augen umrandeten, änderte das nichts daran, wie wunderschön sie aussah, wenn sie schlief.

In dem Moment, in dem meine Finger von ihrer Stirn hinab zu ihrem Kinn glitten, gab sie ein leises Grummeln von sich. Im nächsten Moment öffneten sich ihre Augen flatternd.

»Guten Morgen«, begrüßte ich sie, ohne den Blick von ihr abzuwenden. Ich hatte bereits die halbe Nacht damit verbracht, sie anzusehen, mich immer wieder zu vergewissern, dass sie bei mir war. Dass Ian sie nicht mehr in seinen Klauen hielt; dass es ihr gutging; dass sie lebte.

»Danke, dass du bei mir geblieben bist«, sagte sie leise.

»Dafür musst du dich nicht bedanken«, erklärte ich, weil nichts mich dazu hätte bringen können, sie hier alleine zu lassen. Nicht, nachdem ich sie innerhalb weniger Tage das zweite Mal fast verloren hätte. »Wie geht es dir?«

»Ich weiß nicht. Ich hab von ihm geträumt, davon, wie er die Waffe auf mich richtet. In meinem Traum, da ... da hat er mich erschossen.« Sie tastete nach der Stelle an ihrer Stirn, schloss die Augen. Gänsehaut bildete sich auf ihrer Haut. »Jake?«, flüsterte sie. »Kannst du mich vielleicht .... noch mal festhalten?«

Statt ihr zu antworten, schob ich den Arm unter ihren Körper und zog sie an mich heran. Ashley vergrub ihr Gesicht in meinem Shirt, presste sich an mich, während ich mit meiner Hand kreisend über ihren Rücken streichelte.

Als meine Finger das Stück nackte Haut an ihrem Rücken trafen, presste sie sich noch ein bisschen fester gegen mich. Ich spürte, wie ihr Atem sich beschleunigte. »Du fühlst dich so unglaublich gut an, weißt du das?«

Meine Finger fuhren an dem Saum entlang, folgten dem Stück nackter Haut von einer Seite ihres Rückens zur anderen.

»Jake …« Sie löste ihr Gesicht von meinem Shirt, sah von unten zu mir auf. »Wir …«

Ich stoppte sie, indem ich den Finger auf ihre Lippen legte. »Erinnerst du dich daran, was ich gestern zu dir gesagt habe? Vor meinem Auto, bevor ich zu Trev gegangen bin?«

Langsam nickte sie.

»Als ich an diesem Morgen in deinem Bett aufgewacht bin und du weg warst, da ist mir etwas klar geworden. Nämlich, dass ich nicht mehr dagegen ankämpfen will. Ich will mich nicht jeden verdammten Tag nach dir sehnen, dich vermissen, von dir träumen. Ich will deine Hand halten und dich küssen. Ich will neben dir einschlafen und neben dir aufwachen. Ich will mit dir zusammen sein.«

»Du willst …« Ihre Augen weiteten sich. »Du willst mit mir zusammen sein? Aber was ist mit … *ihr*?«

»Ich hab Maya alles gesagt, noch an dem Tag. Es ist vorbei. Wie wir das mit Chase klären, das wird sich zeigen, wenn sie sich ein wenig beruhigt hat. Aber es wird eine Lösung geben.« Ich ließ meinen Daumen über ihre Wange gleiten. Genoss das Erschaudern auf ihrer Haut. Gott, ich liebte es, sie zu berühren, und ich wollte nie wieder damit aufhören. *Ich würde nie wieder damit aufhören.* »Aber ich will jetzt nicht über sie reden. Ich will viel lieber endlich das hier tun …«

Ich umfasste ihren Nacken, zog sie dichter an mich heran. Dann senkte ich meinen Mund auf ihren. Ihre Lippen teilten sich und ein leises Stöhnen entwich mir, als mich ihr unverwechselbarer Geschmack empfing.

Ashley schmeckte süß, köstlich, wie eine exotische Frucht. Wie etwas, das man einmal gekostet und nie wieder vergessen kann.

Sie rutschte höher, vergrub ihre Finger in meinem Haar, während ich sie noch ein Stück dichter an mich heranzog, um den Kuss zu vertiefen. Seit Tagen wartete ich darauf, genau das hier zu tun. Sie endlich wieder zu küssen, ihren Mund zu erkunden, jeden Millimeter einzunehmen. Einfach alles.

Eine ganze Weile tanzten unsere Zungen miteinander, ehe der Kuss schließlich endete und ich meine Stirn an ihre legte.

»Ich liebe dich, Ash.«

»Kannst du das noch mal sagen?«

Meine Mundwinkel zuckten. »Ich liebe dich.«

»Und noch mal?«, bat sie.

»Ich liebe dich, Ash.« Ich griff nach ihren Händen, verschränkte ihre Finger mit meinen. »Ich liebe dich und ich habe nicht vor, je wieder damit aufzuhören.«

Ich wusste nicht, wie es weiterging. Hatte keinen blassen Schimmer, wie ich wiedergutmachen sollte, was ich Maya durch meine Feigheit angetan hatte, oder wie meine Familie auf die Veränderung reagieren würde Aber diese eine Sache wusste ich. *Ich wollte Ash.*

»Ich liebe dich auch«, sagte sie. »Und ja, ich will auch mit dir zusammen sein.«

ASHLEY

Phils Hände legten sich an meine Schultern, ehe er mich von allen Seiten musterte. »Dir geht es wirklich gut? Dir fehlt nichts?«

»Ja«, sagte ich. »Ja, mir geht es gut und du hättest wirklich nicht herkommen müssen.« Ich konnte nicht fassen, dass er sich nur eine Stunde nach unserem Telefonat in ein Flugzeug gesetzt hatte und zusammen mit Dylan hergeflogen war, obwohl ich ihm versichert hatte, dass es mir gutging.

»Das hätte dir so gepasst, was?« Mein Bruder tätschelte übertrieben meine Wange. »Wahrscheinlich werde ich mich niemals wieder auf dein Wort verlassen, Sis. Denn immer, wenn du mir versicherst, dass alles gut ist, schlitterst du in die nächste Katastrophe. Wenn ich so darüber nachdenke, sollte ich einfach herziehen und persönlich dafür sorgen, dass es dir gutgeht.«

Dylan, der neben mir stand, unterdrückte ein Lachen. »Als wenn du es in Kalifornien auch nur einen einzigen Sommer aushalten würdest, so sehr wie du Hitze hasst.« Er wandte sich an mich. »Glaub ihm kein Wort. Er jammert ja schon, wenn die Temperaturmarker in Chicago an der Fünfundzwanzig-Grad-Marke kratzen. Mehr hält der nie und nimmer aus.«

Philipp ließ meine Schulter los, um seinem Freund den Mittelfinger zu zeigen, doch Dylan redete unbeirrt weiter.

»Außerdem wird er das so oder so nicht tun. Bea hat da schließlich auch noch ein Wörtchen mitzureden. Und ganz sicher würdet ihr euch sowieso gegenseitig zerfleischen, weil er sich überall einmischen muss.« Er grinste Phil an. »Nichts für ungut, Kumpel.«

Ich linste hinüber zu Jake, der in meiner Zimmertür stand und mich ungeniert von oben bis unten musterte. Sein Blick ließ Hitze in meine Wangen schießen und es wunderte mich, dass meinem Bruder noch nicht aufgefallen war, wie lüstern Jake mich anstarrte. Bisher wusste er noch nichts davon, dass Jake und ich jetzt ein Paar waren.

Zusammen. Wir waren wirklich zusammen.

Ich konnte noch immer nicht fassen, dass er Maya verlassen hatte. Dass er sich für mich entschieden hatte. Ausgerechnet für mich.

»Also«, klinkte Jake sich nach einer Weile in die Diskussion der beiden ein. »Wie sieht es aus? Soll ich euch alle zu Trev bringen, bevor ich zu meiner Mom fahre, oder wollt ihr lieber später mit Keat fahren?«

Zara, Keaton, Trevor und Jake hatten beschlossen, dass wir zusammen Silvester feiern würden, dass wir das Leben feiern würden und uns und unsere Freundschaft. Und obwohl ich es seltsam fand, dass Phil extra nach Kalifornien gekommen war, gab es diesen Teil in mir, der sich darüber freute. Weil ich mit allen Menschen zusammen sein würde, die ich liebte. *Mit allen ... bis auf Tami.* Ich schluckte das bittere Gefühl herunter, versuchte, den Schmerz, der mich noch immer überfiel, sobald ich an sie dachte, mit einem tiefen Atemzug zu vertreiben.

»Klar«, erklärte Phil und holte mich damit zurück. »Warum nicht? Ich will deinen Retter auf alle Fälle kennenlernen.«

Mein Retter. Ich dachte über dieses Wort nach, fühlte hinein, stellte fest, wie recht Phil mit diesem Wort hatte. Trevor hatte mich gerettet. Doch er hatte mich nicht nur aus Ians Klauen befreit, indem er in die Logik seines dunklen Verstandes eingetaucht war, um ihn dazu zu bringen, die Waffe sinken zu lassen – sondern da war auch noch der andere Teil. Der, durch den er in gewisser Weise Tami zurückgebracht hatte, weil er ein Teil von ihr war und es immer sein würde.

»Meinst du, deine Mom will mit dir wegen Maya reden?«, fragte ich, als wir mit etwas Abstand hinter meinem Bruder und Dylan das Apartment verließen.

»Vermutlich.« Jake wartete, bis Phil um die Ecke gebogen war, ehe er mich in einer fließenden Bewegung gegen die Hauswand drückte und mir einen schnellen Kuss raubte. »Ich bring es einfach schnell hinter mich und dann –«, er verschränkte seine Finger mit meinen, »– feiern wir zusammen Silvester und ich werde dich um Mitternacht küssen, egal was dein Bruder davon hält.« Ein verschmitztes Grinsen erschien auf seinem Gesicht, ehe er meine Hand losließ und wir die Stufen hinab zum Auto liefen.

Unten versuchte ich, nicht an die Stelle zu blicken, an der Ian mich vor drei Tagen überwältigt und mir eine Pistole an den Kopf gedrückt hatte. Doch es gelang mir nicht. Jedes Mal, wenn ich die Stufen hinabging, tauchten die Bilder auf, bohrten sich in meinen Kopf und ließen erst wieder ab, wenn ich ein Stück entfernt sicher im Auto saß.

»Ash?« Erst als Jake sich in mein Blickfeld schob, merkte ich, das ich stehen geblieben war, den Blick starr auf den Ort gerichtet, an dem es passiert war.

An dem ich fast gestorben war.

»Vielleicht solltest du doch erst mal wieder zu Trev ziehen«, schlug Jake vor. »Damit du nicht jedes Mal daran erinnert wirst.«

»Ja, vielleicht hast du recht.« Ich hatte darüber nachgedacht, aber noch keine Zeit gefunden, mit Trevor darüber zu sprechen. Denn seit er mich aus Ians Fängen befreit hatte, hatte es genug andere Sachen gegeben, über die wir hatten reden müssen. Über den Grund, warum ich ihm nichts von Ian erzählt hatte. Über das, was passiert war, während wir nicht miteinander gesprochen hatten. Über Tami, die Videos, ihren Abschiedsbrief, den die Polizei bei Ian zusammen mit ihrem Handy gefunden hatte. Und darüber, was Ian ihr zehn Jahre lang angetan hatte.

Nachdem Jake meinen Bruder, Dylan und mich am Strandhaus abgesetzt hatte, starrten die beiden mit offenem Mund von dem Anwesen an der anderen Straßenecke hinüber zum Ozean, der heute stiller dalag als sonst.

»Tami hätte es geliebt«, sagte Phil. »Sie hätte es verdammt noch mal geliebt.«

»Ja ...« Eine Träne stahl sich in meine Augen, rollte über meine Wange. »Ja, das hätte sie.«

Eine Weile starrten wir gemeinsam aufs Meer. Still, jeder in seine eigenen Gedanken versunken. Auch wenn Phil und ich uns als Kinder nicht wirklich gut verstanden hatten, waren Tami und er gut miteinander ausgekommen. Sie hatte ihn gemocht, genauso wie er sie. Für Phil war sie ein Teil unserer Familie gewesen.

Als wir schließlich die Straße überquerten und Trevors Haus betraten, wurden Philipps Augen noch größer. In all den Monaten, die ich hier und insbesondere in Jakes Apartment verbracht hatte, hatte ich mich an den imposanten Anblick gewöhnt und an den Luxus, der ihm innewohnte. Obwohl unsere Eltern finanziell gut aufgestellt waren, konnte das Haus, in dem wir aufgewachsen waren, bei Weitem nicht mit dem extravaganten Luxus mithalten, den Trevors Haus ausstrahlte.

»Wie lange wohnst du hier schon?«, fragte Phil Trevor, nachdem dieser seine Führung durch das Haus beendet und Dylan und ihm das Zimmer gezeigt hatte, in dem sie die Nacht verbringen konnten.

»Seit dem Tod meiner Mom. Es war ihr Rückzugsort. Sie hat es mir vererbt.« Kurz flackerte Schmerz in seinen Augen, doch er war so schnell verschwunden, dass nur ich ihn sah, und ich nutzte die entstandene Stille, um Phil die Lampions in die Hand zu drücken, damit er sie zusammen mit Trevor auf der Terrasse aufhängte.

Dylan half mir in der Küche, wo wir uns um die Bowle und das Essen kümmerten, und kurz darauf erschienen auch Zara und Keaton.

»Dein Bruder ist nett«, sagte Trevor, als ich nach draußen auf die Terrasse trat. Mittlerweile verschwanden die letzten Sonnenstrahlen hinter dem Horizont. »Ich finde es schön, dass er hier ist.«

»Ich auch.« Egal, wie anstrengend es manchmal war und wie sehr Phil und ich aneinandergerieten, wenn es darum ging, was gut für mich war: Er war mein Bruder und ich liebte ihn. »Und ich bin froh, dass wir beide wieder miteinander reden. Es bedeutet mir viel, Trev. Wirklich.«

»Mir auch, Prinzessin.« Trevor legte seinen Arm um meine Schulter. »Und ich bin froh, dass Ian es nicht geschafft hat, das hier –«, er deutete zwischen sich und mir hin und her, »– zu zerstören. Denn unsere Freundschaft bedeutet mir viel.«

Für einen kurzen Moment lehnte ich mich an ihn. Genoss die Verbindung, die ich zwischen uns spürte, und wusste, dass ich nicht bereit war, sie jemals wieder aufs Spiel zu setzen. Und ich war froh, dass es Trevor genauso ging.

JAKE

»Hey, Schatz.« Meine Mom wischte sich die Hände an der Schürze ab und schaltete die Herdplatte herunter, auf der sie das alljährliche Silvestergulasch aufgesetzt hatte. »Danke, dass du hergekommen bist. Setz dich doch, ja?«

Ihr Blick ruhte auf mir, während ich den Stuhl hervorzog und mich langsam darauffallen ließ. Dann setzte sie den Deckel auf den Topf und fragte: »Geht's dir gut?«

»So weit …« Ich schluckte. »Ich habe …«

»Du hast dich von Maya getrennt, ja, das weiß ich bereits.« Ihre Finger strichen über die Arbeitsplatte. »Sie war gestern hier und hat mir alles erzählt.«

Natürlich. Ich hatte ja bereits damit gerechnet, als meine Mutter mich vorhin angerufen und gebeten hatte, bei ihr vorbeizuschauen. Normalerweise tat sie so was nicht. Meistens besprachen wir Dinge am Telefon oder schrieben uns Mails, weil ihre Schichten im Krankenhaus nicht selten mit meinem Studium oder den Arbeitszeiten kollidierten.

»Stimmt es, was sie sagt? Dass du sie betrogen hast?«

»Ja.« Ich war alles andere als stolz darauf, aber es war nun mal die Wahrheit.

»Ach, Jake ...« Es war nicht die Enttäuschung, die mich zusammenzucken ließ, sondern die Sanftheit, mit der sie sie zum Ausdruck brachte, und die Art, wie sie mich ansah. »Ich hatte so sehr gehofft, dass es ein Missverständnis ist.«

»Ist es nicht.« Ich hielt ihrem traurigen Blick stand. »Ich habe mich in eine Andere verliebt, schon ... schon vor einer ganzen Weile, und ich habe versucht, dagegen anzukämpfen und sie aus dem Kopf zu bekommen, aber es hat nicht funktioniert, weil ich gemerkt habe, dass ich diese Frau wirklich liebe. Ich weiß, dass ihr mir immer gesagt habt, wie wichtig es ist, immer das Richtige zu tun und Verantwortung zu übernehmen, aber ... ich liebe Maya nicht, vielleicht habe ich das nie.«

Meine Mom nahm den Deckel vom Topf, rührte eine ganze Weile darin, so lange, dass ich glaubte, sie würde kein Wort mehr mit mir sprechen. Doch dann sagte sie: »Das, was wir eigentlich gesagt haben und damit meinten, war, dass du die Verantwortung, die durch das Kind auf dich zukommt, ernst nehmen sollst, nicht, dass du dich zu einer Beziehung zwingen sollst, wenn du sie gar nicht wirklich willst, Schatz. Das sind zwei Paar Schuhe.« Sie seufzte leise. »Ich weiß, wie schwer das alles für dich war und wie oft wir darüber gesprochen haben. Wir haben alle gesehen, wie sehr du dich da reingekniet hast, Jake. Deshalb macht es mich einfach traurig, dass du nicht dazu stehen konntest, dass deine Gefühle sich verändert haben. Denn, weißt du, so was passiert.«

Das hatte ich mittlerweile auch begriffen. Der Versuch, Maya lieben zu lernen und sie und alle um mich herum nicht zu enttäuschen, war der eigentliche Fehler gewesen. Statt ehrlich zu ihr zu sein, hatte ich mich hinter einer Entscheidung versteckt, zu der ich mich als Siebzehnjähriger genötigt gefühlt hatte. Und damit hatte ich gleich drei Menschen auf einmal verletzt und mehr zerstört, als ich hatte gutmachen können.

»Wie geht es jetzt weiter?«, fragte sie. »Habt ihr darüber gesprochen?«

Ich schüttelte den Kopf. Nein, wir hatten noch nicht darüber gesprochen, wann auch? Ich war in Chicago gewesen, hatte mich um Ash gekümmert, versucht, zu verdauen, was für ein krankes Arschloch Ian war.

»Ihr müsst darüber sprechen«, sagte sie. »Und einen Weg finden, wie es jetzt weitergeht. Denn ihr seid immer noch durch Chase verbunden.«

»Was ist, wenn sie mir verbietet, ihn zu sehen?« Ich erinnerte mich an den Streit im Sommer, als sie ihn benutzt hatte, um mich dazu zu drängen, sofort zu ihr zu ziehen. Vielleicht hatte sie auch damals schon gespürt, dass zwischen uns nicht alles in Ordnung war, vielleicht war es ihr Versuch gewesen, es zu kitten, aber ... Er war mein Sohn.

»Sie ist verletzt, Jake, und wütend. Lass ihr Zeit, das zu verarbeiten, immerhin ist ihre ganze Welt gerade in sich zusammengestürzt. Maya ist eine vernünftige, verantwortungsbewusste und kluge junge Frau und ich bin mir sicher, dass sie weiß, dass Chase auch seinen Vater braucht. Außerdem wird sie deine Unterstützung bei der Betreuung von Chase so oder so gebrauchen können. Ich bin mir sicher, mit der Zeit wird sie sich mit der neuen Situation arrangieren.«

Das würde ich tun. Ich würde ihr Zeit geben. Und ich würde sie weiter unterstützen, so wie ich es auch zuvor getan hatte.

»Was ist mit Dad? Weiß er schon Bescheid?«

»Ja. Allerdings ist er nicht ganz so zufrieden mit dieser ... Veränderung« Sie schenkte mir ein ermutigendes Lächeln. »Aber er wird sich einkriegen.« Sie tätschelte meine Wange. »Denn in einem sind uns dein Dad und ich immer einig gewesen: Ihr Kinder werdet eure eigenen Wege gehen, so wie wir es auch getan haben, und das Wichtigste ist, dass ihr dabei glücklich seid.«

»Das bin ich, Mom.«

»Gut. Dann gib deinem Dad einfach Zeit, genauso wie Maya.«

Ich stand auf und trat auf sie zu. »Ich hab dich lieb, Mom.«

Sie tätschelte meine Wange. »Ich hab dich auch lieb, und jetzt hau schon ab. Du hast mit Sicherheit Besseres zu tun, als Silvester mit deiner alten Mutter zu verbringen.«

»Als wenn du je alt sein könntest«, sagte ich und lachte, als sie mit dem Geschirrtuch in meine Richtung schlug.

»Wenn du nicht aufpasst«, sagte sie mit gespielter Entrüstung, »wirst du genauso ein Charmeur wie dein Vater.«

»Das hoff ich doch.«

»Und Jake?«, erklang ihre Stimme, als ich an der Tür ankam. »Wag es ja nicht, das nächste Mal ohne dieses Mädchen hier aufzutauchen. Ich will sie kennenlernen.«

»Sie heißt Ashley, Mom. Und ja, ich bring sie gerne mit.«

Während ich das Haus meiner Familie verließ, fühlte ich, wie der Druck auf meiner Brust mit einem Mal nachließ. Jahrelang hatte ich versucht, das Richtige zu tun, und dabei nicht verstanden, dass das Richtige nicht bedeutete, sich selbst aufgeben zu müssen. Und auch wenn mich die Missbilligung meines Dads traf, war ich froh über die Worte meiner Mom.

Bevor ich mich auf den Weg zu Trevor und den anderen machte, tippte ich eine Nachricht an Maya.

ICH: Ich weiß, wie sehr ich dich verletzt habe, aber es ist für mich der einzig richtige Weg. Ich bin da, sobald du bereit bist, mit mir zu reden. Und ich will, dass du weißt, dass ich zu meiner Verantwortung für Chase stehe und ihm ein guter Vater sein will.

Als ich bei Trevor ankam, fand ich die anderen auf der Terrasse. Musik drang durch die Boxen bis nach draußen, wo Lampions alles in ein warmes Licht tauchten. Der Duft nach mexikanischem Essen ließ mir das Wasser im Mund zusammenlaufen.

Ash stand neben Zara, hatte einen Taco in der Hand und lächelte. Nach all den dunklen Geheimnissen, die sich gelüftet hatten, und all dem Schmerz konnte ich nicht genug davon bekommen, sie glücklich zu sehen.

»Hey, Jake.«

Ash wirbelte zu mir herum und das Lächeln auf ihrem Gesicht verwandelte sich in ein Strahlen. Sie drückte Zara ihren Teller in die Hand und im nächsten Moment lagen ihre Lippen auf meinen. Sie schmeckte nach Peperoni und irgendetwas Fruchtigem und so unverwechselbar nach sich selbst, dass ich sie noch ein Stück dichter an mich heranzog.

Erst das penetrante Räuspern neben uns ließ uns den Kuss unterbrechen. Unfreiwillig löste ich mich ein Stück von ihr, ehe ich den Kopf drehte und in das Gesicht ihres Bruders blickte.

»Eine Sache, bevor ihr damit weitermacht«, sagte er. »Ich find es immer noch zum Kotzen, was du mit ihr gemacht hast, und als du aufgetaucht bist, hätte ich dir am liebsten jeden Knochen einzeln gebrochen und sie in einen Schrank gesperrt, damit sie nie wieder an so einen Idioten gerät, aber .... ich habe gesehen, dass du ihr guttust, und aus irgendeinem Grund scheint sie dich trotz allem zu lieben und deshalb –« Er streckte mir die Hand hin. »Willkommen in unserer Familie.« Er schüttelte meine Hand. »Aber solltest du ihr jemals wieder wehtun ...« Er führte seinen Satz nicht fort, doch das musste er auch nicht.

»Keine Sorge«, versicherte ich und lehnte meine Stirn an ihre. Von jetzt an würde ich alles dafür tun, damit sie glücklich war. Weil ich sie liebte.

EPILOG

ASHLEY

1 Monat später

Als ich aus dem Gebäude trat, blieb ich einen Augenblick stehen und ließ mein Blick über den vollen Campus schweifen. Wie Bienen schwirrten die Studenten über den Platz, eilten mit Zetteln von einem Gebäude zum anderen und für einen kurzen Moment spürte ich den vertrauten Stich in meinem Inneren, doch dann entdeckte ich Jake inmitten der Menge. Mit zwei Kaffeebechern lehnte er an dem Baum in der Nähe und sein Lächeln genügte, um mich mein Herz wieder spüren zu lassen.

Ich setzte mich in Bewegung, eilte auf ihn zu und schlang die Arme um seinen Hals.

»Hallo, Erstsemesterin«, hauchte er und drückte einen kurzen Kuss auf meine Lippen. »Wie war dein Tag?«

»Toll.« Ich spürte, wie meine Lippen sich zu einem Lächeln verzogen. In jedem meiner bisherigen Kurse gab es ein oder zwei nette Studenten, die Dozenten waren durchweg toll und sowohl die Pflicht- als auch die Wahlkurse genau nach meinem Geschmack. Und ich konnte immer noch nicht fassen, dass meine Eltern nach den schrecklichen Enthüllungen um Ian das Konto freigegeben hatten und ich jetzt wirklich studierte. Hier, in Savanna Springs. Und zwar nicht Jura, wie es immer von mir erwartet worden war, sondern das, was ich wollte: Musik.

»Ich wünschte nur, sie wäre hier. Sie hätte es geliebt. Die Leute, die Dozenten. *Alles*.«

»Ich weiß.« Jake lehnte seine Stirn an meine. »Und jetzt liebst du es für sie mit, Ash. Sie hätte gewollt, dass du das tust. Dass du lebst und dass du es genießt.«

»Ja.« Langsam entließ ich die Luft aus meinen Lungen und mit ihr auch den Schmerz. Denn Jake hatte recht.

Tami hatte das Licht nicht mehr gespürt. War irgendwo zwischen dem Schmerz und der Ohnmacht Stück für Stück verschwunden.

Bitte versprich mir, nicht zuzulassen, dass deine Schatten größer werden als du selbst. Geh raus ins Licht und leb dein Leben …

Das würde ich tun. Ich würde weitermachen, ich würde leben und ich würde lieben. Nicht nur, weil ich wusste, dass sie das gewollt hätte, sondern weil ich es endlich wieder selbst wollte.

BONUSKAPITEL

TAMI

Es gibt Geheimnisse, die erzählt man niemandem. Es sind die Art Geheimnisse, die man tief in sich begraben will und doch niemals loslassen kann.

Glaubt mir, ich habe mich wirklich bemüht. Seit zehn Jahren versuchte ich nichts anderes, als sie abzustreifen wie klamme, zerrissene Kleidung. Aber in all den Jahren hatten sie sich immer tiefer in meine Haut gefressen, waren zu einem Teil von mir geworden, und die einzige Möglichkeit, die es jetzt noch gab, sie loszuwerden, war, *mich* selbst loszuwerden.

Dieser Sommer war nicht der erste, in dem ich darüber nachdachte, alles zu beenden. Auch davor hatte es unzählige Tage gegeben, in denen ich es mir vorgestellt hatte.

Jeden Nachmittag, wenn wir auf dem Rückweg zu dem Haus waren, in dem Freude und Leid so nah beieinander lagen, dachte ich daran. Und jede Nacht, wenn ich unter der Dusche stand und die Spuren dessen, was er mir antat, in den Abfluss spülte. Immer dann, wenn ich ihm erneut in die Augen sehen und so tun musste, als wäre er bloß mein großer Bruder und nicht der Kerl, der jede Nacht in mein Bett kam, um mir wehzutun.

Eine Zeit lang hatte der Gedanke an Trevor mich am Leben gehalten. Immer wieder hatte ich mir ausgemalt, wie es sein würde, ihm zu begegnen. Wie ich mich durch ihn nicht nur von Ian befreien, sondern auch jenen Teil wiederfinden würde, der mir viel zu früh entrissen worden war. Dass ich nach vorne sehen und weitermachen könnte, wenn er nur Teil meines Lebens werden würde.

Doch all das war davor gewesen.

Von außen legte ich die Hand auf meinen Bauch. Auf die Stelle, an dem es gewesen war, an dem sein Herz geschlagen hatte. Ich versuchte zu spüren, was ich die letzten Wochen gespürt hatte. Doch da war nichts. *Nicht mehr.*

Vermutlich hätte ich das winzige Wesen, das in mir gewachsen war, einfach nur hassen sollen. Es als Beweis für das ansehen müssen, für das es gestanden hatte. Doch obwohl es all den Schmerz und die Demütigung in sich vereinte, trug es keine Schuld. Nicht an dem Ekel, den ich empfand, und schon gar nicht an seinen Taten. Ein Teil in mir hatte das Baby genauso wenig gewollt wie er, doch der andere ... der wollte es, war nicht bereit dazu gewesen, dieses Leben in mir zu verlieren.

Letztendlich hatte mein Wunsch jedoch keine Rolle gespielt. Nicht für Ian, für den sowieso nichts von dem zählte, was ich wollte. Es interessierte ihn nicht.

Er hatte behauptet, dass danach alles gut werden würde, und genau das wollte ich glauben. Ich wollte mich auf meine Pläne mit Ash und darauf konzentrieren, Trevor zu finden, doch in dem Moment, als sie es aus mir herausschabten, verschwand auch das letzte bisschen

Lebenswille aus mir. Er starb gemeinsam mit diesem Baby.

Tränen sammelten sich in meinen Augen. Ich blinzelte dagegen an, zwang mich, die Hand von meinem Bauch zu lösen und stattdessen das Päckchen auf dem Absatz vor Lilys Hintertür abzulegen. Einen Moment zögerte ich in dem Bewusstsein, dass ich es mir anders überlegen könnte, doch dann tauchte Ians Gesicht wieder vor mir auf.

Ich erinnerte mich noch genau an den Tag, an dem sich alles für immer zwischen uns verändert hatte. Die Erinnerung daran hatte sich unauslöschbar in mir eingebrannt, während sich alle weiteren zu einem Wulst in mir verdichteten und mich Stück für Stück vergifteten.

Ich wusste noch, wie ich durch den Spalt in sein Zimmer geschlüpft und zu ihm unter die Decke gekrochen war. Ich erinnerte mich noch genau daran, wie er die Arme um mich legte und ich mich an ihn schmiegte, um mich sicher zu fühlen. Wie er über meinen Rücken streichelte, während sein lauter Atem mir Angst machte. Wie die Hände, die mich sonst trösteten, ruhiger und drängender streichelten, während dieses Harte sich an meinen Bauch drückte.

»Möchtest du wissen, was das ist?«, fragte er in die Stille.

Ich nickte langsam, nicht sicher, ob ich es wirklich wissen wollte. Es fühlte sich seltsam an, machte mir Angst.

Ian griff nach meiner Hand, schob sie zwischen sich und mich, genau auf die harte Stelle zwischen seinen Beinen. »Das ist was Schönes«, flüsterte er, während er meine Finger fester um seinen erigierten Penis drückte und langsam auf und ab fuhr. »Es zeigt, wie doll ich dich lieb habe, Tami.«

Ich zwang mich, die Erinnerung zurückzudrängen, und ging zurück zum Haus. Dort lief ich durch die Räume, versuchte mir all die guten Augenblicke einzuprägen, die ich hier hatte erleben dürfen, so als könnte ich sie mitnehmen.

Vor Ashleys geschlossener Zimmertür blieb ich stehen. In ein paar Stunden würde sie nach Hause kommen, mir von dem langen Tag bei ihren Großeltern erzählen wollen, doch dann würde es mich nicht mehr geben.

»Ich wünschte wirklich, dass ich stärker sein könnte«, flüsterte ich, als könnte sie mich hören. Ich streckte die Hand aus, strich über die feine Maserung des Holzes, während Tränen über meine Wangen liefen. Hinter dieser Tür hatte ich so viel Hoffnung gespürt, und der Gedanke, meine beste Freundin für immer zu verlassen, war unerträglich.

Ich wusste, dass es ihr den Boden unter den Füßen wegreißen würde. Wusste, was ich ihr da antat. Doch gleichzeitig hoffte ich, dass die Aufgabe, mit der ich sie zurückließ, es einfacher für sie machen würde.

Sie würde Trevor für mich finden. Ihm von mir erzählen. Und all die furchtbaren Wahrheiten aufdecken, die mir das Licht genommen hatten.

»Bitte verzeih mir.« Hastig wischte ich die Tränen fort und betrat mein eigenes Zimmer. Mit zitternden Fingern zog ich die untere Schublade meines Schreibtisches auf. Darin lag alles bereit, was ich brauchte.

Es waren immer die Schatten, die uns davon abhielten, zu leben, dachte ich, während ich das Seil um meinen Hals legte. *Und meine waren einfach zu groß geworden.*

EPILOG 2

ASHLEY

März, 3 Monate später

Die Musik im Club vibrierte in meiner Brust, während ich an meinem Cocktail schlürfte.

»Zara sieht glücklich aus«, sagte ich und deutete nach rechts, wo sie mit ihrer Schwester Kim die Tanzfläche eingenommen hatte.

»Stimmt.« Jake legte den Arm um mich und zog mich an sich. Etwas, das sich noch immer unglaublich anfühlte und alles andere als selbstverständlich für mich war.

»Kim und sie waren ja auch immer schon unzertrennlich. Zumindest, bis sie nach Boston gegangen ist«, erklärte Trevor und nippte an der Bierflasche in seiner Hand. Im nächsten Moment runzelte er die Stirn.

»Was?«, fragte ich und folgte seinem Blick. Hin zu Keaton, der ein Stück von uns entfernt stand und dessen Augen auf Zara und Kim ruhten. Er sah nachdenklich aus.

»Ich seh mal besser nach ihm.« Jake drückte mir

einen Kuss auf die Stirn, dann schob er sich durch die Menge bis zu Keaton und sprach ihn an. Ich beobachtete die Mimik der beiden, konnte aber nicht herauslesen, worüber sie sich unterhielten.

»Keat leidet gerade vermutlich wie ein Hund«, meinte plötzlich Trevor neben mir, der Jake ebenfalls nachgesehen hatte.

»Warum?«

Er nahm einen weiteren Schluck aus seiner Bierflasche. »Na, weil er Kim liebt. Das hat er immer.«

»Waren die beiden zusammen? Bevor sie nach Boston gegangen ist?« Zara hatte mir zwar oft von ihrer kleinen Schwester erzählt, aber nie erwähnt, dass Keaton und Kim einmal ein Paar gewesen waren.

Er schüttelte den Kopf. »Letztes Jahr sah es aus, als könnte es was zwischen den beiden werden, aber dann ist sie plötzlich nach Boston gegangen, obwohl sie eigentlich hier studieren wollte.«

Nachdenklich kaute ich auf dem Strohhalm meines Cocktails herum, als Zara mich aus meinen Gedanken riss. »Ash!« Verschwitzt und ziemlich betrunken blieb sie lächelnd vor mir stehen. »Das ist *unser* Song!« Sie zog das Cocktailglas aus meinen Fingern, um es Trevor in die Hand zu drücken. »Du musst mit uns tanzen. Komm schon, du hast es versprochen!« Die petrolfarbenden Perlen in ihrem Haar schwangen hin und her, weil sie wie ein kleines Kind vor mir auf und ab hüpfte und an meiner Hand zerrte.

»Ja, ist ja schon gut!« Ich warf Trevor einen entschuldigenden Blick zu und ließ mich von Zara zur Tanzfläche ziehen, wo Kim im nächsten Moment nach unseren Händen griff.

Während wir uns gemeinsam im Takt der Musik bewegten, wurde mir bewusst, was für ein Glück ich hatte.

Nach Tamis Tod war ich überzeugt gewesen, dass nichts je wieder gut werden würde. Und natürlich gab es noch immer viele Tage, an denen ich ihren Verlust mehr spürte als alles andere. Doch ich weigerte mich zuzulassen, dass ihr Selbstmord oder das, was Ian ihr angetan hatte, auch mich in den Abgrund zerrte.

Von Zara sah ich hinüber zu Trevor, dann weiter zu Keaton und Jake. Sie alle waren für mich da gewesen. Hatten mir nicht nur Halt geschenkt, sondern Stück für Stück mein zerbrochenes Herz zusammengesetzt.

Mit ihrer Botschaft hatte Tami mir nicht nur das Leben gerettet, sondern mir auch all das hier geschenkt: eine Stadt, in der ich mich zu Hause fühlte; Freunde, die für mich da waren, und einen Mann, der mir jeden Tag aufs Neue zeigte, wie sehr er mich liebte.

Nichts davon war selbstverständlich. Und nichts davon würde ich je für selbstverständlich nehmen.

Ganz im Gegenteil.

DANKSAGUNG

Als Erstes möchte ich meinen Testlesern danken. Für euer Engagement, eure Zeit und Anmerkungen und dafür, dass ihr euch durch die Rohfassungen meiner Manuskripte lest, um das beste aus ihnen herauszuholen.

Mein besonderer Dank geht an *Franziska*. Dafür, dass du von Anfang an an Jake und Ashs Geschichte geglaubt hast und ich dich bis zum Schluss mit Fragen bombardieren konnte.

Für meinen Mann: Ich danke dir für die Stunden, in denen du dir meine Zweifel und Fragen angehört und meine Unkonzentriertheit ertragen hast, weil ich so tief in der Geschichte steckte, dass für nichts anderes Platz geblieben ist.

Ein weiterer Dank geht an *Claudia*. Für den letzten Feinschliff am Manuskript und die tolle Zusammenarbeit.

Und zum Schluss – und ganz besonders – danke ich meinen *Lesern*. Es war schon immer mein großer Traum zu schreiben und es gibt keine Worte, die annähernd beschreiben können, wie glücklich ihr mich macht. Für mich ist das nicht selbstverständlich und ich danke euch, für jedes Wort, jedes Bild, jede Rückmeldung, denn sie sind der größte Dank, den ihr euch vorstellen könnt.

NACHWORT

Tamis Geschichte ist kein Einzelfall. Es gibt unzählige Geschichten über Menschen, die in ihrer Kindheit und/oder Jugend sexualisierter Gewalt ausgesetzt waren, die Übergriffe erlebt oder über Jahre hinweg sexuell missbraucht wurden. Es ist ein Thema, das einerseits überall ist – in den Nachrichten, im Fernsehen, im Internet – und sich gleichzeitig weit weg anfühlt.

In den allermeisten Fällen sind wir empört, ganz oft fühlen wir uns ohnmächtig und sind fassungslos, wenn wir erfahren, dass Kinder oder Jugendliche sexueller Gewalt ausgesetzt waren, ohne das irgendjemand es bemerkt hat. Denn obwohl eine Menge Aufklärungsarbeit geleistet wird und es Opfer gibt, die ihr Schweigen brechen, ist das Thema nach wie vor ein Tabu-Thema.

Tamis Geschichte steht für mich stellvertretend für all jene, die niemals erzählt worden sind. Jahrelang hat sie entsetzliche Dinge ertragen und ist schlussendlich daran zerbrochen.

Nicht jedes Opfer von sexueller Gewalt nimmt sich deshalb das Leben, aber jede einzelne Frau und jeder einzelne Mann, der Opfer sexueller Übergriffe war, kämpft lebenslang mit den Folgen.

Sexuelle Gewalt ist unsichtbar und grausam, sie manipuliert, macht sprach- und mutlos und manchmal raubt sie uns die Fähigkeit, ein normales Leben zu führen.

Es passiert jeden Tag, überall auf dieser Welt und es macht mich traurig und wütend zugleich, dass die meisten Opfer damit alleine sind. Weil sie sich schämen. Weil sie sich schuldig fühlen. Weil sie glauben, dass ihnen niemand glaubt und ihnen in vielen Fällen wirklich nicht geglaubt wird. Weil ihnen die Fähigkeit geraubt wurde, darüber sprechen zu können. Und weil wir in einer Gesellschaft leben, in der Unsichtbares nur selten die Beachtung findet, die es bräuchte, damit sich etwas ändern kann.

Ich wünsche mir, dass mehr Menschen den Mut finden, über das zu sprechen, was ihnen angetan wurde.

Ich wünsche mir, dass wir unseren Kindern zeigen, dass es niemals in Ordnung ist, dass jemand etwas tut, was es nicht will, auch dann nicht, wenn er ein Vater oder eine Mutter, ein Onkel oder eine Tante, ein Bruder oder eine Schwester, ein Nachbar oder Freund, ist.

Ich wünsche mir, dass wir erkennen, dass sexuelle Gewalt uns immer betrifft, selbst wenn wir nicht das Opfer sind. Weil etwas, dass so tief in die Persönlichkeitsentwicklung eines Menschen einwirkt und sooft im Stillen passiert, unweigerlich auch unsere Gesellschaft prägt.

Im Anschluss an mein persönliches Nachwort habe ich noch ein paar weiterführende Informationen für euch.

Ein paar Zahlen:

Für das Jahr 2017 verzeichnete die polizeiliche Kriminalstatistik **11.547 Fälle** von sexuellem Missbrauch, 900 Fälle von Missbrauch an Jugendlichen und 403 Fälle von Missbrauch an minderjährigen Schutzbefohlenen[1].

Die Zahlen sind erschreckend, zeigt jedoch nur die Spitze des Eisberges, weil sie nur jene Fälle erfasst, in denen Anzeige erstattet wurde.

Die Weltgesundheitsorganisation (WHO) geht alleine für Deutschland von einer Million betroffener Mädchen und Jungen aus, die sexuelle Gewalt erlebt haben oder noch immer erleben[2] und eine repräsentative Studie kommt zu dem Schluss, dass etwa jeder achte Erwachsene in seiner Kindheit oder Jugend sexuelle Gewalterfahrungen machen musste[3].

Wissenschaftlich gesichert gilt heute jedoch, dass in Amerika und Europa jedes 3./4. Mädchen und jeder 7./8. Junge sexuell missbraucht wird. Untersuchungen haben gezeigt, dass Menschen mit Behinderung sogar doppelt so häufig sexuellen Übergriffen ausgesetzt sind[4].

- Was versteht man unter sexuellem Missbrauch?

Sexueller Missbrauch oder sexualisierte Gewalt an Kindern und Jugendlichen ist jede Handlung, die an oder vor Mädchen und Jungen gegen deren Willen vorgenommen wird oder der sie aufgrund körperlicher, seelischer, geistiger oder sprachlicher Unterlegenheit nicht wissentlich zugestimmt werden kann. Der Täter oder die Täterin nutzt dabei seine/ihre Macht- und Autoritätsposition aus, um eigene Bedürfnisse auf Kosten des Kindes zu befriedigen[5].

Sexuelle Gewalt hat viele Facetten und Abstufungen. Sie beginnt, wo ein anderer etwas tut, was ich nicht will. Also bereits bei verbaler Belästigung und flüchtigen Berührungen und geht über in sexuelle Handlungen, wie etwa[6]:

- das Berühren und Streicheln der primären oder sekundären Sexualorgane des Kindes mit Händen, Zunge, Geschlechtsorganen und Gegenständen
- das Veranlassen sexueller Handlungen am eigenen Körper oder dem des Opfers (mit und ohne Zwang)
- das Fotografieren des Opfers nackt oder in ›sexuellen Posen‹
- das Vorzeigen von Bildern, Filmen oder realen Situationen, um sich oder das Mädchen/den Jungen sexuell zu stimulieren und/oder sexuell zu befriedigen oder befriedigen zu lassen.
- den Gebrauch sexualisierter Worte, Blicke und Gesten, die das Mädchen/den Jungen zum Sexualobjekt herabstuft
- die orale, anale oder vaginale Penetration mit Geschlechtsorganen oder Gegenständen

Darüber hinaus werden Kinder und Jugendliche zu allen vorstellbaren – und manchmal auch unvorstellbaren Praktiken gezwungen.

- Wie kann ich erkennen, dass jemand sexuell missbraucht wird?

Die folgenden Punkte können Anzeichen und Signale für sexuellen Missbrauch an Kindern sein, sie können aber auch auf andere Probleme hinweisen. Eine plötzliche Verhaltensänderung sollte Grund genug sein sich vorsichtig den Problemen des Kindes zu nähern, um zu helfen.

Einige Verhaltensauffälligkeiten und Muster, die ein Kind durch sexuellen Missbrauch aufzeigen kann[7]:

- nächtliche Alpträume
- plötzliches Einnässen oder Einkoten
- das Kind wirkt verschlossen
- verändertes Spielverhalten
- ungewohnte Aggressivität
- Leistungsabfall in der Schule
- es zieht viele Kleidungsstücke übereinander an
- Meidung bestimmter Orte oder Personen
- ungewöhnliches Waschverhalten
- vorsätzliche Selbstverletzung

Bei Jugendlichen und Erwachsenen ist es oft schwerer, Anzeichen und Auffälligkeiten auszumachen, denn die meisten haben gelernt ihre Erfahrungen vor anderen zu verstecken.

Missbrauchserfahrungen können sich im späteren Alter in Essstörungen, selbstverletzendem Verhalten, Angst- und Panikstörungen, Traumafolgestörungen, Depressionen und vielen weitereren psychischen Störungsbildern verfestigen. Dabei kommt es nicht nur auf die Art und Schwere des stattfindenden oder stattgefundenen Missbrauches an, sondern auf die Persönlichkeit des Jugendlichen oder Erwachsenen.

Eine Menge Frauen und Männer, die heute psychotherapeutische Praxen aufsuchen oder aufgrund psychischer Erkrankungen in Kliniken betreut werden, haben in ihrer Kindheit oder Jugend sexualisierte Gewalt erlebt.

- Wer ist am häufigsten betroffen?[8]

Grundsätzlich kann jedes Kind bzw. jeder Jugendliche Opfer sexueller Gewalt werden. Es gibt jedoch Risiken, die Täter und Täterinnen ausnutzen und in ihre Täterstrategie einbeziehen:

- Sie knüpfen bei Mädchen und Jungen, die sich viel selbst überlassen sind an das Bedürfnis nach Wärme und Geborgenheit an, indem sie ihnen Interesse an ihrer Person vorgaukeln, sich Zeit für sie nehmen und ihnen zuhören. Sie beschenken sie und erfüllen ihnen Wünsche, die ihre Eltern nicht bezahlen wollen oder können.

- Täter und Täterinnen haben ein leichteres Spiel mit Kindern aus autoritären und hierarchischen Familien. Diese sehen Erwachsene als Autoritätspersonen, denen sie ungefragt gehorchen müssen, und haben größere Schwierigkeiten sich abzugrenzen.

- Kinder und Jugendliche, die Gewalt in ihrer Familie erleiden oder beobachten, erleben häufiger Missbrauch als andere, für die Grenzverletzungen nicht zum Alltag gehören.

- Mädchen und Jungen, die gelernt haben, dass Sexualität etwas Schlechtes ist, worüber man nicht spricht, werden gezielt ausgewählt. Bei diesen Opfern ist die Gefahr entdeckt zu werden gering, weil sie es kaum wagen, sich jemanden anzuvertrauen.

- Auch die traditionelle Erziehung zu den klassischen Geschlechterrollen bedeutet für Kinder und Jugendliche eine Gefahr. Jungen, die immer stark sein müssen und gelernt haben, Gefühle zu ignorieren, haben große Probleme sich anzuvertrauen, da die Situation als Opfer ihrem Selbstbild widerspricht. Mädchen, die zur Unterordnung erzogen werden, die sich für Bedürfnisse anderer verantwortlich fühlen, sind besonders gefährdet, weil sie die Fügsamkeit mitbringen, die sich Täter und Täterinnen wünschen.

- Für Mädchen und Jungen, die bereits missbraucht wurden, besteht die Gefahr wieder zum Opfer zu werden, wenn es ihnen aufgrund ihrer Vorbelastung noch schwer fällt, eigene Grenzen zu spüren und zu verteidigen.

- Wer sind die Täter?

[9]Sexueller Missbrauch ist in allen Gesellschaftsschichten zu finden. Es handelt sich weder um ein Problem der sozial Schwachen oder minder Gebildeten noch lässt sich eine einheitliche typische Täterpersönlichkeit aufzeigen.

Die immer noch weit verbreitete Annahme, die Täter seien *böse, fremde Männer*, welche den Kindern in einer bedrohlichen Art gegentreten und sie direkt und offensichtlich gefährden, ist so nicht haltbar.

Die Bedrohung geht meist von Vertrauenspersonen aus. Ein großer Teil der Täter kommt aus der direkten oder indirekten Familie. Nur in etwa 6 Prozent der Fälle kennen sich Täter und Opfer vorher nicht.

Man sieht Tätern und Täterinnen nicht an, dass sie in der Lage sind einem Kind, einem Jugendlichen oder auch einem Erwachsenen sexuelle Gewalt anzutun. In den meisten Fällen sind wir auch genau deshalb so schockiert, wenn wir erfahren, dass jemand, den wir kennen, solch eine entsetzliche Tat verübt haben soll. Das ist auch der Grund, warum vielen Opfern im ersten Moment nicht geglaubt wird.

In der Regel muss sich ein Missbrauchsopfer übrigens an bis zu 7 Personen wenden, ehe es Hilfe erfährt.

- Wo kann ich mir Hilfe holen, wenn ich selbst betroffen bin oder jemanden kenne, dem sexuelle Gewalt widerfahren ist?

Es gibt Frauen- und Opferberatungsstellen in jeder größeren Stadt, die sowohl Opfer als auch Angehörige beraten. Der Weiße Ring berät z.b. Deutschlandweit Opfer von Gewalttaten.

- Auf dem Portal www.hilfeportal-missbrauch.de gibt es nicht nur das Hilfetelefon (0800-2255530 kostenlos & anonym /aktuelle Sprechzeiten auf der Webseite), sondern auch die Möglichkeit Hilfsangebote in deiner Umgebung zu finden.

- Bei der Nummer gegen Kummer (www.nummergegenkummer.de) bekommt ihr ebenfalls anonym und kostenlos Hilfe. Es gibt ein Jugendtelefon und ein Elterntelefon und die Möglichkeit, kostenlose Beratung via Email zu erhalten.

- Weiterführende Literatur & Links:

- Auf www.missbrauchs-opfer.de findet ihr weitere Informationen, genauso wie auf der Seite www.hilfsportal-missbrauch.de

- *Wenn missbrauchte Frauen Mutter werden: Die Folgen früher sexueller Gewalt und therapeutische Hilfen* von Penny Simkin

- *Trauma. Folgen erkennen, überwinden und an ihnen wachsen* von Luise Reddemann

- *... der ganz alltägliche Missbrauch. Aus der Opfern, Tätern und Eltern* von Mathias Wais

- *Das Schweigen der Kinder. Sexueller Missbrauch an Kinder. Die Opfer, die Täter, und was wir tun können* von Waldtraud Falardeau

- *Von einem Tag zum anderen. Wie von sexuellem Missbrauch Betroffene überleben* von Hannelore Kastner

- *Zart war ich, bitter war's. Handbuch gegen sexuellen Missbrauch* von Ursula Enders

---

1. www.hilfeportal-missbrauch.de
2. www.hilfeportal-missbrauch.de
3. www.hilfeportal-missbrauch.de
4. www.missbrauchs-opfer.info
5. www.hilfeportal-missbrauch.de
6. www.missbrauchs-opfer.info
7. www.missbrauchs-opfer.info
8. www.hilfsportal-missbrauch.de
9. https://www.neurologen-und-psychiater-im-netz.org/kinder-jugend-psychiatrie/risikofaktoren/sexueller-missbrauch/die-taeter/

Sammle Herzpunkte und sichere dir

kostenlose Wunschbücher

Du hast Lust, Feedback zu den Verlagstiteln des Federherz Verlages zu geben? Du möchtest dabei Punkte sammeln, von denen du dir in regelmäßigen Abständen Wunschbücher aussuchen kannst?

Dann mach mit beim Herzlesen. Alles, was du dafür brauchst, ist ein Konto auf unserer Federherz-Homepage. Sobald du dieses hast, kannst du direkt damit loslegen, Herzpunkte zu sammeln.

Wir freuen uns, bald mehr von dir zu lesen!

Dein Federherz Verlag